"3~6개를 찾아라! 그러면 구원을 받으리라~!"

숨은  로또 찾기

서금석 실전체험소설

한누리미디어

28

《숨은 로또 찾기》는 필자와 이종보 작가가 공동으로 집필한 《숨은 나이 찾기》의 후속작으로 우리의 몸속에 숨어있지만, 우리가 눈으로 직접 볼 수가 없는 암흑물질과 암흑에너지가 변해서 만들어진 로또를 찾는 암방수의 각종 힐링비법 앞에 1에서 45번까지의 로또 번호를 붙여서 독자들이 읽어보고 자기의 병증을 힐링하면 6/45 로또에 당첨되는 그것보다 더 기쁜 행운을 찾는 힐링비법서이다.

우리의 우주는 눈으로 보이는 물질이 4%이고, 보이지 않는 암흑물질이 21%, 그리고 암흑에너지가 75%를 차지한다고 하는데, 그래서인지 우리의 몸안에 병증을 유발하는 것에는 눈에 보이는 아시(아~! 이것~!)보다 눈에 보이지 않는 암시(암흑 아시)가 더 많아 어떤 병증은 힐러가 아무리

애를 써도 힐링효과가 별로 안 나오는 난치병증 또는 불치병증이 되는 것 같다.

이러한 난치병이나 불치병이 있는 환우가 《숨은 로또 찾기》라는 암방수 힐링비법서를 읽고 병증이 조금이라도 좋아지면 좋아지는 정도에 따라 로또에서 3~5등을 한 것이 되고, 운이 좋아 난치병증이 힐링이 되면 2등 당첨, 천운을 맞아 불치병증이 힐링이 되면 1등에 당첨되는 행운을 잡은 것이 되어 어쩌면 6/45 로또에 당첨되는 그것보다 더 기쁠 것이다.

어떤 병증으로 시달리는 환우가 《숨은 로또 찾기》를 한 번 읽으면 로또에 당첨될 확률이 몇(?) %는 올라간다.

그래서 이 책을 일주일에 한두 번씩 한 달 정도 읽으면 최소한 3~5등 당첨은 서너 번 할 수 있어서 그 사람의 몸속에 있는 병증 서너 개는 어느 정도 힐링이 될 것이다.

《숨은 로또 찾기》에는 암방수 힐링비법이 기록되어 있어 환우가 일주일에 한두 번씩은 책을 독파할 수는 있지만, 행간에 숨겨진 뜻을 깨닫고 심오한 숨겨진 비법을 터득하기는 쉽지 않아 큰 노력과 정성을 들여야 힐링로또 1~2등에 당첨되는 행운을 얻을 수 있을 것이다.

모쪼록 많은 분이 이 책을 읽고 로또에 당첨되어 건강하고 즐거운 여생을 보내시기 기원 드린다.

2023. 6. 11.

서 금 석 살바토르 올림

차례

차례

27 '반달'을 타고 암흑나라로 떠난 Y가 전수해 준 '웜홀힐링'

우리의 나이를 결정하는 홀로그래피 안에는 나이아시상과 나이힐상이라는 나이짝꿍 홀로그래피가 들어있는데, 세월이 흐르면서 우리 안에 생겨나는 나이아시상을 짝꿍인 나이힐상이 힐링하여 건강한 나이를 먹게 해준다.

나이아시상과 나이힐상은 아래 사진의 반달 안에 그들의 홀로그래피를 엿볼 수 있는 그림자가 들어있는데, 달의 모습이 초승달·상현달·보름달·하현달·그믐달로 바뀌는 홀로그래피 속에 지구라는 나이아시상과 달이라는 나이힐상이 짝꿍 홀로그래피가 되어 그 모습을 이리저리 바꾸면 은연중에 온 우주의 암흑 속에 숨은 신비를 '반달'이라는 동요를 통해 드러낸다.

이 노래는 일제강점기 시절인 1924년 윤극영이 작사하고 작곡한 동요로서 한국 최초의 창작 동요로 인정받고 있다. 이 노래 제목인 '반달'은 필자가 연구 주제로 탐구하고 있는 '웜홀힐링'(웜홀을 통해 암흑나라에서 전

수한 힐링법)의 실전비기인 '암흑나이 채굴'에서는 우리가 천년만년 건강하게 사는 동안 내내 채굴해야 할 암흑나이가 된다.

푸른 하늘 은하수에 있는 '하얀 쪽배'처럼 우리의 암흑나이는 어딘가로 흘러 흘러가는데, 거기에는 생명나무 한 나무에 토끼 항아님이

반 달

윤극영 작사
윤극영 작곡
blog.daum.net/rg8585

보통 빠르기

푸 른하 늘은 - 하 수   하 얀쪽 배 엔 -
은 하 수 를 건 - 너 서   구 름나 라 로 -

계 수 나 무 한 - 나 무   토 끼 한 마 리 -
구 름 나 라 지 - 나 선   어 디 로 가 나 -

mp
돛 대 도 아 니 달 고   삿 대 도 없 이 -
멀 리 서 반 짝 반 짝   비 치 이 는 건 -

f
가 기 도 잘 도 간 다 서 - 쪽 나 라 로 -
샛 별 이 등 대 란 다 길 - 을 찾 아 라 -

있어 어쩌면 더 외로울지도 모르겠고, 돛대도 아니 달고 삿대도 없는데도,
어쩌면 가기도 둥실~ 둥실~ 잘도 가는지~.

　은하수를 건너서 암흑나라로 암흑나라 지나선 어디로 가나?

　멀리서 반짝반짝 비치는 건 초신성이 등대란다. 길을 찾아라.

　원 가사에서 계수나무를 생명나무로, 토끼 한 마리를 토끼 항아님으로,
구름나라를 암흑나라로, 샛별을 초신성으로 바꾸었는데, 1924년 당시에는
생명나무나 토끼 항아님, 그리고 암흑나라나 초신성이라는 용어가 없어서
윤극영 작가는 사용하지 못했으나 이렇게 바꾸어 주면 '반달'이라는 노래
가 현대를 살아가는 우리에게 좀 더 건강하게 오래오래 살 수 있다는 소박
한 염원을 담은 '암흑나이 채굴'이라는 웜홀힐링법의 노래 가사가 된다.

'푸른 하늘 은하수'는 낮에 보이는 푸른 하늘과 밤하늘에 보이는 은하수를 '반달' 노래의 첫머리에 나란히 내세워 하늘의 낮과 밤, 모든 모습을 엿보려는 작가의 의도를 나타내고 '하얀 쪽배'를 타고 광활한 우주로 탐구의 첫발을 내디딘다.

 달은 본래 초승달 · 상현달 · 보름달 · 하현달 · 그믐달로 그 모습이 바뀌고 다시 초승달이 되면 새로운 달이 되어 정월, 이월~~~, 동짓달, 섣달이 된 후에 다시 정월이 오면 새해가 되어서 이것은 세월이 흐르는 달력이 되고, 그러면 우리의 나이도 한 살을 더 먹게 되는 우리의 나이를 세는 척도가 되므로 이 노래에서의 '하얀 쪽배'는 바로 우리의 나이가 된다.

 '하얀 쪽배'를 타고 광활한 우주로 나아가는 것은 우리가 나이를 먹는 것이 바로 광활한 우주로 나아가는 것이 되고, 우리가 언젠가는 자기에게 주어진 나이를 다 먹고 죽음에 이르면 바로 광활한 우주의 어딘가에 있는 암흑나라로 들어가 그 후로는 거기에서 영원히 사는 것이 된다.

 이 '하얀 쪽배'에 생명나무 한 나무, 토끼 항아님밖에 없는 것이 조금은 쓸쓸하지만 어쩌면 우리네 인생살이가 그 정도만 있어도 충분하고, 그래서 '돛대도 아니 달고 삿대도 없이 가기도 잘도 간다. 서쪽 나라로'인 것 같다.

 이 동요에서는 1절 가사도 멋있지만 작가가 2절 가사에 더욱 심혈을 기울였다고 하는데, 하얀 쪽배를 타고 가는 길이 바로 '은하수를 건너서 암흑나라로 암흑나라 지나선 어디로 가나'인데, 이것은 우리의 은하를 건너면 그 뒤로 무수한 다른 은하들이 나오는 광활한 우주 공간이 있고 거기에는 이런저런 별나라, 암흑나라가 즐비하며, 그 뒤로도 지금은 전혀 알 수 없는 미지의 나라로 우리의 하얀 쪽배는 잘도 가고 또 간다.

 그런데 이렇게 막연히 가기만 하는 '하얀 쪽배'에 목표가 생기는데, 바로 '멀리서 반짝반짝 비치이는 건 초신성이 등대란다. 길을 찾아라'로 우주의 어딘가에 새로 초신성이 나타나는 곳이 바로 우리가 찾아가야 할 목적지가 되는 것을 알 수 있다.

　이것은 은하수 너머 어딘가에 초신성이 나타나면 그 초신성에서 만들어진 은하 우주방사선이 우리의 지구에 도착하여 그중에 두어 개 정도는 우리 몸을 관통하고 그 궤적에 있는 모든 원자를 양자화한 전자구름으로 된 양전실로 구슬을 꿰듯이 길게 꿰어서 원자사슬을 만들며 시간이 흐르면서 그 주변에 나쁜 기운이 뭉쳐서 어기더미나 어기암상을 만들어 그것이 결국에는 암흑나이아시상이 되게 하여 우리를 늙고 아프게 하는데, 이러한 것을 근본적으로 원인을 찾아 힐링하려면 '하얀 쪽배'를 타고 그 초신성의 잔해 속으로 가서 그 안에서 암흑나이힐상을 찾아내는 '암흑나이 채굴'을 하여야 한다.

　이러한 것이 '암흑나이 채굴'의 개요인데, 놀랍게도 그 전체 내용이 '반달'이라는 동요에 잘 요약되어 담겨 있어서 우리가 아주 어려서부터 즐겨 부르던 동요 하나만 나이가 든 후에 가끔 흥얼거려 주어도 '암흑나이 채굴'이 저절로 되고, 누구나 즐거운 마음으로 멀고 먼 꿈의 나라를 여행할 수 있는 것이다.

　그런데 과연 '반달'이라는 동요를 흥얼거리기만 해도 '암흑나이 채굴'이 저절로 될까?

　저 멀리 은하수 너머에서 반짝반짝 빛나는 초신성을 등대 삼아 수십억 광년 떨어진 초신성 폭발의 잔해 속에 들어있는 암흑나이힐상을 찾아가면 그곳에는 이미 모든 잔상이 블랙홀이 되어 홀로 덩그러니 남아 있고, 그 안으로 빨려 들어가고 있는 잔상의 잔해만 여기저기 흩어져서 남아 있는데, 거기에 초끈을 꼬아서 긴 줄을 만들어 타고 간 '하얀 쪽배'를 잘 묶어 블랙홀로 집어넣고 그 안에 들어있는 암흑나이힐상을 건져 올리려고 하는데, 그러려면 끝에 두레박이 달린 이 초끈을 웜홀을 통해 지구까지 연결하고 내 몸까지 오게 하여 다음의 사진처럼 초끈 줄다리기를 하면 '암흑나이힐상'이 내 몸으로 들어와 나의 '암흑나이아시상'을 "영~차~"하고 온 힘을 모아 조금씩 당길 때마다 "쾌~차~" 하고 조금씩 힐링하여 줄 것이다.

"영~차~! 쾌~차~!"

"얼씨구나~! 좋구나~! 우리 오늘 힘 좀 써보세~!~!~!"

주변에 있는 모든 물체와 빛까지 집어삼킨다는 블랙홀에 '하얀 쪽배' 로 만든 두레박을 넣어 '암흑나이힐상' 을 건져 올려 웜홀을 통해 우리 몸까지 가져온다는 발상은 조금은 동화 속 이야기 같은데, 최근에 BBC 방송에서 방영한 '우주' 라는 다큐멘터리에서 블랙홀과 웜홀에 대한 설명이 있었다. 그것을 간추리면 다음과 같다.

"블랙홀 안에 갇힌 기분이 들어도 포기하지 마십시오. There is a way out. 블랙홀이 증발할 때에 정보가 빠져 나옵니다. 블랙홀 안에 무엇이 빠지든 그것은 그 안에 계속 존재합니다. 물질이 아니라, 암흑의 중심부로부터 머나먼 미래에 탈출하는 '호킹 복사' 속 부호화한 정보 속에 존재합니다. 시공간의 웜홀이 우주의 먼 부분을 연결하여 우리는 그 내부의 정보를 읽을 수 있습니다."

"현실을 좀 더 깊이깊이 파고 들어가 홀로그래피로 세밀하게 그려 보면 공간과 시간이라는 것은 존재하지 않습니다. 즉, 아무리 멀리 떨어진 블랙홀이라도 그 내부 정보를 우리는 바로 읽을 수 있습니다. 그리고 그 내부 정보에는 웜홀힐링의 신비를 포함한 이 세상의 모든 것이 담겨 있습니다."

이렇게 웜홀을 통해 초끈을 타고 내 몸안으로 들어오는 '암흑나이 채굴' 의 신비는 우리의 몸안에서 생명수의 강으로 변신을 하는데, 이것이 바로 '웜홀힐링' 의 비기 중 하나인 '점막액 속 초끈 내리기' 란 새로운 힐링법이다.

점막은 신체의 여러 가지 관강(관과 공간)의 내면을 감싸고 있는 조직으

로 인체를 해로운 물질로부터 보호한다.

　전신에 퍼져 있는 관강은 비강, 구강, 소화관, 호흡기, 비뇨기, 생식기관, 항문, 등 다양한 조직의 내벽에 위치한다. 점막의 구조는 기본적으로 점막 상피와 점막 고유층이라 불리는 두 개의 층으로 구성된다.

　식도에서부터 직장까지의 소화기에서는 두 개의 층 외에 점막근판이 한 층 더 존재한다. 특히 위점막에는 위소라 불리는 부정형의 융기된 모양의 표면이 존재하고, 그 위를 점액세포가 덮고 있어 위산에 의해 위점막이 손상되는 것을 방지한다.

　구강에서는 많은 점액세포가 있어 음식물이 구강으로 들어오면 점액(침)을 통해 수분을 제공하여 연하작용을 돕고, 구강내 수분 또한 유지하는 역할을 한다.

　비강 입구의 점막은 털이 돋아나 있어 호흡기로 공기가 들어가기 전 공기를 덥히고 습도를 제공하는 역할을 한다.

기도의 점막은 섬모가 있고 이물질이 배출될 수 있도록 인체 외의 바깥 방향으로 운동을 한다.

점막은 점액선 등의 샘 조직이 있어 온도조절이 가능하며 분비물로 뒤덮여 있어 건조하지 않게 습도를 유지하게 하고 이물질의 침입을 막아주는 역할을 한다.

건조한 대기환경에서는 기도 점막의 습도가 유지되지 않고 보호점막이 감소하여 호흡기 감염이 증가한다. 이럴 때는 적절한 습도와 충분한 수분 섭취를 통해 기도점막의 기능을 회복시켜 주어야 한다.

이상이 점막에 대한 주요 내용인데, 이들 점막의 최상부에 있는 비막부터 시작하여 최하부 생식기관까지 웜홀을 만들고 그 안에 초끈을 몇 가닥 넣어서 잡아 내리면 점막액이 초끈을 타고 쉽게 흘러내려서 점막의 건강을 돌보는 것이 '점막액 속 초끈 내리기' 라는 생명수의 강이며, 이 생명수의 강에 생명이 넘쳐나는 물을 항상 흐르게 하는 것이 바로 '암흑나이 채굴' 의 핵심요결 중 하나가 된다.

또한, 점막에는 수많은 종류의 미생물이 공생 공존하고 있는데, 이들과 어떻게 지내야 몸속의 건강을 유지할 수 있는지를 탐구하는 것이 바로 '암흑나이 채굴' 의 또 다른 핵심요결이다.

우리 몸 전체에서 미생물로부터 자유로운 공간은 없다.

원래 세균이 많다고 알려져 있었던 구강과 대장만이 아니라, 세균이 없는 청정공간으로 알려진 건강한 사람의 폐, 혈관은 물론 심지어 산모의 태반이나 노인의 뇌에서까지 미생물의 유전자가 발견된다.

그 미생물의 존재정도가 20세기에 오는 동안 알려져 있었던 것보다 훨씬 더 다양하고 훨씬 더 양도 많고, 시간이 지날수록 그 종류와 수가 갈수록 증가하고 있다.

현재까지 밝혀진 구강세균의 종은 775종, 대장의 추정 세균수는 39조인데, 그 종류와 수는 20세기에 알던 것과는 비교가 안 된다.

그 많은 미생물의 역할이 20세기에는 감염을 일으키는 박멸의 대상으로만 생각했지만, 21세기에는 미생물이 우리의 면역 발달이나 건강유지에도 중요한 도우미라는 인식의 전환이 진행중이다.

따라서 우리는 평소에 우리의 몸안에 좋은 미생물이 많이 살게 하는 것이 중요한데, 이것은 '점막액 속 초끈 내리기'를 틈틈이 하면 저절로 이루어진다.

우리 몸안의 미생물이 주로 사는 곳이 점막이고 그 안을 흐르는 점막액은 미생물들이 즐겁게 사는 생명수의 강인데, 이 생명수의 강에 항상 깨끗한 물이 흐르게 하려면 필자의 소견이지만 '암흑나이 채굴' 기법을 사용하는 것이 가장 효과적이다.

우리가 건강할 때는 점막액은 항상성을 유지하므로 항상 적정량이 흘러내리는데, 어떤 원인으로 어딘가에 이상이 생기면 점막액의 흐름도 항상성을 유지하지 못하여 흐름이 나빠지고 그 안에 사는 미생물들도 큰 곤경을 겪게 되며 그것이 결국 우리 몸의 면역력을 해치는 결과를 초래한다.

이럴 때는 점막액의 흐름을 늘리도록 조처해야 하며, 가장 좋은 방법이 암흑세계의 힐링법으로 모든 점막 조직 안에 웜홀을 만들고 그 안에 몇 가닥의 초끈을 비강에서 시작하여 구강, 소화관, 호흡기, 비뇨기, 생식기관, 항문 등을 따라 내려주면 점막액도 따라 흘러내려 오게 되고, 그러면 생명수의 강에 사는 모든 미생물도 정상을 회복하고 더불어 우리의 면역력과 건강도 정상화 된다.

이 '점막액 속 초끈 내리기'는 자연숨결명상의 몸 느끼기 명상호흡 제2단계와 유사하며 체계적인 명상호흡 수련을 하지 않은 분들이 누구나 힐링 목적으로 간편하게 사용하기에 적합하다.

그리고 비강으로 내려오는 초끈을 앞에서 잠시 소개한 은하수 넘어 줄다리기에서 사용한 초끈을 웜홀을 통해 그대로 계속 당겨서 초신성의 잔해 속 블랙홀, 은하수, 태양계, 지구, 우리나라, 우리 동네, 우리 집, 내 머리카

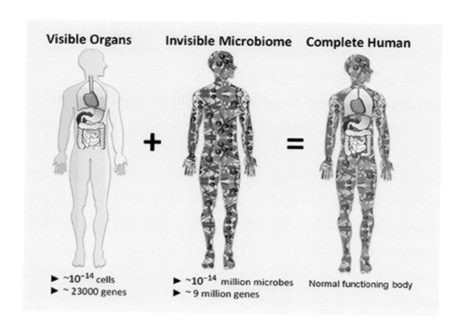

Visible Organs   Invisible Microbiome   Complete Human

▶ $\sim 10^{-14}$ cells   ▶ $\sim 10^{-14}$ million microbes   Normal functioning body
▶ $\sim$ 23000 genes   ▶ $\sim$ 9 million genes

락, 머리, 비강, 구강, 소화관, 호흡기, 비뇨기, 생식기관, 항문 등 온몸의 다양한 조직의 내벽에 있는 모든 점막을 통해 흘러내리게 한다.

그리고 이들 초끈의 10% 정도는 세포막을 통해 피부 조직으로 보내서 땀구멍을 통해 다시 암흑세상으로 되돌려 보내는 것이 항상성을 유지하는 데 크게 도움이 된다.

우리 몸안의 생명수의 강은 건강에 특별한 이상이 없는 한 꾸준히 흐르는데, 우리의 몸 어딘가에 어떤 원인으로 아시상이 생기면 항상성이 무너져 우리의 생명수의 강이 제대로 흐르지 못하고 그 안에 사는 수많은 미생물이 어려움을 겪으면서 이런저런 어기더미나 어기암상을 품어내어서 우리의 면역력도 급속도로 나빠진다. 이럴 때는 '반달' 이라는 동요를 부르면서 '점막액 속 초끈 내리기' 를 하면 모든 문제가 저절로 힐링이 된다.

우리의 몸속을 흐르는 생명수의 강에 사는 수백 수천 종의 미생물 중에는 코로나19 바이러스를 잘 퇴치하는 것도 있을 것인데, 이러한 미생물들이 '반달' 노래를 듣기 좋아한다면 우리 사회의 많은 걱정거리가 스르륵 사라질 것이다.

이러한 걱정거리를 대표하는 요즈음 올라온 기사를 살펴보자.

건강상의 문제로 백신을 맞지 않은 직장인 김 모씨(27)는 '나 홀로 연말'을 보낸다. 정부가 지난 주말(12월 18일)부터 강화된 거리두기 조정안을 적용하면서 백신 미접종자는 '혼자 밥 먹기'만 가능해졌기 때문이다. 유전자 증폭(PCR) 검사를 받고 음성확인서를 제출하는 방안도 있지만, 하필 예약한 식당이 모두 "미접종자는 받지 않는다"라고 했다고 한다.

김 씨는 "미접종자 1명은 된다고 해서 친구들과 어렵게 약속을 잡았는데 나만 빠지게 됐다"라며 "K-방역으로 인한 K-왕따가 됐다"라고 토로했다. 그러면서 "안 그래도 (미접종자라) 눈치 보이는데 2년 만에 잡은 연말 모임에 나만 못 간다고 생각하니 속상해서 눈물이 난다"고 덧붙였다.

백신 미접종자인 회사원 A씨(36)는 "PCR 확인서를 지참해도 회사 근처 식당과 카페 중 아예 이용 불가하다고 써 붙인 곳이 꽤 있어 출근할 때 도시락을 챙겨 다니고 있다"라고 말했다. B씨는 이어 "동료들과 커피 한 잔도 못 마시고, 외부 미팅을 전혀 할 수 없어 업무에도 상당한 지장이 있다"라며 "계속 이렇게 소외되면서 생존권까지 위협을 받는 기분"이라고 하소연했다.

백신 미접종자들은 "방역 패스로 백신 미접종자를 바이러스 취급하게 만든 정부가 야속하다"라고 입을 모은다. A씨는 "상대방한테 미접종자임을 밝힐 수밖에 없는데, 민감한 개인의료정보를 공개하고 일일이 동의를 구해야 하는 이 현실이 정상적이라고 보지 않는다"라고 지적했다. 그는 또 "단순히 식당과 카페를 못 가서 이렇게 말하는 게 아니다"라며 "2년 동안 대부분 재택근무하고 외출할 때도 집과 회사만 왔다 갔다 했는데도 '방역비협조자', '이기주의자', '잠재적 바이러스 전파자' 취급을 받고 있다"라고 호소했다.…(후략)…

2021.12.20. 정희윤·김서원 기자 chung.heeyun@joongang.co.kr

우리는 밤마다 코로나19를 퇴치하는 염원을 담은 풍등을 은하수 위를 떠다니는 '하얀 쪽배'로 보내고 거기에서 초끈으로 만든 메타랙이라는 풍등에 소망 신호를 싣고 웜홀을 통해 멀고 먼 초신성이 반짝이는 블랙홀로 보내서 그곳에 있는 암흑힐상을 이용하여 코로나19 바이러스 면역 정보를 신호로 만들고 그것을 다시 초끈에 실어서 '하얀 쪽배'로 가져오면 쪽배 안에 사는 토끼 항아님이 절구에 이 면역 정보를 생명 나뭇잎과 함께 넣고 떡방아를 찧어서 그 떡을 우리에게 나누어 주면 '반달' 동요를 부르는 우리는 모두 저절로 코로나19에 대한 면역력이 생긴다.

그런데 앞에 소개한 굉장히 복잡한 방법으로 '하얀 쪽배'를 타고 웜홀을 통해 초신성이 반짝이는 블랙홀을 찾아가도 그곳에서 가져올 수 있는 것은 코로나19에 대한 완벽한 면역 정보와 면역력인데, 그 정도의 정보와 면역력은 조금만 시간이 주어진다면 우리 지구에서도 우리 스스로 만들 수 있을 것이다.

아니 어쩌면 이 정도의 면역력을 만들어 내는 정보는 우리의 몸안에 이미 들어있고, 이것을 토기 항아님이 찾아내어 생명 나뭇잎과 함께 절구에 넣고 '반달' 노래를 부르며 떡방아를 찧고 있을지도 모른다.

이것이 궁금한 사람은 오늘 저녁이라도 밤하늘에 있는 '하얀 쪽배'를 보면서 토끼 항아님이 떡방아를 찧어서 만든 생명의 떡을 온 국민에게 나누어 주는 것을 도와주시기 바란다.

이상이 '하얀 쪽배'를 타고 웜홀을 통해 멀고 먼 초신성이 반짝이는 블랙홀까지 가서 '암흑아시힐상'을 가져와 '암흑나이 채굴'을 해야 하는 우리의 고달픈 인생살이인데, 이러한 궁색한 삶을 마감하고 '반달'을 타고 암흑나라로 떠난 Y(남, 71세, 2021.11.12. 작고)는 오랜만에 자유로운 영혼이 되어 온갖 곳을 이리저리 바쁘게 오가며 메타랙(암흑아시힐상의 전령사) 노릇을 하고 있다. 그의 장례식장은 4인용 식탁이 7개뿐이고 입구에 놓인 근조 화환도 겨우 2개뿐인 초라한 모습이었지만 우리 형제들이 모두 모이니 3~4개의 식탁을 차지하고 예전의 추억담을 나누며 화기애애하고 시끌벅적하여 우리 형제들만으로도 식장이 가득 찬 듯하여 간간이 조문을 오는 손님들이 그나마 마음 편히 다녀가실 수 있었을 것이다.

Y는 16년 전에 알코올성 치매로 뇌세포의 삼 분의 일이 망가져서 사고 전의 옛날 일은 일부 기억하지만, 최근 일은 바로 몇 분 전에 한 일도 기억을 할 수 없어서 정상적인 사회생활이 불가능하여 어쩔 수 없이 요양병원에 갇혀서 힘든 여생을 보내다가 드디어 자유로운 영혼이 되었다.

나는 벽쪽으로 나란히 놓인 3개의 식탁 중에서 가운데 식탁에 앉아 형제 중에 누군가가 내 옆 의자에 앉으면 현재 불편한 곳이 어딘지 물어보고 암흑아시상이 의심되는 쪽 손을 가만히 잡고 바로 암흑힐상을 찾아 웜홀힐링을 해 주는데, 신기하게도 암흑아시상으로 흘러들어 오는 얼룩구름이 잠시 얼룩거리다가 어딘가로 홀연히 사라진다.

이것은 내가 한 것이 아니고 자유로운 영혼으로 메타택이 된 Y가 내 손을 통해 형제들의 암흑아시상에서 얼룩거리는 것을 찾아 입김으로 '훅~%~%~' 하고 암흑얼룩을 이리저리 불어 자기가 가야 할 영원한 암흑 속으로 날려 보내 주었기 때문이다.

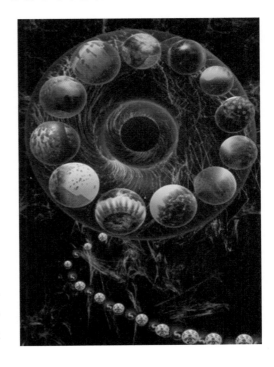

GS(남, 68세)는 20여 년 전부터 당뇨가 와서 약을 먹는데, 평소에 운동을 꾸

준히 하고 식단 관리도 잘해서 가끔 혈당이 떨어져 당분을 긴급 보충해야 하는 긴급사태가 생기지만 그래도 비교적 큰 문제 없이 잘 지낸다.

이번에 Y의 장례식장에 와서도 다른 형제들이 대충 다 웜홀힐링을 받은 후에 저녁 8시경에 내 옆 의자에 앉는다.

GS의 경우에는 예전의 식구들 모임이 있을 때 몇 번 나에게서 힐링을 받았는데, 내가 하는 힐링 실력이 그 당시에는 시원치 않아 당뇨에는 별로 도움이 되지 않았다. 그런데 이번에 Y의 장례식장에서 형제들이 웜홀힐링을 받으며 내 솜씨가 좋아졌다고 칭찬을 하는 소리가 여러 번 들리자 막판에 내게로 온 것이다.

GS의 당뇨에 해당하는 웜홀힐링 제1단계가 오른손 엄지 라인의 검지 방향으로 중관절 부위와 거기에서 손등 쪽으로 한치 올라간 부위에서 잡히는데, 콩알만큼 크고 위가 활화산같이 벌어진 모양의 어골이 2개가 감지된다. 이렇게 커다란 어골은 전에는 거의 일주일은 어루만져 주어야 조금 힐링효과가 나오는데, 오늘은 Y가 옆에서 힘을 보태서인지 겨우 30여분 만에 쌀알 크기로 줄어든다.

그런데 시간이 벌써 저녁 9시가 되어서 형제들이 인근에 잡아놓은 호텔로 간다고 일어나고 나도 따라서 나오면서 입구쪽 탁자에 앉아 있는 막냇동생 친구에게 작별 인사로 손을 내밀자 그 친구가 내 손을 양손으로 감싸쥐며 '형님! 저한테도 기 좀 주고 가세요~!' 하고 큰 소리로 말한다.

그래서 10여 분 정도 손을 잡아주다 일어나는데, 옆에서 구경하던 도우미 아줌마가 자기도 해달라고 해서 약 5분가량 손을 잡아주고 밖에서 기다리던 형제들과 호텔로 갔다.

나는 피로가 쌓여 바로 잠을 잤는데, 같은 방을 쓰기로 한 HG와 YS는 술을 마시러 나간다.

그날 저녁 9시경에 형제들과 인근에 있는 호텔로 가서 잠을 자고 다음 날 아침 8시에 주변 식당에서 해장국을 먹고 다시 호텔로 와서 YS의 허리를 힐링하여 주었는데, 이때에도 Y의 영혼이 와서 솜씨를 부린다.

YS(남, 64세)는 40여 년 전에 군대에서 선임병에게 얼차려를 받는 중에 실수로 허리를 아주 크게 다쳐 한 달여 동안 제대로 걷지를 못하여 겨우 내무반을 기어다니느라 고생하였다.

그 이후로 지금까지 수시로 허리병이 도져 고생하다가 며칠 전에 허리뼈 협착증으로 병원에서 허리 시술을 받았는데, 그 후유증으로 수술시 발생한 주변 세포 손상과 이물질로 골반과 장딴지가 거북하다고 한다.

그래서 필자가 YS를 침대에 눕게 하고 나의 왼손으로 YS의 왼손 약지 라인에서 잡히는 어골을 삼지안으로 잡아주고 내 오른손으로는 YS의 허리 위에 가볍게 얹고 그 안에서 잡히는 암흑아시상을 암얼거려 주는데, 약 10분쯤 지나면서 YS가 자기의 뒷골로 어떤 기운이 솟구쳐 올라온다고 해서 YS의 오른손으로 그 부위를 가볍게 대주라고 했다.

이것은 허리시술 부위 주변의 추가 손상이 암흑아시상 암얼거림으로 힐링이 되면서 그 결과에 대한 보고가 YS의 뒷골로 전달이 되고 YS가 뒷골에 손을 대주자 그 보고내용이 YS의 왼손 약지 라인으로 전달되어 그곳에 있는 어골을 원상복구하고 있는 나의 왼손 삼지로 전해져서 삼각형 모양으로 양자공진이 일어나며 추가 10여 분만에 시술후유증이 힐링되는 것이다. 이어서 각종 요상한 기운이

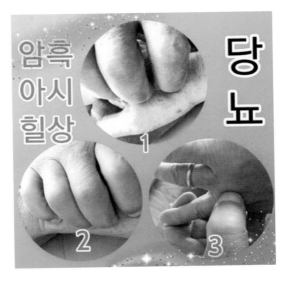

10여 분가량 추가로 빠져 나오는데, 이 중에는 YS가 수년 전에 겪은 경풍 후유장애도 덤으로 함께 힐링이 된다.

즉, 웝홀힐링으로 허리 아픈 것을 힐링하는데, 겨우 30여 분만에 YS의 암흑아시상을 몇 가지나 암얼거릴 수 있었고 그 '역 부작용'으로 YS가 전에는 몇백 미터를 걸으면 잠시 쉬었다 가야 하는데 그런 것이 없어지고, 또 어제 저녁에 소주를 두어 병 마셔서 아침에 숙취가 와야 하는데, 그런 느낌이 전혀 없고 온몸이 아주 개운하다고 즐거워한다.

YS의 허리뼈협착증은 꼬리뼈를 통한 시술로 그 안에 끼어있던 석회석이 완전히 제거되었으나, 시술의 특성으로 시술도구를 삽입한 통로 주변 세포가 일부 손상되고, 또 예전에 다쳤던 허리뼈 주변과 경풍 후유장애가 이번 시술 중에 일부가 시술 통로를 따라 골반과 허벅지로 퍼져서 그 부위에 후유장애를 새로 유발하였는데, 이러한 것들이 내가 웝홀힐링을 해 주자 YS의 림프조직을 통해 30여 분 만에 모두 빠져 나간 것으로 추정된다.

이번 사례로 알 수 있는 것은 허리뼈협착증은 꼬리뼈를 통한 병원 시술로 잘 치료가 되지만 예전에 그 주변의 손상후유증이 있는 경우에는 이러한 시술 후에도 다시 후유장애로 한동안은 고생하게 되는데, 이러한 환우에게 웝홀힐링을 해 주면 단시간에 모든 후유장애를 말끔하게 힐링할 수 있다.

아침 9시경에 다시 장례식장으로 가니 상주들이 식탁 하나에 둘러앉아 옛날이야기를 나누고 있다. 나도 그 옆 의자에 앉아 Y가 선을 보고 장가를 가려고 하는데, 미혼인 내가 걸림돌이 되자 Y의 제대 말년에 갓 이등병으로 전입해 온 GB의 여동생을 나에게 소개하여 맞선을 보게 하여 42일 만에 결혼하게 하고 Y도 그 다음 달에 결혼한 사연을 이야기해 주자 상주노릇하느라 힘들었던 Y의 딸과 아들이 처음 듣는 Y의 젊은 시절 이야기를 재미있어 하며 기운을 차린다.

그런 이야기를 옆에서 열심히 듣고 맞장구를 치는 Y의 처제 BW(여, 68)가 40여 년 전에 아기를 낳다가 힘을 잘못 주어 산후통이 생기고 그 후유증으로 허리가 S자로 구부러지고 키가 10센티미터쯤 줄어들어 평생 고생을 한다고 하여 내 옆자리에 앉게 하고 이 경우의 암흑아시힐상으로 의심되는 오른손을 나의 양손으로 가만히 잡고 바로 웜홀힐링을 해 주는데, 이번에도 암흑아시힐상으로 30여 분간 흘러 들어가는 얼룩구름이 들어왔다가 잠시 맴돈 후에 후루룩 흩어져 홀연히 사라진다.

아마도 처제가 산후통후유증으로 생긴 허리뼈 변형으로 평생 고생하는 것을 가까이에서 보고 늘 안타까워하다가 이번에 형이 처제에게 웜홀힐링을 해 주는 것을 보고 Y도 신이 나서 한 몫 거들었을 것이다.

Y의 발인은 승화장의 예약시간이 늦게 되어 아주 늦은 시간인 오후 1시 반에 하였고 서울 톨게이트 근방 서울 추모공원에서 3시 반에 승화를 시작하여 5시경에 한 줌의 백골로 다시 태어났다.

나는 추모공원에서 기다리는 중에도 형제 2명에게 웜홀힐링을 해 주는데, Y는 여기저기 불편한 부위에 이렇게 저렇게 '암얼~! ~거리'라고 신이 나서 코치를 한다.

사실 우리가 우리 몸안에 어떤 문제가 어떻게 생겨 있는지 거의 알 수가 없어서 그곳은 그냥 암흑아시상이고, 힐러는 어디가 어떻게 아프다는 이야기만 듣고 암흑힐상을 찾아 뭔가 장님 문고리 잡는 심정으로 웜홀힐링을 하는데, 자유로운 영혼이 된 Y는 지난 16년 동안 요양병원에 있으면서 각종 병으로 고생하는 수없이 많은 환우를 보면서 어쩌면 그들의 병고를 힐링할 수 있는 암흑나라의 실전 힐링비기인 웜홀힐링을 은연중에 터득하고, 이번 기회에 형에게 신이 나서 이러쿵저러쿵 아낌없이 힐링기술을 전수해 준다.

이렇게 Y가 웜홀힐링을 잘하는 줄 예전에 알았으면 수시로 찾아가서 한 수 배웠을 텐데, Y가 요양병원에 입원해 있는 동안에는 치매로 5분 전에 한 일도 모두 잊어버리는 바람에 서로 만날 기회가 별로 없었다.

　Y의 유해는 내장산 입구에 있는 선산 부모님과 큰형님 묘소 바로 아래에 있는 30여 그루의 커다란 소나무 아래에 수목장하기로 해서, 상주들은 Y의 유골함을 모시고 그날 밤은 내장산 인근에서 자고 나머지 형제들은 대전 우리 집에서 자고 다음 날 내장산 입구 저수지 옆에 있는 예전에 살던 집터에서 아침 10시 반에 만나서 같이 선산으로 가기로 했다.
　다음날 오전 10시경에 찾아간 내장산 입구 저수지 옆에 있는 예전에 살던 집터는 마당에 단풍나무를 포함한 각종 나무가 울창하게 자라서 마치 밀림 속으로 들어온 느낌이 들고 집은 지붕이 모두 무너지고 벽돌로 된 벽만 남아 있어 흉물스럽기만 하다.
　뒷간에 있는 쪽문이 열려 있어서 그 너머로 가보니 작은 텃밭이 있고 그곳에 양해간이 1평 남짓 있어서 뿌리를 몇 개 캐서 가져왔다.
　이 양해간은 거의 40여 년 전에 아버님이 심은 것인데, 그 당시에 매년 몇 개씩 수확하여 살짝 데친 것을 아버님이 초간장에 찍어 잡수시며 흐뭇해 하시던 모습이 생각난다. Y의 영정사진을 앞장세우고 선산으로 올라가는 행렬은 모두 11명이고 가파른 산길을 모두 씩씩하게 잘도 올라가는데, 나만 뒤에 처져서 두어 번 다리 쉼을 하였다.
　Y의 수목장은 아버지와 큰 형님의 산소에서 10m쯤 내려간 위치에 있는 크고 곧바르게 자란 소나무 아래에 2자쯤 땅을 파고 황토에 마사가 섞인 고운 흙에 유해를 잘 섞어 묻어서 소나무 뿌리가 Y의 유해를 쉽게 흡수하도록 하였고 그 주변에 가지고 간 국화를 심었다.

　이번 Y의 장례식을 치르면서 3박 4일 동안 10여 명에게 웜홀힐링을 해주면서 Y의 숨은 도움을 받아 암흑나라의 실전비기를 많이 터득하였는데,

그중에는 '한국인의 삶을 힘들게 하는 질병 상위 20위'에 들어가는 아래 표의 1, 2, 4, 5, 6, 7, 8, 15, 16, 18 등 무려 10가지가 포함되어 있었다.

이 중에서 제1위에 해당하는 GS의 당뇨는 총 5번에 걸쳐 집중 웜홀힐링을 해 주었다. 1단계는 오른손 엄지 라인의 췌장, 2단계는 오른팔 요골의 췌장, 3단계는 왼손 소지 관절의 신장, 4단계는 양쪽 손과 팔의 모든 뼈, 5단계는 오른손 검지 라인의 간 힐링을 추가로 해 주었는데, 이러한 것으로 GS의 당뇨가 조금이라도 좋아지길 기대해 본다

이번에 당뇨를 집중적으로 힐링하면서 느낀 특이사항은 당뇨는 주로 췌장과 신장의 문제라고 생각했었는데, 의외로 손과 팔의 뼈와 간장도 같이 잘 돌보아주어야 하는 것을 알았다.

GS는 우리 집 둘째 사위인데, 예전에 우리 어머니를 모시고 살아서 Y가 치매에 걸리기 바로 직전까지도 시간이 나면 어머니를 찾아가고, GS와 함께 술잔치를 자주 벌려서 무척 친하게 지냈다. 그래서 요양병원에 당뇨가 기저질환인 환우가 입원하면 그 들의 병세가 어떻게 진행되고 무엇을 어떻게 하면 조금이라도 좋아지는지 눈여겨보았다가 GS가 면회를 오면 알려주려고 했었는데, 자기의 지병이 치매이어서 형제들이 면회를 와서 반갑다고 인사를 하다 보면 깜빡 잊고 알려주지 못하다가 이번 기회에 GS의 지병인 당뇨를 힐링할 수 있는 비전의 암흑나라 비법인 웜홀힐링을 알려 준 듯하다.

사실 그동안 주변에 당뇨로 고생하는 친구들이 있어서 내가 개발한 각종 힐링법을 시험 사용한 적이 있었지만, 신기하게도 당뇨가 있는 친구들은 내가 아무리 애를 써도 힐링효과가 별로 나오지를 않아서 나에게 당뇨는 '힐링하기 어려운 질병 1위'이고 동시에 '한국인의 삶을 힘들게 하는 질병 1위'인데, 이런 당뇨의 힐링법을 이번에 '반달'을 타고 암흑나라로 떠난 Y가 전수해 준 '웜홀힐링'을 통해서 공짜로 알게 되었으니 이것을 널리 보

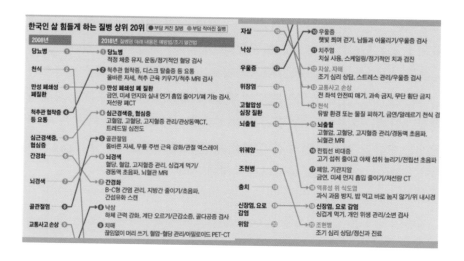

급하여 좀 더 많은 사람이 당뇨의 고통에서 해방하도록 힘써야겠다.

영~차~! 쾌~차~!
얼씨구~! 절씨구~!
'웜홀힐링' ~! 좋구나~!
우리 오늘 힘 좀 써보세~!~!~!

이상이 '반달' 을 타고 암흑나라로 떠난 Y가 전수해 준 '웜홀힐링' 인데, 이것을 발전시켜 '한방 웜홀힐링' 을 만들었다.

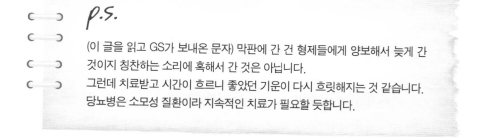

P.S.

(이 글을 읽고 GS가 보내온 문자) 막판에 간 건 형제들에게 양보해서 늦게 간 것이지 칭찬하는 소리에 혹해서 간 것은 아닙니다.
그런데 치료받고 시간이 흐르니 좋았던 기운이 다시 흐릿해지는 것 같습니다.
당뇨병은 소모성 질환이라 지속적인 치료가 필요할 듯합니다.

45 메타랙

메타랙(Metalack)은 '가상·초월' 등을 뜻하는 '메타(Meta)' 와 '암흑'을 뜻하는 '블랙(Black)' 의 합성어로 '암흑세계를 초월한다' 는 의미이며, 또한 이것은 '부족한(lack)' 의 합성어여서 이때는 '부족한 것을 초월한다'는 의미가 된다.

현실세계에서 부족한 것을 초월하기 위하여 암흑세계로부터 부족한 것을 들여오는 아주 좁고 가는 통로이고, 동시에 암흑아시힐상의 전령사이며, 이것으로 암흑나이 채굴을 할 때는 상황에 따라 아주 다양한 메타랙을 사용한다.

메타랙

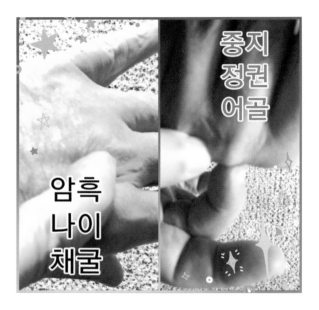

우리가 살아생전에는 암흑세계로 오갈 수 없는데, 그래도 현실세계와 암흑세계 사이에는 아주 미세한 통로인 메타랙이 있어서 현실세계에서 부족한 뭔가를 암흑세계로부터 들여와서 사용할 수가 있다.

암흑아시힐상은 우리 몸안에 생긴 어기더미와 어기암상을 힐링하려고 메타랙을 통해서 암흑세계로부터 실시간으로 직접 들여오는 원천 힐링기술을 보유한 전령사이다.

우리가 환우의 몸에서 어기더미나 어기암상을 발견하고 그것을 힐링하려고 하는데, 현실세계의 기술로는 아무리 애써도 어찌할 수가 없을 때 암흑아시힐상을 사용하고, 이때 힐러는 환우의 아시상과 암흑세계의 힐상을 메타랙을 통해 연결해서 필요한 힐링효과가 나오게 한다.

이 암흑아시힐상은 암흑나이 채굴에도 사용되는데, 힐러가 본인의 암흑나이를 채굴할 때 자기 몸에 생긴 어기더미나 어기암상에 손을 대고 메타랙을 통해 암흑세계의 채굴기와 연결해 주면 어기더미와 어기암상을 모두 소멸시키고 자기의 암흑나이를 손쉽게 채굴할 수가 있다.

위 사진은 왼쪽 중지 정권 부위에 생긴 어골더미에서 암흑아시힐상을 사용하여 암흑나이를 채굴하는 모습인데, 왼손 중지 정권 좌우에 예리한 톱날 모양의 어골이 길쭉한 호박씨처럼 박혀 있어서 손가락을 대고 있으면 톱날 끝이 손가락을 찔러 통증이 온다.

오른쪽 허벅지 뒤쪽의 통증에 이어 앞이빨과 입술이 시큰거리고, 인중 아래 윗입술과 코안이 살짝 아리다. 거의 2시간을 짚고 있으니 코안이 싸하고 아랫배가 살살 아프고 방귀도 몇 번 나온다.

29 한방 웜홀힐링

웜홀에 대한 설명을 보면, "웜홀은 4차원으로 가는 지름길이다. 웜홀은 아주 미세하고 시공간 구석구석에 존재한다.

시공간의 크기를 분자나 원자보다 작은 크기로 최소(플랑크 길이 lp=1.616199×10^{35}m)로 낮추면 양자거품이라는 공간에 도달하는데, 웜홀은 이 양자거품에서 시공간을 통과하는 터널 모양의 지름길로 각기 다른 두 개의 시공간을 연결하며, 양자거품에서 웜홀은 형성되었다 사라지기를 반복한다"라고 한다.

웜홀이 형성되었다가 사라지기를 반복하지만 그러한 웜홀을 잘 이용하면 우리의 몸에 생기는 웜홀아시상을 힐링해 주는 웜홀힐상을 만들어 서로 양자거품 안에서 공진을 하면서 부족한 것을 보완할 수 있는데, 이러한 힐링법을 '웜홀힐링'이라고 한다.

웜홀은 아주 미세하여 우리가 시간여행을 하는 데는 별로 쓸모가 없지만, 그 미세한 웜홀 안으로 내시경과 비슷한 일을 하는 힐상을 장착한 초끈을 통과시켜 우리 몸안에 형성된 웜홀아시상을 힐링해 주는 시술법이 '웜홀힐링'이다.

'웜홀힐링'으로 어떤 병증 때문에 고생하는 환우를 도와주려면 먼저 환우의 병증이 문제를 일으키고 있는 웜홀아시상을 정확하게 진단하여야 하

고, 또한 웜홀힐상을 삽입하기에 적합한 곳을 선정하여 그곳에서 웜홀아
시상까지 힐링웜홀을 만들어야 한다.

하지만 이것은 시간과 노력이 많이 들어 대부분은 환우의 몸안에 자연적
으로 형성되어 있는 몇 개의 힐링웜홀 중에서 하나를 골라 사용하는 것이
가장 편리하다.

우리의 몸안에 힐링웜홀이 자연적으로 만들어지는 것은 아주 신기한 일
이다. 마치 숲이 울창하게 우거진 산에 오르려면 짐승이나 다른 사람이 예
전에 지나갔던 발자취를 따라 생긴 오솔길을 따라가면 그런대로 비교적
쉽게 오를 수 있듯이, 이것은 우리의 몸이 그동안 수없이 많은 병마와 싸워
오면서 우리 안에 자연스럽게 면역력이라는 오솔길이 생겨난 것이다.

물론 모든 아시상에 웜홀이 있고 힐링을 해 주는 웜홀힐상이 있는 것이
아니어서, 이러한 힐링웜홀이 없는 민둥 아시상의 경우에는 시간, 노력과
정성을 좀 더 들여야 하고, 힐링웜홀을 새로 설치하는 사전 물밑 작업을 아
주 조심스럽게 하여야 한다.

그래서 이러한 힐링웜홀 신규 설치 작업은 경험이 많은 힐러에게 맡기
는 것이 필요하다. 힐링웜홀이 없는 민둥 아시상일 때에 특별한 주의를 해
야 하지만, 힐링웜홀이 여러 개인 문어발 아시상도 여러 가지 문제를 일으
킨다.

문어발 아시상이 되는 것은 그 아시상이 중증으로 발전하고 있는 경우가
많은데, 이럴 때 하나의 발만 집중적으로 공략하다가는 문어가 그 발을 끊
고 멀리 도망갈 가능성이 있다.

그래서 아시상이 문어발 모양으로 퍼져 있는 것을 감지하면 그 발을 잡
고 있던 힘을 빼고 가만히 접촉을 유지하며 문어발 사이의 움직임을 이리
저리 감지하다가 어느 한쪽 발에서 점점 강한 힐링반응이 나타나면 그때
부터 그곳을 집중적으로 공략하면 한방에 제대로 힐링이 되는데, 이것을
'한방 웜홀힐링' 이라고 부른다.

바다 생물 중에 문어는 지능이 있어서 산채로 삶으면 안 된다고 하는 이 야기가 있고, 문어발 아시상도 지능이 있어서 '한방 웜홀힐링'으로 한방 에 힐링하지 못하여 한쪽 다리를 자르고 도망치게 하면, 그 문어발 아시상 은 다시 잡기가 여간 힘든 악성 괴물로 변하는데, 이것을 예방하기 위해서 '거품 홀로그래피' 기법을 가미한다.

　우리가 사는 우주는 양자거품으로 가득 차 있으며, '거품 홀로그래피'는 우리의 눈앞에서 양자거품이 투명 OLED처럼 각종 빛을 내서 그 거품 안에 각종 홀로그래피가 나타나는 것을 말한다.
　이 '거품 홀로그래피'로 많은 것을 할 수 있는데, 그중의 하나가 과거나 미래로의 희망 시간여행이다.
　양자거품 안에 홀로그래피가 만들어지는 것은 블랙홀 안에서 증발하여 나오는 정보 신호가 홀로그래피로 재생되어 나타나는 그것이므로 이 홀로 그래피 안에는 과거에 블랙홀 안으로 빠져들어간 모든 그것의 정보가 들 어있고 누구든 이 기록을 원하면 언제든지 재생하여 볼 수가 있다.
　이들 기록 중에는 우리의 몸을 아프게 하는 아시상이 만들어지는 모든 원인과 과정이 들어있어서 이것을 찾아내면 아시상을 힐링해 주는 짝꿍힐 상을 만들 수 있고, 이것을 이용하는 '한방 웜홀힐링'을 하면 한방에 건강 한 몸으로 되돌릴 수 있다.
　시간 여행자가 미래로 여행을 가는 타임머신에 타는 것은 거의 빛의 속 도로 이동을 하거나 블랙홀 주변을 빙글빙글 돌아서 시간이 흐르는 것을 느리게 하는 것인데, '한방 웜홀힐링'으로 예전의 건강한 몸으로 되돌리 면 시간을 느릿느릿 간 것과 같은 효과가 나타나 실제로 미래로 시간여행 을 한 것이 된다.
　우리 인류가 미래로 시간여행을 하는 타임머신을 만들려면 아직은 요원 한 꿈인데, 멋진 자가용 '한방 웜홀힐링'을 타고 떠나는 시간여행은 어쩌

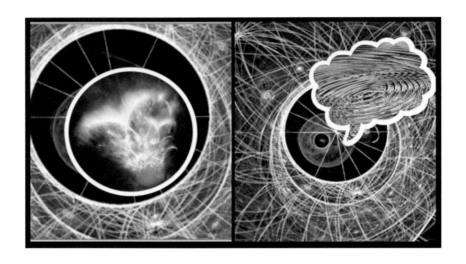

면 조만간 누구나 편히 스스로 할 수 있을 것이다.

　저와 함께 미래로 희망 시간여행을 하실 분은 '거품 홀로그래피'로 검진을 받으신 후에 자가용 타임머신 '한방 웜홀힐링'에 탑승하세요.
　필자의 졸저《비얼로 간다》1권 및 2권,《힐링》,《숨은 나이 찾기》를 읽으신 분에게는 '한방 웜홀힐링' 1회 시승권을 각 권당 1매씩 증정합니다.

2022. 1. 6.

서금석 살바토르 올림

P.S.

필자의 '거품 홀로그래피'는 아직 개발 초기 수준이어서 원하는 정보를 위의 오른쪽 사진처럼 극히 일부만 볼 수 있지만, 그래도 좋은 짝꿍힐상을 만들기 위하여 최선을 다하고 있으니, 비록 부족한 면이 있더라도 그리 아시기 바랍니다.

45 '양자거품 홀로그래피' 와 '한방 웜홀힐링'

　필자가 '양자거품 홀로그래피' 와 '한방 웜홀힐링' 을 탐구하는 주된 이유는 이것이 과거와 미래를 오가는 타임머신의 일종이라는 생각이 들어서이지만, 또 다른 이유는 필자가 과거에 경험한 신기한 능력이 있는 분들이 내게 보여준 신기한 능력의 실체를 알아보기 위해서이다.

　그분들이 보여준 신비한 능력은 우리가 알 수 없는 세계에 속하는 것들인데, 이것이 어쩌면 바로 암흑세계의 실체를 은연중에 드러낸 것일지도 모르며, 어쩌면 '양자거품 홀로그래피' 와 '한방 웜홀힐링' 을 사용하면 우리도 비슷한 능력을 선보일 수 있을 것이다.

　양자거품은 시공간의 크기를 분자나 원자보다 작은 크기로 최소(플랑크 길이 lp=1.616199×10^{-35}m)로 낮추면 도달하는 공간인데, 이 양자거품의 시공간에서 무슨 일이 일어나든 우리는 그냥은 볼 수가 없고, 우리가 뭔가에 감응되어 특별한 능력이 생기면 그 양자거품에 만들어지는 홀로그래피를 보거나 느낄 수가 있게 된다.

　여기에서 특별한 능력이 생기려면 뭔가에 감응되어야 하는데, 보통의 경우에는 하느님, 신 또는 절대자와 같은 특별한 존재에 의존하여 특별한 능력을 부여받지만, '양자거품 홀로그래피' 를 보는 것은 자기 자신의 노력으로 어느 정도는 자가 감응이 가능하다.

　양자거품은 우주 공간 어디에도 가득 차 있으므로 우리가 보기 편한 장소 여기저기에 홀로그래피를 띄우는 연습을 열심히 하면 되는데, 그곳이 TV 화면처럼 눈앞 몇 미터가 아니라 눈을 지그시 감고 우리의 마음속 공간에 4차원의 홀로그래피를 만들면 비교적 선명하게 볼 수 있다.

　우리가 처음 4차원 홀로그래피를 띄울 때 화질이 흐릿한 주된 이유는 원하는 특정 화면을 선별하는 기술이 부족해서이다.

필자도 아직은 초보 수준이어서 화질이 흐릿한데, 그래도 이렇게 흐린 홀로그래피라도 내 몸 여기저기에 띄우는 연습을 많이 하고 있으며, 특히 내 몸 어디에 아시상이 느껴지면 그곳에 집중적으로 홀로그래피를 띄우고 있으면 그 부위가 비교적 쉽게 힐링되는 것을 알 수 있다.

아시상이 생긴 곳에 흐릿한 거품 홀로그래피를 띄우더라도 그 주변이 활성화되어 어느 정도는 힐링효과가 나오는데, 홀로그래피의 주제를 이리저리 바꾸다 보면 좀 더 강한 힐링효과가 나오고, 그 주제와 연관된 주제를 따라가면서 이어서 나타나는 힐링반응을 잘 살펴보면, 아시상이 생긴 원인과 진행된 과정을 어느 정도는 파악할 수가 있으며 현재의 아시상에 짝꿍이 되는 힐상 홀로그래피를 찾을 수 있어서 이러한 방식으로 거듭 연습을 하다 보면 조만간 '한방 웜홀힐링'을 하는 요령을 터득할 수 있다.

'한방 웜홀힐링'에 성공하려면 한 구멍을 열심히 파 들어가는 것이 필수인데, 그 구멍이 실제로 한방힐상이 되기 위해서는 초기에 아시혈 주변 탐사를 세밀하게 하여 성공 가능성을 최대한 높여야 한다.

'한방 웜홀힐링'에 성공하면 그 기술을 사용하여 '암흑나이 채굴'을 할 수 있게 된다.

 한방에 통하는 웜홀힐링

전라남도 증도에 1박 2일 코스로 '한방 웜홀힐링'을 하고 왔는데, 이곳에서의 경험을 바탕으로 앞으로 '한방 웜홀힐링'을 '한방에 통하는 웜홀힐링', '한방 통홀힐링', '한통힐링', 또는 그냥 '통힐'로 바꾸어 부르기로 했다.

전라남도 신안군에는 1004개의 섬이 있는데, 이 천사섬 중 하나가 증도

이고, 이곳에는 S교회 전도에 큰 업적을 이루다가 순교하신 M전도사순교기념관이 있으며, 이 기념관 제2대 관장으로 계시는 O목사님의 초대로 1박 2일 '한방에 통하는 웜홀힐링'을 하고 왔다.

'통힐'은 '통하는 힐링'을 줄인 말이다.

O목사님의 기념관 소개 중에 S교회 초대 설립자 중에 K목사님의 일화가 있었는데, K목사님이 본래 몸이 허약하여 목포 유달산의 어느 바위 위에서 기도수련을 하던 중에 갑자기 온몸이 불덩이처럼 달아오르는 영적 체험을 하고 그 후로 건강한 몸이 되어 전도사로 활동하면서 '신유'를 전도하였다는 말을 듣고, 내가 요즈음 개발하고 있는 '한방 웜홀힐링'을 '한방에 통하는 웜홀힐링'으로 바꾸어 부르기로 했다.

'통하는 힐링'은 천주교 C신부님의 '통하는 기도'와 비슷한 면이 있는데, 우리 몸의 아픈 곳을 대표하는 아시상과 그것을 힐링하여 주는 힐상 사이에 '통하는 힐링'의 다리인 웜홀을 설치할 수 있도록 기도를 하기 때문이다.

필자는 아직 신앙이 얼마 되지 않아 '통하는 기도'는 할 수 없으며, 더구나 K목사님처럼 영적 체험을 하고 '신유'의 능력을 갖출 수는 없으나, 웜홀을 이용한 '통하는 힐링'은 그런대로 흉내를 낼 수가 있어서 누구를 힐링하는 중에 기도를 조금만 해도 아시상과 힐상 사이에 원하는 웜홀을 설치하고 '통하는 힐링', 즉 '통힐'은 할 수가 있다.

이러한 '통힐'이라도 열심히 하여 많은 사람이 이 세상을 살면서 건강하고 즐거운 삶을 누릴 수 있기를 바란다.

'통힐'로 많은 사람에게 도움을 주려면 한통힐러의 실력이 좋아서 환우의 아시상과 힐상 사이를 한방에 관통하는 웜홀을 설치하면 되는데, 이러한 치유법이 '한방에 통하는 웜홀힐링' 또는 '한방 통홀힐링' 또는 '한통힐링' 또는 '통힐'이다.

18 한방 통홀얼석

'한방 통홀얼석' 은 아래 사진의 얼석 중에 들어있다.

한방 통홀은 한방에 통하는 웜홀을 말하며 환우의 아시상과 힐상을 통하게 하여 한방에 병증을 힐링하는 웜홀을 말하는데, 이러한 한방 통홀은 신의 영역에서 관리하는 것이어서 우리는 쉽게 접할 수 없다.

그러나 인간과 신의 영역 사이에 울타리가 없어서 인간 중에 용감한 사람들이 그 건너편으로 들어가 신의 세계에서 사용하는 기술을 훔쳐 오곤한다.

신의 영역인 한방 통홀을 우리가 이용하려면 특별한 뭔가의 도움이 필요한데, 그중의 하나가 '한방 통홀얼석' 이다.

얼석은 아래 사진처럼 우리 주변에서 흔히 볼 수 있는 극히 평범한 돌멩이지만, 그중에는 우리가 한방 통홀을 이용하는데, 어느 정도 도움이 되는 특이한 얼석이 있다.

한방 통홀을 하려면 아시상과 힐상 사이에 통하는 웜홀을 설치하여야 하는데, 웜홀은 아주 극미한 구멍이어서 우리는 어떠한 장비를 사용하여도 원하는 곳에 웜홀을 설치할 수 없으며, 오로지 우리의 양손을 환우의 아시상

과 힐상에 대고 양손 사이에 웜홀이 생기도록 기도를 해야 한다.

우리의 양손 사이에 웜홀이 생기도록 기도하는 것도 원하는 시간에 마음먹은 대로 하려면 '통하는 기도'를 할 수 있어야 하는데, 이것도 신앙심이 자극한 일부 신자만 가능한 일이어서 우리 같은 평범한 신자는 할 수 없고, 그래서 궁여지책으로 하느님이 사용하던 신기한 보물을 구해서 도움을 받는 방법을 사용하며, 그러한 것 중에서 우리가 주변에서 비교적 손쉽게 구할 수 있는 것이 신이 쓰다가 버린 '한방 통홀얼석'이다.

'한방 통홀얼석'은 앞의 사진 속에도 있으니 연습 삼아 '숨은 한방 통홀얼석 찾기'를 한 번 해 보기 바란다.

우리가 '한방 통홀얼석'을 양손에 쥐고 기도나 명상을 하고 있으면 잠시 후에 양손 사이에 웜홀이 형성되었다가 사라지기를 반복한다.

얼석을 바꾸면서 이러한 훈련을 수시로 꾸준히 하다 보면 얼석이 없이도 양손에 웜홀이 형성되고 사라지는 것을 감지할 수 있다. 그러면 환우의 아시상과 힐상에 대고 있는 자기의 양손에서도 느낄 수 있고 환우의 몸안에 한방 통홀이 형성되었다 사라지는 것을 어느 정도는 마음대로 조종할 수가 있게 되는데, 그러다 보면 환우의 몸안에 생긴 아시상이 '한방에 통하는 웜홀힐링'이 되는 전과정을 차츰차츰 알 수 있게 된다.

위의 사진에서 '한방 통홀얼석'은 사진 중앙 부위에 있는 한 쌍의 돌멩이인데, 양손에 쥐고 있으면 비교적 강한 웜홀 생성 반응이 나타난다.

평범한 돌멩이 한 쌍이 '한방 통홀얼석'이 되고, 이것을 잘 이용하면 '한방에 통하는 웜홀힐링'을 할 수 있는 실력 있는 한통힐러가 되어 많은 사람에게 도움을 줄 수 있다는 것이 신기하다.

이 세상의 모든 돌멩이는 하느님이 이 세상을 만들기 위하여 사용하는 주요 골재이며, 수천~ 수만~ 수십만~ 수백만~ 수천만~ 수억~ 수십억 년을 거쳐 이리저리 다듬어져서 현재의 모습이 되었다.

이러한 돌멩이가 '한방 통홀얼석'이 되는 주요 이유는 그 돌멩이는 오랜 세월 동안 수많은 은하 우주 방사선에 피폭되어 그 안에 원자사슬이 이리저리 엉켜있는데, 그 안에서 발생하는 양자파를 꾸준히 외부로 내보내 주변의 양자거품에 웜홀을 만들기 때문이며 이러한 '한방 통홀얼석'을 손안에 쥐고 있으면 기도를 조금만 해도 웜홀이 손과 몸안에 가득 만들어진다. 그중에 어떤 것은 내 몸안의 아시상을 관통하고 내 손안의 힐상이 통하는 힐링웜홀이 되어 각종 힐링반응이 나타난다. 이것을 수시로 꾸준히 하다 보면 우리 몸안의 모든 아시상이 사라지고, 다른 환우에게 도움을 줄 수 있는 '한통힐러'로 거듭난다.

하느님께서는 참으로 공평하시다.

보석처럼 비싼 것은 조금 만들어 돈 많은 사람이 쓰게 하시고, '한방 통홀얼석'(위 사진의 하트 안에 있는 중생/ 성결/ 신유/ 재림)처럼 누구나 쉽게 구할 수 있는 것으로 누구나 '한방에 통하는 웜홀힐링'을 하여 자기의 건강을 스스로 돌볼 수 있게 하신다.

8 M힐링여행 (1)

　2022년 1월 말 어느 오후 새로 산 얼석 중의 하나가 좀 묘한 생김이어서 좀 더 오래 그 안에서 나오는 기운을 탐색하다가 저녁에 잠자리에 들어서도 만지작거리고 있는데, 몸안에서 뭔가가 이리저리 움직이며 온몸을 힐링하고 특히 허리뼈와 등뼈, 목뼈, 머리뼈를 사이사이, 구석구석 청소하고 이어서 머리 위의 공간에도 마치 뼈가 쭉 이어져 하늘 높이 올라가는 뼈 사다리가 있는 것처럼 청소하고 개운한 느낌으로 잠을 잤다. 아침에 일어나 생각해 보고 다시 그 얼석을 만져보아도 어제 저녁에 느낀 힐링의 정체가 무엇이었는지 아리송하다.

　이것이 요즈음 개발하고 있는 '블랙홀인원힐링' 하고는 다른 것 같고 어쩌면 예전에 잠깐 검토하다 그만둔 초끈 이론이나 M이론인 것 같아 일단 M힐링이라고 부르기로 했다.

　M힐링여행은 우주의 기본 구성 요소를 초끈에서 막(Membrane)으로 확장하는 이론인 M이론에서 유래한 힐링법인데, 여기서 M은 막힐링(Membrane healing), 신비로운(Magic, Mystery) 힐링, 모든 힐링의 어머니(Mother healing) 등을 의미한다.

　자연과 우주의 근원이 물질과 힘이 아닌, 끈과 막에 의해 설명될 수 있다고 믿는 M이론은 아직도 해결해야 할 커다란 과제가 하나 있다. 수학적으로는 완벽할지 몰라도, M이론을 뒷받침할 수 있는 실제적인 증거가 있는가, 그리고 어떻게 입증할 수 있는가 하는 점이다.

　만약 끝내 실험을 통해 끈의 존재를 입증할 수 없다면, M이론은 그냥 아름다운 수학적 이론에 머물거나 과학이 아닌 철학의 차원으로 볼 수밖에 없다는 의문도 나오고 있다.

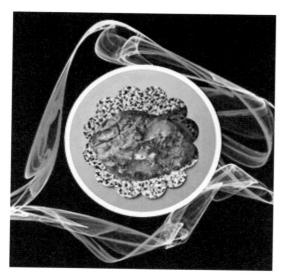

M이론을 실증하는 실험은 현재 수준에서는 지극히 어렵겠지만, M이론을 바탕으로 만들어진 M힐링여행은 우리가 비교적 손쉽게 할 수 있어서 누구나 그것을 배워서 사용하면 우리의 건강을 스스로 돌볼 수 있고, 다른 환우에게 도움을 주는 것도 어느 정도는 가능하다.

M이론의 실증실험을 하는 것이 어려운 이유는 그 이론에서 사용하는 초끈이나 초막이 너무너무 작아서 현재 기술로는 그것을 만들거나 검증할 수 없기 때문이다.

그런데 M힐링여행에서는 그러한 초끈이나 초막을 우리의 몸안에 만들어서 그것으로 우리 안의 각종 문제를 힐링하는 데 실제로 이용하는 것이어서 비교적 쉽게 실현할 수 있다. 이때에는 조물주가 만든 얼석을 이용하여 우리의 몸안에 초끈과 초막을 만들고, 이 초끈과 초막을 조정하여 우리 몸안의 문제점들을 힐링하는 것이어서 구태여 초끈과 초막의 실체를 검증하는 신기한 장치가 없어도 된다.

자연과 우주의 근원이 물질과 힘이 아닌, 끈과 막에 의해 설명될 수 있다고 믿는 M이론은 수학적으로 완벽하게 설명할 수 있다는데, 필자는 그 정도의 수학 실력이 안 되어 M힐링이론을 조금 어설픈 말로 설명을 해 본다.

초끈이나 초막을 만들 때 얼석을 사용하는데, 이것은 필자가 힐링하면서 양손에 이런저런 돌멩이들을 바꾸어가며 쥐고 있으면 어떤 돌멩이를 쥐고 있을 때 힐링반응이 더 크게 나오면 그것을 얼석이라고 부르는 데에서 유래한 것이다.

얼석을 양손에 쥐고 있을 때 힐링반응이 크게 나타나는 이유는 얼석 자체에 그 원인이 있거나 우리의 몸안에 얼석과 감응하는 뭔가가 있어서인데, 필자의 생각에는 이 두 가지가 모두 맞는 것 같다.

우리 인류는 수십만 년 전부터 각종 석기를 사용하는 생활을 극히 최근까지 수십만 년 동안 해 와서 우리의 손과 몸은 사용하는 각종 석기에 잘 감응하도록 진화하였다.

그래서 좋은 얼석을 쥐고 있으면 예전에 그 돌을 쥐고 사냥이나 농경을 하던 건강한 기억이 은연중에 떠올라 각종 힐링반응이 나타나는 M힐링여행을 할 수 있다.

32 M힐링여행 (2)

석기시대의 인류는 아프리카에서 시작하여 지구 곳곳으로 사냥감을 쫓아 이동하면서 각가지 종류의 돌들을 주워서 사냥감을 좀 더 쉽고 안전하게 잡는 방법을 찾아냈는데, 돌을 사용하는 석기시대에 이어 금속을 사용하는 청동기와 철기시대를 거치면서 인류가 지구상의 주인으로 자리 잡는다.

인류가 금속을 사용한 햇수는 겨우 반만년 정도이지만 돌을 사용한 역사는 수십만 년이나 되어 우리의 몸은 돌에 더 민감하게 반응하도록 진화하여 M힐링여행을 하는 데도 금속보다는 얼석을 안내자로 사용한다.

이것은 금속으로 만든 도구는 기껏해야 만든 지 몇백 년밖에 안 되지만 얼석은 그 모암이 만들어진 이후부터 따지면 수천만 년 이상이 되므로 그 안에 은하 우주방사선 피폭으로 만들어진 원자사슬이 수만 배나 더 많아서 이런 얼석을 양손에 쥐고 있으면 M힐링여행을 더 쉽고 편하게 할 수 있다.

M힐링여행을 하는 데 얼석 안에 들어있는 원자사슬이 도움이 되는 이유는 이 원자사슬을 묶어주는 양전실이 양자화한 전자구름으로 되어 있고, 이 전자구름이 양전실을 따라 움직이면서 양자파를 만들어 방출한다.

필자의 소견으로는 이 양자파가 바로 초끈이나 초막의 일종이어서 우리가 얼석을 양손에 쥐고 있으면 우리의 손과 몸안에 초끈과 초막이 만들어지고 이것들을 적절하게 조종하면 우리 몸안의 아시상을 힐링할 수 있게 되어 M힐링여행을 할 수 있게 하는데, 이러한 초끈이나 초막을 힐M 또는 힐막이라 부른다.

여기에서 우리가 짚고 넘어가야 할 것은 우리 주위의 물체는 모두 은하 우주방사선이 피폭되고 그 안에 원자사슬이 생기며 그곳에서 양자파를 발사하여 우리 주변의 모든 곳에는 양자거품으로 가득 차 있다. 이 양자거품이 바로 초끈과 초막으로 되어 있어서 우리 주변에 넘쳐나는 것이 초끈과 초막이지만 안타깝게도 우리는 어떤 장비를 사용해도 아직 이것을 보거나 만지거나 인지할 수가 없을 뿐이다.

이것은 M이론의 출발이 자연과 우주의 근원이 물질과 힘이 아닌, 끈과 막에 의해 설명될 수 있다고 믿는 것이어서 이 이론이 맞는다면, 이 세상의 모든 것이 전부 끈과 막으로 되어 있는데, 이러한 끈과 막을 인간이 실험실에서 만들 수 없다고, 그 존재를 부정하려 하는 것이 참으로 신기하다.

누에고치를 삶아서 실가닥을 뽑아내면 명주실이 되어서 우리는 누에가 고치를 만들 때 입으로 진액을 품어내면서 온몸을 돌리면 그 진액이 굳어서 명주실로 된 고치가 만들어지고 누에는 그 안에서 잠을 자면서 나방으로 변신한다.

우리가 만들 수 있는 가장 작은 것이 원자를 구성하는 소립자인데, 이 소립자 안에 있는 뭔가도 누에처럼 초끈을 내뿜어 소립자의 껍데기를 만들었다면, 이것을 잘 삶아서 가닥을 뽑아내어 초끈을 만들고 이 초끈을 이용하여 베를 짜서 초막을 만들 수 있을 것이다.

하지만 소립자 자체가 너무 작고 그것을 만드는 것도 초거대 입자 가속기를 사용하여야 겨우 만들 수 있는 데다 그것이 만들어지고는 바로 소멸하여 그것을 다시 어떻게 할 수가 없으니 그것에서 실을 뽑는 것은 현재로서는 불가능하다.

그런데 우리의 주변은 이러한 초끈이나 초막으로 만들어진 양자거품에 묻혀 있어서 우리가 얼마든지 사용할 수가 있는데, 구태여 그것을 우리 손으로 만들려는 과학자들의 열정이 놀랍다.

그리고 M힐링여행을 하는 M힐러의 입장에서는 주변에 널리고 널린 초끈이나 초막 중에서 적당한 것을 잘 이용하면 되는데, 의외로 이 세상의 모든 것을 근본적으로 구성하는 대부분의 초끈과 초막은 모두 뭔가에 소속되어 있어서 힐러가 자기 마음대로 사용할 수가 없다.

그래서 M힐러는 평소에 양손에 얼석을 쥐고 거기에서 나오는 양자파를 자기의 몸속으로 통하게 하여 자기 안의 아시상을 힐링하는 훈련을 하면서 그 양자파를 자기가 마음대로 조종할 수 있는 초끈이나 초막으로 바꾸고 나아가서 한방에 통하는 힐M 또는 힐막으로 변하게 한다.

23 M힐링여행 (3)

우리가 양손에 얼석을 쥐고 있으면 거기에서 나오는 양자파가 우리의 몸 안으로 침투해 들어오고 팔과 어깨를 지나 온몸으로 퍼지면서 중간에 마주치는 아시상을 힐링하는데, 이 힐링방법에는 자동힐링과 수동힐링의 두 가지 방식이 있다.

우리가 우리 몸의 어느 곳에 어떠한 문제가 있는 것을 알면 양자파를 그 문제 해결에 도움이 되는 부위로 집중하여 보내는데 이것이 수동힐링법이고, 우리가 그런 문제가 있는 곳을 알지 못하여 양자파를 무작위로 온몸에 보내고 어디에서 힐링반응이 나오면 그것을 추적하여 문제점을 파악하고 거기에 따라 힐링전략을 수립하고 해결하는 것이 자동힐링법이다.

우리가 처음으로 M힐링여행을 떠나려면 내비게이션이 장착된 자동힐링법을 사용하는 것이 편리한데, 무작위로 양자파를 이리저리 보내다 보면 조만간 어디에선가 강한 힐링반응이 나타나고 그때부터는 수동으로 바꾸

어 그 힐링반응의 정체를 정확하게 파악하고 거기에 맞는 힐링전략을 수립한다.

필자가 개발한 기존의 각종 힐링법에서는 이것을 각본 없는 단막극이라고 불렀으나 M힐링여행에서는 이러한 각본들을 통합하여 몇 개의 단계를 거치는

M힐링여행 통일각본을 사용한다.

1) M힐링여행 1단계는 M힐러가 양손에 얼석을 쥐고 자동으로 힐링여행을 떠나는 것이다. 이 여행은 얼석에서 나오는 양자파가 손, 팔, 어깨를 거쳐 온몸으로 퍼지면서 어디에서 힐링반응이 나오면 수동모드로 바꾸어 그 주변을 집중적으로 힐링하여 정상으로 복구시키고 그것이 끝나면 다시 자동으로 바꾸어 나머지 힐링여행을 계속하여 온몸을 정상으로 유지한다.

2) M힐링여행 2단계는 1단계만으로는 정상 복구가 안 되는 문제점이 생겼을 때 하는 것으로 문제가 인지된 쪽 손에만 얼석을 하나 쥐고 다른 손의 손가락으로 얼석을 쥔 손의 손등과 손목을 더듬어서 어기더미 또는 어기암상을 찾아내어 이것들이 모두 사라질 때까지 양자침 또는 양자뜸(예전의 지조임 또는 장뜸)을 놓아준다.

상기 두 가지 단계를 모두 마치면 M힐러가 되어 환우의 몸안에 생긴 아시상을 힐링해 주는 M힐링여행 3단계를 할 수 있다.

3) M힐링여행 3단계는 M힐러가 맨손으로 환우가 M힐링여행하는 것을 도와주는 것으로 환우의 손등에서 힐상을 찾아 그곳에 양자침 또는 양자뜸을 하여 환우의 몸안에 생긴 아시상을 힐링해 준다.

4) M힐링여행 4단계는 3단계로 아시상힐링이 충분히 되지 않는 환우에게 하는 것으로 문제가 된 쪽 환우의 손에 적당한 얼석을 하나 쥐게 하고 환우의 손등에서 힐상을 찾아 그곳에 추가로 양자침 또는 양자뜸을 하여 주어 환우의 몸안에 생긴 아시상을 힐링해 준다.

5) M힐링여행 5단계는 4단계로 아시상힐링이 충분히 되지 않는 환우에게 하는 것으로 환우 스스로 M힐링여행 1단계부터 수련하여 자기 스스로 M힐러가 되어 마음껏 자기 자신을 M힐링하는 것이다.

2 거품주먹뜸

우리가 어딘가로 여행을 떠날 때 가능하면 준비물을 간편하게 챙기고 홀가분하게 다녀오는 것이 좋다.

힐M 또는 힐막의 모습은 정해진 것은 아니고 사람마다 조금씩 다른 모습인데, 필자의 경우에는 양자거품으로 만들어진 거품막처럼 생기고 어쩌면 얼석을 가볍게 쥐고 있는 주먹처럼 생겨서, 우리가 M힐링여행을 할 때 우리의 손을 그 모습처럼 하고 '거품주먹뜸' 또는 줄여서 '거먹뜸'을 하면 여행 목적지가 어디든 대부분은 좀 더 좋은 힐링반응이 나타난다.

거먹뜸은 초보자도 쉽게 할 수 있는데, 손안에 들어가는 적당한 얼석을 양손에 쥐고 한 손을 다른 손의 손등에 대고 이리저리 움직여 손등 전체를 탐색하다가 어디에선가 조금이라도 이상한 느낌이 들면 그곳에 가만히 머무르면서 그 느낌이 사라지기를 기다리다가 정상으로 회복되면 다른 위치로 이동하는 여행을 계속하고 한 손의 모든 위치를 여행한 후에 양손의 역할을 바

꾸어 나머지 손도 같은 요령으로 여행을 하면 된다.

이때 얼석을 여러 개 준비하고 수시로 바꾸면서 M힐링여행을 하면 얼석을 바꾸어줄 때마다 좀 더 새로운 느낌이 들어 지루하지 않게 M힐링여행을 즐길 수 있다.

필자가 요즈음 주로 사용하는 얼석은 다이소에서 천 원에 10개쯤 들어있는 원예용 자갈을 사서 그중에 느낌이 좋은 것을 골라 사용하고 있다.

M힐링여행은 위의 사진처럼 거품 속을 여행하는 것이어서 주변의 자질구레한 것들이 모두 거품에 가려 있어서 보이지 않지만 그래도 가는 길을 대충 알고 있으면 더듬더듬 자기가 갈 길을 찾아갈 수가 있다.

 24 돌안으로 통하는 길

필자가 돌안으로 통하는 길을 찾아가게 된 사연은 몇 번의 인연이 있어서인데, 첫 번째 인연은 결혼하고 몇 년 후에 광주에서 모고등학교 서무과장을 하던 손위 동서와 같이 섬진강 상류쪽 유역으로 수석을 주우러 다니면서부터이다.

그 후로 대전으로 돌아와서 시간이 날 때마다 금강 상류쪽 유역으로 여기저기 다니면서 주로 호피석을 주워 왔는데, 대부분이 짱돌 수준이었지만 몇 년이 지나 대전에 놀러 온 동서가 보고 그중 몇 개는 모양이 아주 좋으니 잘 보관하라고 한다.

그 후로 또 몇 년이 지나 1995년 봄 무렵에 동서와 같이 섬진강 상류로 탐석을 갔는데, 나는 물가에 돌이 많이 드러난 곳을 탐색하였고 동서는 돌과 모래가 반반쯤 섞인 둔치 중간 부위를 탐색하다가 모래 위로 주먹만큼 드러난 돌을 보고 그 주변에 쌓인 모래를 파내었다. 그러자 한 뼘 두께에

폭이 약 50센티에 높이가 약 40센티쯤 되는 멋진 자태를 뽐내는 산수경석이 보이고 강물을 떠다가 겉에 뿌려주니 멋진 모습의 섬진강 호피석이 드러난다.

동서는 등에 메고 다니는 류색의 내용물을 모두 비워 나의 가방에 넣게 하고 호피석을 그 안에 담는데 빈틈이 거의 없이 꽉 들어찬다.

혼자 들기에는 너무 무거울 것 같아 같이 들자고 하니, 내 가방도 무거우니 호피석은 혼자 메고 간다고 류색을 멜 때만 거들어 달라고 하여 동서가 앉아서 류색을 메고 일어설 때 류색을 들어주었는데, 호피석의 무게가 거의 30킬로그램은 되는 것 같았다.

신바람이 난 동서는 무거운 호피석이 든 류색을 등에 메고 찻길까지 거의 50m 거리를 중간에 쉬지도 않고 한 번에 걸어간다.

그러한 일이 있고 한 달쯤 지나 동서가 돌아가셨다는 부음이 왔는데, 평소에 지병으로 고생하던 당뇨가 갑자기 합병증을 일으켜 돌아가셨다고 한다.

동서는 젊어서부터 당뇨가 있었는데, 나를 만나면 형님 노릇을 하느라 아픈 기색을 전혀 보이지 않고 같이 어디를 놀러 가도 나하고 대등하게 모든 일을 씩씩하게 잘하여 그냥 건강하다고 생각을 했었다.

그해 초에는 딸이 한의대에 입학하여 더욱 생생한 모습으로 섬진강 탐석

여행을 갔는데, 그것이 무리가 되어 합병증으로 발전한 것 같아 자책하는 마음이 들어 그 후로는 나도 탐석을 하러 어디를 가는 것은 그만두었다.

그러다가 약 5년 전에 인터넷에서 수정을 파는 사이트를 알게 되어 각종 수정을 약 3년간 수집하였는데, 최근에는 가격이 너무 올라 이것도 그만두었다.

2019년 7월부터 지리산 중턱에 있는 지인의 그림 같은 집에서 약 3개월간 수련을 할 기회가 있었는데, 그곳에는 만 평쯤 되는 공터에 커다란 지리산 암석이 여기저기 드러나 있어서 그 위에 가만히 앉아만 있어도 돌에서 올라오는 기운이 내 몸을 어루만져주어 저절로 힐링수련이 된다.

2020년 3월에 지금 사는 아파트로 이사를 온 후에 아파트 주변을 산책하다가 산책로나 화단 주변에서 조금 특이한 돌이 보이면 주워다가 집에서 깨끗하게 씻어주면 그중에 얼석으로 사용하기 적당한 것들이 있어 각종 힐링법을 개발하고 시험하는 데 이용하였다.

산책하면서 주울 수 있는 돌들이 거의 없어지고 다시 탐석 여행을 해야 할지 고민하던 중에 다이소 매장에서 원예용 자갈을 한 봉에 천 원씩 하는 것을 사다가 얼석으로 쓸 만한 것을 골라보니 한 봉에 서너 개는 그런대로 괜찮았고, 가끔 아주 마음에 드는 것도 있어서 요즈음은 보물찾기하는 재미로 차로 약 10분 거리에 있는 다이소 매장에 가서 탐석을 하고 집에 가져와 돌을 가다듬고 얼석을 고르는 것으로 소일을 하며 얼석 사이로 작은 오솔길을 만들어 '돌안으로 통하는 길'을 탐구한다.

여기에서 오솔길 주변의 돌들을 자세히 보면 여기저기 깨진 흔적이 보이는데, 이것은 우리의 몸에도 은하 우주방사선 피폭으로 손상이 생겼던 흔적을 따라 M힐링여행을 하는 오솔길이 만들어지는 것을 상징적으로 표현한 것이다.

7 코로나 퇴치 양자거품힐링

코로나 퇴치 양자거품힐링은 요즈음처럼 코로나가 만연되어 코로나와 함께 살아야 하는 환경에서 우리에게 어떠한 병증이나 후유증이 생기더라도 양자거품으로 몸을 씻어 각종 얼룩을 없애고 튼튼하게 개조하는 힐링법이다.

지난 토요일(2022.03.12) 오후에 현관문 벨이 땅똥 울리더니 아들이 문을 열고 들어와 가지고 온 묵 한 사발을 건네주며 지난 수요일 대통령 선거일에 처가에서 쑨 것을 가져온 것인데 오래 보관하지 말고 빨리 먹으라고 한다.

그러면서 장인이 코로나에 확진이 되었는데 다행스럽게도 우리 애들을 포함하여 다른 식구들은 검사결과가 음성으로 나왔다고 한다. 전 국민의 10%가 확진자가 되어 누구도 코로나19에서 자유스럽지 못한 현재 상황에서 여기 올린 글이 조금이나마 도움이 되길 기대해 본다.

이 세상의 모든 것은 은하 우주방사선에 피폭이 되면 그 궤적에 있는 원자들이 양전실에 한 줄로 꿰어져서 원자사슬 결합을 하게 되고 양전실에서 양자화한 전자가 진동하면서 양자거품을 만들어 외부로 내보낸다.

이러한 양자거품은 주변으로 퍼지면서 세탁기 안의 비누거품처럼 때나 얼룩을 씻어내어 우리의 몸을 다시 깨끗하게 하는 일을 한다.

이러한 양자거품은 우리 주변의 모든 물체에서 나오기 때문에 우리는 주변 환경에 따라 항상 모종의 양자거품 속에서 살고 있으므로 그 환경이 어떠한가에 따라 자기 몸이 깨끗하게도 되고 더럽게도 된다.

이러한 환경 양자거품에 추가하여 자기의 몸에 걸치는 각종 액세서리에서 나오는 양자거품도 우리 몸을 깨끗하게 정화하는 작용을 하므로 적당한 액세서리를 활용하면 큰 도움이 된다.

그런데 우리는 예전부터 전해 오는 잘못된 인습으로 값비싼 보석으로 만든 액세서리를 선호하는데, 필자의 소견으로는 이러한 보석보다는 우리 주변에서 흔히 주울 수 있는 얼석을 이용하여 질 좋은 양자거품을 만드는 것이 현명하다.

또 하나는 우리의 주변에 아무리 많은 좋은 양자거품이 있어도 이것을 사용하여 거품힐링을 직접 하지 않으면 큰 도움이 되지 않는다.

우리 주변에 만연한 코로나19 바이러스들이 우리의 몸에 침투하여 어떠한 병증을 만들더라도 양자거품은 이러한 병증으로 더럽혀진 우리 몸안의 얼룩을 깨끗하게 세탁하는 효력이 있다.

그런데 하나의 큰 문제는 이렇게 힐링효과가 좋은 양자거품이 우리 주변에 널려 있고 이것을 누구나 마음대로 사용하여 자기의 몸을 깨끗하게 정화할 수 있다는 것을 아는 사람이 별로 없다는 것이다.

그러한 가장 큰 이유는 양자거품은 너무 미세하여 어떠한 장비를 사용하여도 직접 관찰할 수가 없어서 이것은 오로지 우리의 생각으로 느껴야만 그 존재를 감지할 수 있다는 것이다.

필자가 이종보 작가와 공동으로 집필한 《숨은 나이 찾기》에서 소개한 자연숨결명상호흡의 몸 느끼기를 어느 정도 하실 수 있는 분은 양자거품의 존재를 감지할 수 있고, 이 양자거품을 사용하여 '코로나 퇴치 거품힐링'을 손쉽게 할 수 있을 것이다.

양자거품은 이 세상의 모든 것을 만드는 원재료이어서 우리의 몸을 포함하여 우리 주변에 있는 모든 것이 궁극적으로는 모두 양자거품으로 만들어져 있어서 우리가 양자거품을 느끼고 이 양자거품을 사용하여 뭔가를 하는 생각을 하면 우리 주변의 모든 것을 우리가 생각하는 대로 변화시킬 수가 있다.

그래서 코로나19 바이러스가 우리 몸에 침투하여 일으킨 어떠한 병증이나 후유증도 쉽게 힐링할 수가 있는 것이다.

21 5차원 세계를 엿보는 꼬마

양자거품으로 우리의 몸을 힐링하고 깨끗하게 하려면 먼저 양자거품이 무엇인지 어느 정도는 알아야 한다.

빅뱅 이론에서는 우주의 시작을 어떻게 설명하는가? (백과사전 검색 인용)

빅뱅 이론은 빅뱅이 일어난 이유에 관해서 설명하지 않는다. 현재로서 가장 잘 설정된 가설은 우주가 '양자거품(quantum foam)'에서 시작되었다는 것이다.

양자거품이란 무정형의 공간으로서 원자보다 훨씬 작은 물질의 거품이 1조의 1조의 1조분의 1초보다 더 짧은 순간에 나타났다 사라지기를 되풀이하고 있었다.

오늘날의 우주 안에서도 이러한 양자요동이 계속된다고 생각하지만, 이것은 아주 순식간에 일어나기 때문에 우주에 어떤 영향도 끼치지 않는다.

그러나 만약 138억 년 전에 어떤 특별한 양자요동이 일어났다가 사라지지 않았고, 갑자기 거대하고 폭발적인 팽창을 하였다면 오늘날 우주와 같은 것이 생성되었을 수 있다고 보고 있다.

최근에 제안된 또 다른 가설은, 우주가 4차원 시공간으로 두 개의 5차원 구조의 교차점에 존재하는 일종의 막(membrane)이라는 것이다. 두 개의 비누 거품이 서로 맞닿아 붙은 상태를 생각해 보라.

거품이 교차하는 면은 두 개의 3차원 구조 사이의 2차원 면이다. 막(membrane) 가설이 옳다면 빅뱅이라는 사건은 두 개의 막이 서로 접촉하는 순간을 의미한다. 그러나 이러한 가설 중 어느 것도 지금까지 실험이나 관측을 통해 확증된 바가 없다.

백과사전을 검색하여 인용한 상기 글을 아무리 읽어도 양자거품이 뭔지, 그리고 있는지 없는지 아리송하지만, 인용 글에서 언급한 대로 '138억 년 전에 어떤 특별한 양자요동이 일어났다가 사라지지 않았고, 갑자기 거대하고 폭발적인 팽창을 하여 오늘날 우주와 같은 것이 생성되었다' 고 보고 거기에 맞추어 이러한 양자거품이 우리 몸의 힐링에 어떤 도움이 될지 탐구해 보자.

위에 인용한 가설 중에 '우주가 4차원 시공간으로 두 개의 5차원 구조의 교차점에 존재하는 일종의 막(membrane)' 이란 내용도 양자거품힐링을 하는 처지에서는 사실로 간주하고 우리가 사는 4차원의 시공간 막에서 앞에 올린 사진 속의 꼬마처럼 막 안쪽으로 머리를 살짝 들이밀면 누구나 쉽게 5차원의 시공간을 엿볼 수가 있어서, 눈썰미가 좋은 사람은 1조의 1조의 1조분의 1초보다 더 짧은 순간 동안 그 세계를 엿보아도 그곳에서 사용하는 힐링법을 눈치에 담아서 찰나의 순간에 자기 몸을 힐링하는 데 이용할 수 있을 것이다.

그런데 5차원 세계를 엿보는 꼬마가 그 세계에서 엿본 힐링법은 사진 속 하트 안처럼 얼석 2개를 양손에 나누어 쥐고 자연숨결명상호흡을 하는 어떤 힐러의 모습이었다.

㉝ 5차원 세계 엿보기

　레오나르도 다 빈치의 '살바토르 문디'에 관하여 '백과사전'을 검색하여 요약 인용해 본다.

　레오나르도 다 빈치의 잃어버렸던 걸작, 수백 년 만에 '살바토르 문디'는 레오나르도의 진품으로 밝혀지게 된다. 조악하게 덧칠된 물감 덩어리들과 먼지 더미를 한 겹씩 걷어낼 때마다 레오나르도 특유의 천재적인 붓 터치가 눈앞에 서서히 나타나기 시작했다.

　레오나르도 다 빈치의 '살바토르 문디'는 레오나르도의 제자 조반니 안토니오 볼트라피오(Giovanni Antonio Boltraffio, 1467~1516)가 그린 것으로 알려져 왔다. 하지만 2011년 가을 런던 내셔널 갤러리에서 개최된 전시 '밀라노의 궁정화가, 레오나르도 다 빈치' 전을 통해 60여 점의 다른 레오나르도의 대표작들과 함께 전시된 이 작품은 레오나르도가 직접 그린 진품으로 천명되었다.

　1958년 경매에 등장해 고작 45파운드에 거래되었던 이 작품은 진품으로 판명된 이후 2013년 5월 어느 익명의 수집가에 의해 대략 8천만 달러에 소장된 것으로 알려져 있다.

　이 작품은 무명으로 견뎌온 세월만큼이나 심각한 손상들과 조악한 덧칠들로 뒤덮여 있었기에 이를 모두 걷어내고 레오나르도의 오리지널 붓 터치를 드러내기 위한 복원작업에 오랜 시간이 걸렸다.

　그리고 이와 동시에 이 작품의 역사적 자료들에 대한 조사 및 연구도 집중적으로 이루어졌다. 여기에는 윈저 로열 도서관에 소장된 '살바토르 문디'의 밑그림인 오리지널 습작 드로잉 2점과 레오나르도의 다른 대표작들의 성분들과의 비교 분석이 중요한 역할을 했다.

'살바토르 문디'는 '세상의 구세주'라는 의미가 있다. 실제로 그림 속에서 예수의 오른손 두 손가락은 축복을 내리는 제스처를 취하고 있으며, 왼손에는 세상과 우주를 상징하는 투명한 구슬을 쥐고 있다.

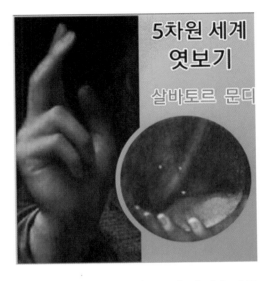

레오나르도 다 빈치가 이를 주제로 작품에 착수한 것은 1506~1513년경 프랑스의 루이 12세를 위해서였다. 그러나 이후 그의 제자들뿐만 아니라 다른 화가들까지 레오나르도의 양식을 모사하여 이 작품의 복제본을 워낙 많이 그려냈고, 진품에 대한 기록은 한동안 사라져 버렸다.

이 작품 속의 영롱한 구슬의 투명도를 묘사하는 방식이나 청색 의상의 극도의 부드러운 질감을 표현하는 기법은 누구도 흉내낼 수 없는 레오나르도 특유의 스타일을 간직하고 있다.(요약 인용 끝)

'살바토르 문디'는 '세상의 구세주'라는 의미인데, 필자의 소견으로는 레오나르도 다 빈치가 5차원 세계를 엿보고 '살바토르 문디'를 그렸으며 예수님이 왼손에 들고 있는 수정구슬을 통하여 5차원 세계의 힐링법을 엿보고 그것을 오른손을 통하여 우리에게 전하여 이 세상을 구원하는 모습을 그린 것으로 생각된다.

여기에서 수정구슬은 양자거품으로 가득 찬 5차원의 세계이고 이 구슬에 그려진 3개의 작은 흰점은 5차원의 세계를 엿보는 통로가 되는데, 바로 '5차원 세계를 엿보는 꼬마'의 머리통을 그려 놓은 것으로, 이 별자리 모양의 문양으로 알려진 3개의 작은 점과 3개의 손가락을 잘 이용하면 누구나 5차원 세계를 엿볼 수가 있으며, 자기에게 꼭 필요한 힐링법을 직접 체득하여 원하는 건강을 챙길 수가 있다.

P.S.

왼쪽 수정구슬에 있는 3개의 작은 점과 오른손 손가락의 손톱이 입체적으로 보면 거의 같은 배열이어서 자연숨결명상호흡을 하면서 자기의 왼손 위에 수정구슬이 있다고 생각하고 오른손으로 살바토르 문디처럼 손가락을 세우고 3개의 손가락 끝을 서서히 까닥거리면 수정구슬의 3개의 작은 점도 따라서 움직이는데, 어느 순간 손가락 끝과 3개의 작은 점이 4차원의 막을 뚫고 5차원의 세계로 살짝 들어가는 것을 느낄 수 있게 되며, 그 순간 5차원의 세계를 엿보고 자기의 몸을 힐링할 수가 있게 된다.

17 살바토르 얼석 비밀 힐링여행

코로나19로 인한 여행 규제가 완화되고 있는데, 5차원 세계의 힐링법이 우리 지구에서 사는 사람들의 힐링에 꼭 도움이 된다고 가정하고 5차원 세계로의 비밀 힐링여행을 한 번 훌쩍 떠나 보자.

앞장 '5차원 세계 엿보기'에서 레오나르도 다 빈치의 살바토르 문디에 나오는 힐링법을 살펴 보았는데, 이것을 실제로 하려면 어려움을 겪는 분들이 있을 것이다. 그래서 우리에게 익숙한 얼석을 이용하여 사진처럼 '살바토르 얼석 비밀 힐링여행'을 해 보자.

이것은 사진처럼 양손의 약지와 소지를 사용하여 얼석을 쥐고 자연숨결명상호흡을 하는 것이 기본 힐링법이다. 이것이 익숙해지면 왼손과 오른손에 있는 엄검중 3개의 손가락을 이리저리 살짝 살짝 움직여서 3개의 손가락 끝이 온몸에 다양한 3각형 모양의 힐링마크를 찍게 하고, 그 힐링마크를 몸 느끼기로 감지하는 방식으로 5차원 세계로 '살바토르 얼석 비밀 힐링여행'을 하다 보면 특정부위에 원하는 힐링효과가 저절로 나타난다.

이때 사용하는 얼석은 수십에서 수백만 년 전에 모석이 만들어지고 현재의 작은 자갈 모습으로 변형이 되는 동안 수없이 많은 은하 우주방사선에 피폭되어 그 안에 각종 원자사슬과 양전실이 만들어지고 거기에서 양자거품이 끊임없이 나오는데, 이것을 사진처럼 양손에 잡고 있으면 거기에서 나오는 양자거품이 비록 눈으로 보이지는 않아도 끊임없이 약지와 소지 손가락과 손바닥을 통하여 몸안으로 흘러들어와 팔을 타고 온몸을 여행하면서 각종 얼룩이나 어기들을 깨끗하게 씻어준다.

이때 일부의 양자거품을 엄검중 3개의 손가락으로 만든 힐링마크에 투사하면 두 줄기의 양자거품이 특정 위치에서 마주치면서 증폭효과가 나타나며 양자거품의 진폭이 정점에 도달하는 순간에 4차원의 막이 살짝 뚫리고 5차원의 세계에 잠시 머무는 순간이 오면 5차원의 세계로 비밀힐링여행을 할 수가 있다.

살바토르가 얼석을 주로 사용하는 이유는 얼석은 우리의 주변에서 쉽게 구할 수 있는 자갈돌 중에서 골라 사용하면 되는데, 이렇게 구한 모든 얼석이 제각각 다른 양자거품을 품어내면서 우리 몸의 특정부위에 좀 더 좋은 힐링효과가 나오기 때문에 어떤 얼석이 어느 부위를 힐링하는 데 더 효과가 있는지 탐색을 하는 재미가 쏠쏠하다.

인도에서 사용하는 명상법 중에 챠크라가 있는데, 거기에서는 보남파초노주빨의 7가지 색깔의 보석으로 머리에서 국부까지 일곱 군데의 위치에서 힐링효과가 나오게 한다. 살바토르 얼석에서는 머리끝에서 발끝까지를 크게 12개로 나누어 1에서 12까지 번호를 매겨 얼석을 구분하고, 각 구분에서도 주변 신체 조직에 따라 세분하여 얼석을 구분하여 사용한다.

그런데 요즈음 몇 달간 다이소 매장에서 10개들이 한 봉에 천 원을 주고 원예용 자갈을 구매하여 얼석으로 사용하는데, 수천 개의 얼석을 상기 방법으로 구분하다 보니 오히려 매일 마음에 드는 얼석을 몇 개 챙겨서 손 가까이에 두고 그 중에 2개를 양손에 나누어 쥐고 자연숨결명상호흡을 하면서 소일하는 것이 더 자연스러운 일상이 된다.

그러다가 이번 주부터는 한 번에 하나의 얼석만 선택하여 그 얼석 속에 숨어 있는 비밀 양자거품을 탐색하는데, 그 비밀거품을 따라 비밀통로로 들어가면 5차원 세계의 숨은 이야기를 어렴풋이나마 감지할 수 있게 된다.

그리고 하루에 2번은 약 30분간 아파트 주변에 있는 산책로에서 양손에 얼석을 쥐고 발차기를 하면서 걷는데, 이 정도로도 온몸의 건강이 그런대로 잘 유지되는 것 같다.

42 얼석 양자거품힐링

이 세상에는 우리가 잘 알지 못하는 것이 많이 있지만 그것이 어떨 것 같다고 상상하는 것은 누구에게나 허용된 그 사람만의 자유이다.

필자가 가장 궁금하게 생각하는 것은 앞장에서 언급한 양자거품이고 그 다음은 암흑물질이다.

이 두 가지는 그 정체가 조금씩 그 베일을 벗고 있어서 조만간 좀 더 많이 알 수 있을 거라고 예상이 되는데, 우선 맛보기로 추측을 해 보자.

필자의 추측으로는 양자거품과 암흑물질은 그 속성이 거의 같거나 비슷한 그것으로 생각한다.

주요 차이는 양자거품은 온 우주에 고루 퍼져 있어서 그 안에 우주의 모든 구성 요소들이 담겨 있고, 암흑물질은 물질이 있는 주변에 군데군데 집중된 것이 실험으로 확인되었다.

즉, 우리는 눈으로 그 존재를 감지할 수 없지만 양자거품과 암흑물질은 우리의 주변에 많이 있는 것이 확실하여 그것을 잘 이용하는 방법을 터득하면 여러모로 쓸모가 많을 것이다.

이러한 여러 가지 쓸모 중에서 가장 중요한 쓸모는 우리의 몸안에 숨겨진 신비를 찾고 풀어서 깜짝 힐링하는 것이다.

현대 문명의 급속한 발전으로 우리는 이 세상의 많은 것을 알고 이용하고 있지만 그래도 아직도 많은 사람이 이런저런 질병으로 고생을 하는데, 그것은 아직도 우리의 몸에는 숨겨진 신비가 많이 남아 있기 때문일 것이다.

이러한 신비도 조만간 많이 그 모습을 드러내고 각종 난치병이나 불치병들도 치유하는 법이 하나

둘 발견이 되겠지만, 지금 당장 그러한 질병으로 고생하는 분들에게 조금이나마 편하게 해 주는 힐링법을 찾아서 보는 것도 의미가 있을 것이다.

우리는 아직 양자거품이나 암흑물질에 대하여 아는 것이 별로 없지만, 필자의 소견으로는 이 두 가지 물질은 잘만 이용하면 아주 특별한 힐링효과가 있을 것으로 생각한다.

필자는 특별한 힐링효과를 얻기 위하여 얼석을 사용하는데, 이것은 얼석이 모암이 만들어진 이후에 현재의 작은 돌멩이 모습이 될 때까지 수천만 년에서 수억 년이 흘렀다. 그 사이에 수백에서 수천 번은 은하 우주방사선에 피폭되어 작은 돌멩이 안에 수백에서 수천 개의 원자사슬이 생기고, 그 안에 있는 양전실에서 끊임없이 양자거품이 만들어져 뿜어나오는데, 이러한 얼석을 손안에 쥐고 있으면, 뿜어져 나오는 양자거품이 손과 팔을 타고 몸안으로 통과하면서 아시상 주변에 생긴 어기더미나 어기암상을 소멸하여 특별한 힐링효과가 나타난다.

얼석을 손안에 쥐고 있으면 몸안 어딘가에서 특별한 힐링효과가 나타난다는 것은 필자가 최근 몇 달씩 다이소에서 한 봉에 천 원씩 하는 원예용 자갈을 수백 봉을 구매하고 그 안에 들어있는 수천 개의 얼석을 손안에 쥐고 자연숨결명상호흡을 하면서 그 얼석에서 나오는 양자거품이 우리의 몸 어딘가를 힐링하는지를 집중적으로 탐구한 경험에서 도출된 결론이므로 이 방법은 다른 분들에게도 도움이 될 것으로 생각한다.

이 얼석 양자거품힐링은 누구나 쉽게 할 수 있다. 이것을 확인하고 싶은 분은 지금 바로 근처에 있는 다이소 매장에 가서서 한 봉에 10개쯤 자갈이 들어있는 원예용 자갈을 몇 봉 사 와서 그 안에 들어있는 자갈들의 표면에 묻어 있는 얼룩들을 적당히 제거하고 그중에서 가장 마음에 드는 것을 한 개 골라 손안에 쥐고 자연숨결명상호흡을 하면서 몸 느끼기로 그 얼석에서 나오는 양자거품이 자기의 몸안으로 어떻게 흐르면서 몸안 어디에서 어떤 힐링효과가 나오는지를 느끼고 있으면 저절로 자기의 몸이 힐링되는 것을 경험할 수 있을 것이다.

이러한 얼석 양자거품힐링은 어디가 불편한 분이 스스로 얼석을 구매하고 자연숨결명상호흡을 해 보면 자기의 몸에 생긴 불편한 것이 어느 순간 스르륵 소멸하는 그것을 느낄 수 있을 것이다.

앞에서 소개한 얼석 양자거품힐링이 너무 간단해서 그것만 해서는 힐링 효과가 별로일 것 같은 생각이 드는 분은 얼빔힐링에서 사용하는 아시힐상을 추가로 잡아주는 것도 도움이 된다.

30 고치와 나방으로 만들어진 우주

태초부터 어쩌면 이 세상은 끝없이 넓은 5차원의 양자거품으로 가득 차 있었을 것이다.

이 5차원의 양자거품은 태초부터 어떤 순간에 양자요동을 치면서 이런 저런 우주가 만들어졌다 소멸하기를 반복하다가 약 138억 년 전에 만들어진 어떤 우주는 웬일인지 바로 소멸되지 않고 아직도 팽창하고 있다고 한다.

우리는 이 특별한 양자요동을 빅뱅이라고 부르고 이 순간에 우리의 우주가 탄생하고 시간과 공간과 물질이 생겨났다고 말하는데, 필자는 이것을 좀 다른 각도로 설명하고 싶다.

우리가 사는 우주는 138억 년 전에 어떤 특별한 양자요동이 생기기 이전부터 지금 현재까지 5차원의 양자거품으로 가득 차 있고, 이 양자거품은 4차원의 거품 속에 아주 작은 1차원의 고치가 들어있는 (4+?1?) 차원의 형태인데, 이 고치 속에 들어 있던 번데기들이 138억 년 전에 어떤 양자요동의 영향으로 깨어나 나방으로 변신하고 이것이 진화를 계속하면서 현재의 우주로 발전하였다.

5차원의 양자거품 안에는 아주 작은 1차원의 고치가 들어있는데, 이 양자거품들의 일부에 있는 고치가 양자요동의 신호를 받고 나방으로 변신하고 이 세상으로 튀어나오고, 이 나방들이 떼로 모여서 별이 되고 그 안에서 핵융합 반응이 일어나고, 좀 더 무거운 나방이 되고 빛을 내다가 나방의 수가 적어져서 더 핵융합할 수 없으면 그 별은 폭발하면서 새로운 별로 진화하고 폭발의 잔해에서 아주 다양한 나방들이 만들어지고 이것들이 진화하면서 138억 년이라는 긴 세월이 지나면서 태양이라는 이름의 별에 있는 지구라는 이름의 행성에 우리 문명이 나타나 더 나은 내일을 바라보며 갖은 역경을 헤쳐나가고 있을 것이다.

우리가 더 나은 내일을 바라보려면, 무엇보다도 우리가 스스로 자신의 건강을 챙길 수 있어야 한다고 생각하는데, 그러려면 우리가 우리 몸안에 숨어 있는 신비를 좀 더 터득하는 것이 필요하다. 그리고 이 세상에서 가장 신비한 존재인 양자거품을 어느 정도는 이해하고 그것을 이용할 줄도 알아야 한다.

앞에서 양자거품 안에는 아주 작은 고치가 들어있고, 이 고치 안에 있는 애벌레가 어떤 양자요동을 신호로 나방으로 변신하고 이것들이 모여 여러 단계의 진화를 거듭하면서 현재의 우주가 되었다고 했다. 여기에서 우리의 몸을 힐링하는 데 필요한 것은 138억 년 전에 있었던 양자요동 신호 때에 미처 나방으로 변신하지 못하고 아직도 애벌레 상태로 고치 안에 들어있는 양자거품이 아직도 우리의 우주에 가득 차게 남아 있으며 이것을 잘 이용하면 아주 특별한 힐링효과를 얻을 수 있다는 것이다.

고치에 애벌레가 들어있는 양자거품은 아주 잘 퍼지는 속성이 있어서 온 우주에 고르게 분포되어 있고, 고치에서 나방이 빠져 나가 빈 껍데기만 남은 양자거품은 나방이 변하고 또 변하면서 만들어진 각종 물질 주변에 모여 어쩌면 암흑물질이라는 이름으로 불리고 있을 것이다.

고치에 애벌레가 들어있는 양자거품은 우리의 몸을 힐링하는 데 활용할 수 있다. 그리고 모종의 방법을 사용하여 애벌레를 부화하여 나방으로 만들고, 이 나방이 아시상을 향하여 모종의 날갯짓을 하면 나비효과와 유사한 나방효과라는 미세 블랙홀이 순간적으로 나타나 아시상 주변의 모든 얼룩, 어기더미, 어기암상을 모두 빨아들여 소멸하고 미세 블

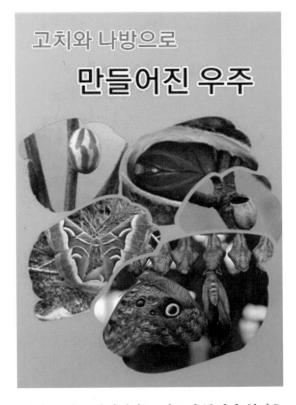

고치와 나방으로
만들어진 우주

랙홀은 바로 사라지지만 우리의 몸에는 기적이라는 이름의 특별한 힐링효과가 나타난다.

'고치와 나방으로 만들어진 우주'에서는 애벌레가 고치를 만들고 번데기가 된 이후에 일정 잠복기를 거쳐 어느 날 어떤 신호를 받고 순간적으로 부화하여 나방으로 변신한 후에 이들 나방이 떼로 모여 별이 되고 핵융합을 하면서 계속 변신을 하고 계속 진화하면 현재의 우주의 모습이 탄생하고, 그 안에서도 고치와 나방이 계속 변신을 하면서 새로운 우주의 미래를 만들어 간다.

이렇게 '고치와 나방으로 만들어진 우주'에서는 고치와 나방 만들기가 모든 힐링의 핵심이 되는데, 우리의 몸 어딘가에 어떤 원인으로 아시상이

생기면 그 아시상을 힐링해 주는 짝꿍힐상을 찾아서 그 힐상 주변에 있는 양자거품 안에 있는 번데기를 부화시켜 나방으로 변신하게 하고 그 나방이 아시상을 향하여 모종의 날갯짓을 하면 원하는 힐링효과가 나타난다.

이러한 나방효과가 나오려면 아시힐상 주변의 양자거품 안에 있는 번데기를 부화하여야 하는데, 이때 얼석과 자연숨결명상호흡을 사용하면 원하는 결과를 얻을 수 있다. 단, 그 소우주의 마음에도 양자요동이 있어 좀 더 나은 내일을 바라보며 갖은 역경을 헤쳐 나가려는 바람이 바람처럼 불어야 한다.

11 나방효과와 비얼로

브라질에 있는 나비의 날갯짓이 미국 텍사스에 토네이도를 발생시킬 수도 있다는 '나비효과'는 초기의 미세한 차이가 엄청난 결과를 가져온다는

과학이론인데, 이것과 유사한 '나방효과'는 우리 몸의 아시힐상에서 나방이 날갯짓을 하면 아시상에 미세 블랙홀이 생겨 그 주변의 얼룩, 어기더미, 어기암상을 모두 빨아들여 기적 같은 힐링효과가 나온다는 힐링이론이다.

이러한 '나방효과'를

그림으로 그리면 위와 같이 되는데, 이 그림과 유사하게 핵연료봉을 배치하면 기적의 비얼로가 된다.

'나방효과'에서는 양자거품 안에 있는 고치에서 번데기가 부화해서 나방이 되고, 그 나방이 날갯짓을 하면 기적의 힐링효과가 나타난다는 것이 핵심이론인데, 비얼로에서는 가동 중에 원자로 안에 배치된 핵연료봉이 사전에 정해진 순서대로 자리이동을 하면 기적 같은 연소효과가 나타나 기존 원자로보다 10배 이상의 성능을 발휘한다는 것이 핵심이론이다.

비얼로에서 기적 같은 연소효과가 나타난다는 것은 실제로 만들어 시험을 해 보면 알 수가 있지만 1조 원 이상의 엄청 많은 돈이 든다는 문제점이 있다.

'나방효과'가 기적의 힐링효과가 나타난다는 것은 실제로 해 보면 알 수 있고 돈도 전혀 들지 않지만, 우리가 양자거품 안에 있는 고치나 번데기나 나방은 자연숨결명상호흡으로 몸 느끼기는 할 수 있지만 아쉽게도 1조의 1조의 1조의 1조배를 확대해야 겨우 원자 하나의 크기 정도이어서 어떠한 방법으로도 직접 볼 수 없다는 문제점이 있다.

6 뼛골을 울려서 온몸을 바꿔 보세

나방효과와 비얼로의 핵심은 그 내부의 뭔가가 끊임없이 변신하는 그것에 있으며, 비얼로에서는 핵연료봉의 위치가 끊임없이 이리저리 변하고, 나방효과에서는 양자거품 속에서 나방의 알이 부화하여 애벌레가 되고 그 애벌레가 나뭇잎을 갉아 먹고 자라서 성체가 되면 고치를 만들고 그 안에 들어가 번데기가 되고 그 번데기가 휴면하면서 환골탈태하여 고치를 뚫고 나방으로 변신하여 날갯짓하면 나방효과가 나타나 아사힐상과 아시상을

잇는 통로 주변에 있는 얼룩이나 어기더미나 어기암상을 모두 빨아들여 소멸하고 기적의 힐링효과가 나타난다.

양자거품 속에서 나방은 변신과 환골탈태를 자유자재로 할 수 있지만, 문제는 이렇게 나방이 알에서 부화하여 날갯짓할 수 있게 될 때까지 아주 많은 시간을 기다리고 준비해야 하고, 우리는 그것을 자연숨결 명상호흡 몸 느끼기로 느끼는 연습을 하여야 하는데, 아직 몸 느끼기가 잘 안 되는 사람이 나방효과를 보려면 나방의 날갯짓을 본받아 환골을 하는 대신에 뼈를 울리게 하는 명골을 하고 탈태를 하여 태를 바꾸는 대신에 태를 깨끗하게 씻어주는 세태를 하는 명골세태를 하면 원하는 기적의 힐링효과를 어느 정도는 얻을 수 있다.

명골은 뼈를 울리게 하는 것이어서 어느 정도는 사진처럼 북을 가볍게 두드려서 장단을 맞추어 주어야 하지만 놀이꾼의 손놀림, 발놀림, 그리고 몸놀림처럼 흥을 돋우는 신명 나는 춤사위를 잘하는 것이 힐링에 더 효과적이다.

골격은 몸 전체를 형성하는 뼈대로 뇌나 폐 등의 장기를 외부의 충격으로부터 보호하는 역할을 한다. 사람의 골격은 크기와 모양이 다른 많은 뼈로 구성되어 있다. 신생아 때는 약 350개의 뼈가 있지만 성장함에 따라 합쳐져서 성인이 되면 보통 206개의 뼈로 골격을 구성한다. 두개골과 안면골 20개, 척주(등뼈) 26개, 흉골(가슴뼈)과 늑골 24개, 어깨·팔·손의 상지골

64개, 골반·다리·발의 하지골 62개이다.

성인의 골격이 206개의 뼈로 구성되어 있지만, 춤사위를 할 때는 손, 발, 몸, 머리 등 몇 개의 큰 부위로 나누어 울림 틀을 만들고 이 틀을 이리저리 크고 작게 바꾸어가며 굴리듯 하면서 전체가 어우러지게 춤사위를 하면서 신명을 짜낸다.

그리고 206마당 명골세태에서는 이러한 춤사위를 자연숨결명상호흡하면서 206개 뼈마디에서 조금씩 신명을 짜낸다.

"얼쑤~! 우리 한 번 허벌나게 놀아보세~!~! 뼛골을 울려서 온몸을 바꿔보세~!~!~!"

누구나 온몸의 뼈마디를 두루 섭렵하며 206마당 명골세태를 모두 완성하면 그 후로는 환골탈태 나방효과를 직접 체득할 수 있을 것이다.

 ## 14 설사와 잔기침

요즈음 약 2주간 설사와 잔기침이 있는데 보도자료를 보니 이것도 롱코비드후유증상이라는 것을 알았다.

후유증상이 몇 주 지속한다는 것은 필자도 그 전에 무증상 코로나19에 걸렸을 가능성이 있다는 것인데, 코로나 확진검사를 한 적이 없어 모르고 지나간 것 같다.

무증상 코로나19에 걸렸다. 나았어도 롱코비드후유증상이 있는 것이 신기하다.

그런데 필자가 명색이 연구하는 돌팔이 힐러인데, 롱코비드후유증상으로 몇 주간 시달리는 것이 체면을 깎는 것이어서 롱코비드후유증상에 효과가 있는 힐링법을 찾아보기로 했다.

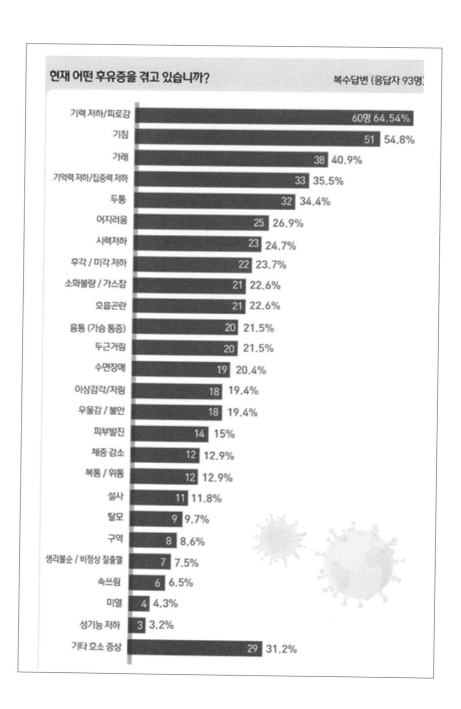

현재 어떤 후유증을 겪고 있습니까?　　　　　　복수답변 (응답자 93명)

증상	인원	비율
기력 저하/피로감	60명	64.54%
기침	51	54.8%
가래	38	40.9%
기억력 저하/집중력 저하	33	35.5%
두통	32	34.4%
어지러움	25	26.9%
시력저하	23	24.7%
후각 / 미각 저하	22	23.7%
소화불량 / 가스참	21	22.6%
호흡곤란	21	22.6%
흉통 (가슴 통증)	20	21.5%
두근거림	20	21.5%
수면장애	19	20.4%
이상감각/저림	18	19.4%
우울감 / 불안	18	19.4%
피부발진	14	15%
체중 감소	12	12.9%
복통 / 위통	12	12.9%
설사	11	11.8%
탈모	9	9.7%
구역	8	8.6%
생리불순 / 비정상 질출혈	7	7.5%
속쓰림	6	6.5%
미열	4	4.3%
성기능 저하	3	3.2%
기타 호소 증상	29	31.2%

롱코비드후유증상은 코로나19에 감염되고 완치가 된 사람에게 나타나는 것이어서 힐링법의 단서를 찾으려면 결국에는 코로나19 퇴치법이 숨겨져 있는 도룡동 성당 스테인드글라스 제3번 성화 '예수님의 세례'를 다시 잘 살펴보아야 한다.

코로나19가 유행한 이후에 '예수님의 세례'에 담겨 있는 코로나19 퇴치법은 여러 번에 걸쳐 글을 올렸는데, 이번에 롱코비드후유증상 힐링법을 찾으려고 다시 성화를 살펴보니 전에는 한 번도 눈여겨보지 않은 아주 특이한 문양이 눈에 들어온다.

이 문양은 하단 창의 약 20%를 차지하는 아주 커다란 것이어서 지금에서야 필자의 눈에 뜨인다는 것이 믿어지지 않는다.

이것은 하단 창에 붉은색으로 그려진 커다란 사각형인데, 그려진 위치로

보아 예수님의 팔이나 세례 요한의 배 또는 허리 부위에 해당한다.

이렇게 아주 커다란 사각형 문양을 온통 붉은색으로 칠한 것은 이것이 아주 중요한 뭔가를 암시하는 것일 터인데, 필자의 소견으로는 이것이 롱코비드후유증상을 힐링하는 계시를 담고 있다고 생각하고, 어쩌면 코로나19 힐링이나 롱코비드후유증상 중에서 가장 큰 영향을 받았지만 의외로 소홀히 여기는 부

위가 우리의 팔과 다리, 또는 배와 허리이고 이들 부위에 생기는 이상 증상이 있으면 이것을 먼저 원상복구하는 것이 힐링의 주요 요건이라고 생각한다.

필자도 설사와 잔기침 이외에 오른쪽 어깨와 팔꿈치 관절에 통증이 와서 팔을 뒤로 젖히는 것이 어려웠는데, 이것을 원상 복구하기 위하여 관절 통증 부위에 웜홀힐링을 해 주고 있다.

예수님이 십자가에 못 박혀 돌아가신 것은 우리 인류를 구원하시기 위한 것인데, 코로나19나 롱코비드의 후유증상으로 우리의 몸안에 박히는 각종

P.S.

1. 지금 이 글을 올리고 다시 앞장에 올린 '뼛골을 울려서 온몸을 바꿔 보세~!' 란 글을 읽어보니 바로 며칠 전에 그 글을 쓰면서 온몸을 관리하는 데 뼛골이 중요한 역할을 한다는 요지의 글을 쓰면서도 내 오른쪽 팔 뼛골에 문제가 생기기 시작하는 것을 간과하고 설사와 잔기침만 잡으려고 애쓴 것이 신기하다.

2. 오른쪽 어깨 상박부에 웜홀힐링을 해 주자 그 안에서 냉침이 감지되고 잠시 후에 냉기와 가려움증이 스멀거리며 거의 10여 분간 삐져나온다. 이 상황은 성화의 붉은색 사각형의 윗부분에 그려진 문양과 거의 같은 느낌이다. 코로나19 바이러스가 우리 몸안을 헤집고 다니면서 각종 조직을 파괴하고 물러간 현장에 각종 참혹한 장면이 드러나는데, 이것이 롱코비드후유증상이라는 이름으로 불리고 그것을 웜홀힐링으로 복구하는 과정에서 냉침현상이 나타나는 것 같다.
필자의 경우에는 오른쪽 팔에 냉침이 한 개 박히는 것으로 끝이 났지만 온몸 여기저기에 여러 개의 냉침이 박혀 오래 고생하시는 분들도 계시는데, 이러한 냉침을 모두 뽑아내고 조속히 건강을 회복하시기를 기도드린다. 아멘!

3. 롱코비드후유증상에 냉침이 나오는 것은 예수님이 십자가에 못 박혀 돌아가실 때 손과 발에 박힌 못이 그 후유증으로 냉침이 되었기 때문일 것이다.

냉침에서 우리를 구원하시기 위하여 도룡동 성당 스테인드글라스 제3번 성화 '예수님의 세례'에 그 힐링법을 계시하고 계신다.

 22 **'힐링거품웰빙 맞춤샤워'**

첫 번째 힐링 사례 : 사회성 부족 초기 징후가 있는 아이

다음 주 월요일(2022년 5월 2일)부터 실외 마스크 의무를 해제한다는 반가운 발표가 있었던 4월 마지막 주 토요일(4월 30일)에 친구인 S교수의 집을 찾아가 둘째 손자인 HJ(남, 7세)군에게 새로 개발 중인 '힐링거품웰빙 맞춤샤워'를 약 2시간 정도 해 주고 왔다.

HJ군은 사회성 부족 초기 징후가 있는 경증인데, 부모로서는 걱정이 이만저만이 아닌 듯하다.

이 분야의 이름난 의사에게 몹시 어렵게 초진을 받고 8개월 후에 정밀검진을 받는다고 하는데, 그 사이에 나한테 와서 기치료를 받아 보려고 하였다고 한다.

이것은 S교수가 작년에 설암 수술 후에 후유증을 힐링하기 위하여 대전 우리 집을 너덧 번 다녀간 적이 있어서 이번에도 자기가 아들과 손자와 같이 대전으로 찾아오려 했다고 한다.

일단은 그러라고 하고 전화를 끊고 차분히 생각을 해 보니 어린아이가 낯선 곳에 와서 모르는 할아버지가 하는 뭔가를 받아 보아야 힐링효과가 별로 나올 것 같지 않아 다시 S교수에게 전화하여 내가 그쪽 집으로 가서 힐링을 해 주는 것으로 일정을 바꾸었다.

필자는 그동안 사회성 부족 환우를 도와준 경험이 2번쯤 있었는데, 일주일에 서너 번을 한두 시간씩 해 주었는데도 몇 달이 지나서야 조금 호전되는 반응이 나타나는 아주 지루하게 시간과 싸우고 또 싸워야 했었다.

그런데 이번에 하는 HJ군의 경우에는 필자가 서울까지 가야 되어서 한 달에 한두 번 정도 하는 것이 고작인데, 그런다고 한 번에 하는 시간을 더 늘릴 수도 없어서 짧게 하고도 어느 정도 효과를 보려면 새로 개발 중인 '힐링거품샤워'가 뭔가 기적 같은 위력을 발휘해 줄 거라고 은근히 기대해 본다.

'힐링거품샤워'에서는 힐링거품을 어떻게 만들어 환우에게 어떻게 샤워를 해주고 어떻게 힐링효과가 나오게 할 것인지를 미리 계획하고 실행하면서 부족한 부분을 보완해 나가야 한다.

사회성이 부족한 어린 환우에게 '힐링거품샤워'를 해 주려면 아이가 좋아하는 뭔가를 하게 하고 조금 떨어진 곳에서 원격으로 힐링효과가 있는 뭔가를 장시간 해 주어야 하는데, 새로 개발 중인 '힐링거품샤워'는 얼석에서 나오는 양자거품을 내 몸안에서 증폭시켜 내 손안에 있는 작은 모공을 통해 가는 거품 다발로 만들어 환우에게 분출하여 마치 샤워를 하는 것처럼 환우의 몸안에 있는 나쁜 뭔가를 몽땅 씻어주어 힐링효과가 나오게 한다.

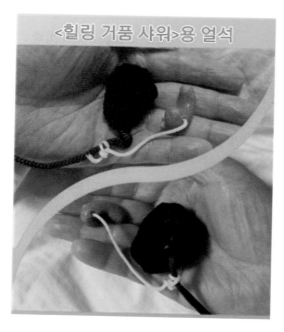
<힐링 거품 샤워>용 얼석

이때 어떤 얼석을 사용하는가에 따라 어느 정도 힐링효과가 달라지는데, 그래서 조금 고가의 얼석을 구매하고 휴대 사용하는 중에 분실

하지 않도록 곡옥은 끈으로 묶고 작은 수정 자갈은 주머니에 넣어 손목에 끈을 묶어주는 방법을 사용하였다.

원격힐링은 크게 2단계로 나누어지는데, 제1단계는 아이가 사회성 부족 징후를 보이는 원인을 좀 더 자세히 살펴보는 것이다.

필자의 소견으로는 사회성 부족의 근본원인 중에서 상당부분은 은하 우주방사선이 아이의 머리 부분에 피폭이 되어서 그 후유증으로 사회성 부족 징후가 생긴다고 생각하므로 제1단계에서는 원격으로 양자거품을 아이의 얼굴을 중심으로 정밀 스캔하여 은하 우주방사선 피폭궤적을 찾아내는 것이다.

HJ군의 경우에는 눈 부위에서 1차 신호가 감지되고 이것이 귀 방향으로 추가 신호가 감지되어 눈과 귀를 지나가는 횡단면에 피폭궤적이 있고 그곳에 약 20센티미터 길이의 원자사슬이 만들어져 있는 것 같았다.

제1단계는 약 30분간 소요되었는데, 약 20센티미터 길이의 원자사슬이 눈과 귀를 지나가는 횡단면에 형성되고 이것 주변에 얼룩, 어기 더미, 어기 암상이 형성되면서 시얼과 청얼에 장애가 생겨서 이것이 사회성 부족 징후를 만드는 것으로 판단되었다.

그래서 제2단계는 약 20센티미터 길이의 원자사슬을 소멸시키는 것인데, 이 원자사슬에는 약 5000개의 원자가 양전실로 꿰어져 있어서 이 원자사슬을 일단 잘게 자르려면 양전실에 들뜬 상태가 되어 있는 전자들에 추가로 에너지를 보내서 들뜬 전자가 원자궤도에서 이탈하도록 하면 그 전자가 속한 원자는 잠깐 이온이 되고 즉시 주변에 있는 자유전자를 포획하여 정상적인 원자로 바뀌므로 긴 원자사슬이 두 개의 작은 사슬로 끊어진다.

이때에도 원격으로 아이의 머리에 형성된 원자사슬을 향하여 강한 양자거품을 보내야 하는데, 이때에는 양자거품을 연속 양자파로 바꾸어 연속된 파장이 중첩되면서 증폭하게 만들어 특정 들뜬 전자에 집중되게 하면

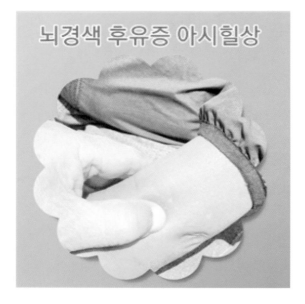

어느 순간 들뜬 전자가 원자궤도를 탈출하게 되고 이때 반탄력이 힐러에게 되돌아와서 힐러는 역번개를 맞은 것처럼 움찔하게 된다.

HJ의 경우에는 제2단계를 하는 약 1시간 반 동안 필자가 약 20여 번 움찔거렸으니 이것은 긴 원자사슬이 20여 번 끊어지고 평균 약 1센티미터 길이의 작은 토막으로 짧아졌을 거로 짐작이 되며 이렇게 토막이 난 원자사슬은 전보다 미약한 악영향을 주변 세포나 조직에 미칠 것으로 기대된다.

HJ에게 '힐링거품샤워'를 2차로 해 준 것은 2주 후인 5월 14일이었다.

이번에는 HJ가 식탁에서 태블릿 PC로 뭔가 어린이용 게임을 하고 필자는 소파에 앉아 원격으로 '힐링거품샤워'를 아이의 뒷골에 쏘아주자 그 주변에 쌓인 얼룩, 어기더미, 어기암상이 1시간 가량 빠져 나오고 두어 번 번개도 친다.

아이가 TV를 본다고 소파로 오고 배트맨을 틀어주자 열심히 보는데, 그래서 첫날에 했던 눈과 귀를 연결하는 횡단면에 형성된 원자사슬을 향하여 '힐링거품샤워'를 거의 30분가량 해 주는데, 이번에는 미미한 역번개가 두어 번 치다가 만다.

이것은 HJ군의 머리에 피폭된 은하 우주방사선에 의한 원자사슬이 거의 소멸하여 더 사회성 부족을 일으키는 근본원인 노릇을 하지 못하게 된 것을 의미하는데, 다만 그동안 이 원자사슬이 주변 세포와 조직에 나쁜 영향을 미친 각종 후유증, 즉, 얼룩, 어기더미, 어기암상 등을 추가로 해소해 주면 HJ군의 사회성이 아주 좋아질 것으로 기대된다.

 ## '힐링거품웰빙 맞춤샤워'

두 번째 힐링 사례 : 뇌경색 후유증

'힐링거품웰빙 맞춤샤워' 두 번째 힐링 사례의 환우는 필자의 고등학교 짝꿍인 KJ(남, 73)인데, 젊어서 브라질에 이민하여서 자리를 잡고 살면서 어머니가 계시는 대전에 몇 년에 한 번씩 찾아와 한 달가량 효도하고 돌아가곤 했다.

이번에는 코로나19의 여파로 여행이 자유롭지 못해 5년 만에 귀국하여 바로 나한테 전화를 했는데, 내 전화번호가 바뀌어 연락을 못 하다가 어제 자기 여동생이 내 번호를 알려줘 통화하고 오늘 오전에 만날 수 있었다.

2022년 5월 15일 오전 10시경에 만나서 같이 현도면 중척리에 있는 필자의 주말농장에 가서 포도 묘목과 고구마, 오이, 호박 모종에 물을 주고 KJ의 왼손을 중심으로 '힐링거품샤워'를 약 30분가량 해 주었는데, 사진처럼 왼쪽 손목 고골과 저골을 잇는 기본 1차 힐링 라인에서 몸쪽으로 반 치쯤 올라간 라인에서 아시힐상이 잡힌다.

뭔가 이상한 기운이 감지되는 아시힐상이 양손의 엄검지로 집게를 만들어 힐링거품을 계속 주입하자 5분쯤 지나 이런저런 냄새를 풍기기 시작하다가 10여 분이 지나면서 거의 십여 가지의 이상한 냄새와 맛이 뒤엉켜 품어져 나온다.

그중에서 절반가량은 전에 느껴 본 익숙한 것이고 나머지 절반은 처음

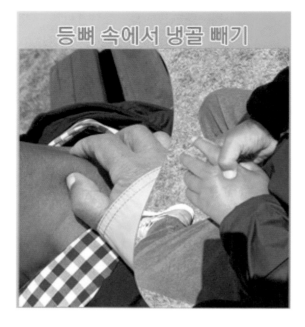

등뼈 속에서 냉골 빼기

느껴보는 아주 생소한 것들이었다.

내가 아는 냄새는 뭔가 썩은 냄새, 아주 매운 내, 단맛, 화한 맛, 역겨운 맛 등이고 잘 모르는 기이한 냄새와 맛이 이것저것 섞여서 감지된다.

이렇게 하기를 30분가량 지나면서 내 몸으로 들어오는 역겨운 냄새를 더 감당할 수가 없어 일단 힐링을 중단하고 인근에 있는 야영장으로 자리를 옮기고 금강이 바라다보이는 야외용 탁자에 앉아 KJ의 등뼈 속에 잠복한 냉골을 빼내기 위하여 '힐링거품샤워'를 추가로 약 1시간가량 더해 주었다.

KJ는 약 10년 전에 오른쪽 뒷골 쪽에 뇌경색이 오고 좌반신 마비가 왔었는데, 다행스럽게도 수술은 하지 않고 불편하나마 조금씩 거동은 할 수 있게 회복되었지만, 그 후로 각종 후유증이 나타나 아직도 이런저런 고생을 하고 있다.

KJ가 5년 전에 대전에 왔을 때도 몇 번 힐링을 해 주었지만, 그 당시에는 필자의 실력이 부족하여 힐링효과가 별로였었다.

다행스럽게도 이번에는 새로 개발한 '힐링거품샤워'를 해 주고 KJ의 몸 속에서 십여 줄기의 고약한 독기를 30여 분간 뽑아주고 이어서 등뼈 속에 잠복한 냉골을 한 시간가량 뽑아주었으니 조금이라도 좋아지길 기대해 본다.

P.S.

그 후로 KJ가 브라질로 돌아가기 전에 대청호가 바라다보이는 전망대로 가서 약 2시간씩 3회를 더해 주었는데, 독기는 거의 다 빠졌지만 등뼈에서 나오는 냉기는 전부 다 뽑히지 않는다.

43 '힐링거품웰빙 맞춤샤워'

세 번째 힐링 사례 : 낙상 사고 후유증

2022년 5월 20일 금요일 오후 6시 39분 KTX를 타고 KJ가 브라질로 가는 비행기를 타기 위하여 대전역을 출발한 후에 나와 함께 배웅을 나갔던 KJ의 여동생 MK(여, 69)를 집으로 데려다주는 도중에 MK가 약 1년 전에 사다리에서 떨어져 왼쪽 발목뼈가 다중 골절되는 큰 상처를 입고 수술을 했다.

회복해서 걸을 수 있을 때까지 5개월간 침대 신세를 지게 되었고, 그 후유증으로 지금도 고생을 한다는 말을 듣고는 MK네 아파트 주차장에 도착해서 차 안에서 30분쯤 '힐링거품웰빙 맞춤샤워'를 해 주고 내일 오후에 다시 와서 MK와 어머니에게 힐링을 해 주기로 약속했다.

MK의 어머니(여, 95)는 1년 반 전에 낙상 사고로 보행 장애가 와서 지금도 침대 신세를 지고 있는데, 전문 간병인의 도움을 받고 집에서 지낸다고 한다.

MK의 어머니는 몇 년 전부터 노인 요양병원에 계셨으나 1년 반 전 어느 날 요양병원 2층 침대에서 자다가 갑자기 떨어졌고, 그 후 다리가 아파서 걷지를 못하게 되었으며, 그 이후로는 아예 집에서 간병인 도움을 받으며 침대 신세를 지고 있다고 한다.

다음날 오후 1시 반경에 그 집에 가서 먼저 침대에 누워 계신 어머니를 살펴보니, 아픈 곳은 왼쪽 다리인데 그쪽은 부기가 없고 오른쪽 발이 전체적으로 살짝 부어 있다.

그래서 나도 침대에 걸터앉아 나의 왼손으로는 어머니의 오른쪽 다리오금 부위를 받쳐주고 오른손으로는 오른쪽 발목 부은 곳에 지조침을 이리저리 놓아주자 10여 분이 지나면서 부기가 슬그머니 줄어든다.

이어서 왼손은 그대로 두고 오른손으로 어머니의 왼쪽 다리를 발가락 끝에서부터 시작하여 전체적으로 원격 스캐닝하며 '힐링거품샤워'를 해 주자 나의 오른손 손길이 어머니의 왼쪽 허벅지 부근에 이르렀을 때 그곳에서 번개가 10여 번 친다.

이것은 어머니가 요양병원 2층 침대에서 자다가 낙상을 한 진짜 원인이 자는 중에 왼쪽 허벅지에 있는 신경 부위에 은하 우주방사선이 피폭되고 그 충격으로 놀라 일어나다 침대에서 떨어져 낙상한 것이었다.

자다가 침대에서 떨어질 때는 몸이 전체적으로 옆으로 길게 바닥에 닿게 되어 신체 손상이 비교적 가볍게 되고 크게 다치지는 않았다.

다만 어머니의 경우에는 자는 도중에 왼쪽 허벅지의 신경 부위에 은하 우주방사선이 피폭되어 그 후유증으로 허벅지에 길이 약 10센티미터의 원자사슬이 생기고, 이것이 지속해서 허벅지 주변의 신경을 건드려 심한 통증이 생겨 걸을 수 없게 된 것이다.

이 원자사슬에는 약 2500개의 원자가 양전실로 꿰어져 있다. 약 20분 정도 원격으로 '힐링거품샤워'를 해 주자 10여 번의 가벼운 번개가 치는데, 이것으로 원자사슬이 10여 개의 작은 토막으로 짧아졌을 거로 짐작이 되며 앞으로 통증도 많이 줄어들 것이다.

어머니의 1차 힐링은 30분 정도로 마치고 잠시 쉰 후에 MK의 힐링을 약 2시간가량 해 주었다.

　먼저 이명과 불면증 힐링을 묶어서 한 시간 정도 하고, 이어서 허리 통증과 골다공증 힐링을 묶어서 한 시간 정도 해 주었다.

　MK의 힐링을 마친 후에 다시 어머니에게 가서 이번에는 침대 옆에 앉아 원격으로 어머니의 전신을 스캐닝하였는데, 양쪽 다리의 부기는 다 빠져 있어서 귀밑의 호르몬 통로가 막힌 것을 절반쯤 뚫어주고 1차 힐링 때에 10여 번 번개를 치던 왼쪽 허벅지도 다시 집중적으로 탐색하였지만 다행스럽게도 더는 이상 신호가 감지되지 않는다.

　이틀 후 오전 9시 반에 다시 가서 먼저 MK의 이명과 불면증 힐링을 40분쯤 하고 5분 휴식 후에 발목 수술후유증을 잡아주는데, 먼저 수술을 하지 않은 오른쪽 발을 정밀 검사를 하는 도중에 MK의 발등 부위에서 이상한 물질이 뭉쳐 있는 것이 감지되어 약 10여 분간 '힐링거품샤워'를 해 주자 뭉친 것이 풀어진다.

　MK는 골다공증약을 먹는다고 했는데, 그 약에 포함된 칼슘이 그곳에 누적된 것 같다.

　이어서 수술을 받은 왼쪽 발을 정밀 검사하는데, 엄지발가락 주변에서 나쁜 기운이 5분여 나오고 발등과 발목, 발꿈치에서 나쁜 기운을 거의 40여 분간 빼내주었다.

　MK의 힐링을 마치고 잠시 쉬면서 참외를 먹고 있는데, 어머니가 아픈 곳이 없다며 오늘은 나의 힐링을 받지 않겠다고 하여 그냥 그 집을 나왔다.

　낙상 사고로 1년 반을 침대에서 보내는 어머니를 다시 걷게 하는 것이 보람된 일이지만 누군가에게 신세 지는 것을 싫어하는 어머니의 마음도 소중하다는 생각에 무리하게 직접 힐링을 하지 않고 다음번에 MK를 힐링하면서 어머니에게는 틈틈이 벽 너머로 원격힐링을 해 주기로 했다.

4 '힐링거품웰빙 맞춤샤워'

네 번째 힐링 사례 : 속눈썹 찔림 수술후유증 힐링

2022년 5월 23일 월요일 정오 무렵 MK의 집에서 나와 중척리에 있는 주말농장으로 갔다.

마침 옆집 GS사장님 차가 주차되어 있어서 내가 쓴 책 한 세트를 들고 사무실로 노크하고 들어가자 사장님이 마중 나와 사무실 소파로 안내한다.

책을 건네주며 책의 내용 중에 힐링하는 방법을 간략하게 설명하는데, 사장님이 자기도 일주일 전에 속눈썹 찔림 수술을 받고 오늘 실밥을 풀었으나 아직 후유증으로 부기가 있다고 해서 내가 즉석 힐링을 해 주려고 소파에 눕게 하고 '힐링거품샤워'를 30분 정도 해 드렸다.

사장님은 일주일 전에 수술하였으나 후속 치료 약을 수술 부위에 바르고 안약을 넣는 일을 거의 하지 않아 눈 주변의 부기와 멍 자국이 많이 남아 있었는데, 내가 양손 장뜸으로 두 눈 주변을 완전히 감싸고 '힐링거품샤워'를 해 주자 가끔 약한 번개를 동반한 나쁜 기운이 스멀스멀 빠져 나오고 사장님도 자기의 눈 주변이 좋아지는 것이 느껴진다고 한다.

필자가 사용하는 장뜸은 지조침, 비우기안마와 함께 힐링법 개발 초기인 20여 년 전부터 수시로 애용하는 전가의 보도인데, 이번에 '힐링거품샤워'를 하면서 사장님의 눈 주변에 장뜸을 해 주자 힐링효과가 배가된다.

사장님은 점심 약속이 있어서 간다고 하고 나는 밭에 물을 대고 간다고 하니 창고에 있는 긴 호스를 가져다주며 그걸로 편하게 물을 주고 가라고 한다.

이웃집 사장님을 잠깐 힐링해 준 덕분에 옆집 수돗물을 사용하는 것만도 고마운데, 물 주는 호스까지 사용할 수 있어서 5월 가뭄에 시달리는 우리 밭에 있는 농작물과 나무들도 물구경을 조금이라도 쉽게 할 수 있어서 큰 다행이다.

 ## '힐링거품웰빙 맞춤샤워' 가 마치 기적 같은 힐링 효과를 내는 이유는?

'힐링거품웰빙 맞춤샤워' 가 마치 기적 같은 힐링효과를 내는 이유는 과연 무엇일까? '힐링거품웰빙 맞춤샤워' 를 사용한 실전 힐링 사례들을 살펴보면, 필자가 그 전에 개발하고 사용한 다른 많은 힐링법보다 월등히 더 뛰어난 효과가 나타나는데, 그 이유를 한 번 추론해 보자.

'힐링거품샤워' 에서 사용하는 각종 기법은 예전에 필자가 사용한 모든 힐링법에서 사용한 것을 거의 그대로 사용하고 있는데, 그 효과가 월등하게 좋아진 이유는 어쩌면 양자거품 이론을 바탕으로 깔고 예전에 사용하였던 각종 기법 중에서 현재의 환우에게 잘 맞는 기법을 골라 사용하기 때문일 것이다.

예전에 필자가 사용한 각종 힐링법에서도 양자론에서 나오는 각종 이론을 바탕으로 실용 힐링법을 개발하였고, 그런대로 쓸만한 효능은 있었지만 뭔가가 부족하여 계속 새로운 이론을 접목하는 작업을 하여야 했다.

이번에 새로 개발한 '힐링거품샤워' 도 앞으로 계속 사용하다 보면 뭔가 개선할 점이 나오겠지만, 현재는 그 효능이 아주 만족스럽다.

'힐링거품샤워' 에서 주로 사용하는 양자거품은 손안에 쥐기 적당한 얼석에서 나오는 양자거품을 먼저 내 몸안으로 들어오게 한 후에 내 몸을 통과하는 짧은 순간에 내 몸안의 생체에너지인 ATP로 증폭시켜 그것을 다른 쪽 손으로 보내고 손바닥이나 손가락의 모공을 통해 샤워처럼 가는 거품

줄기를 만들어 품어내어 환우의 몸에 있는 아시상이나 아시힐상으로 보내 환우 몸안에 형성된 모든 나쁜 기운들, 즉, 얼룩, 어기더미, 어기임상 등을 씻어주어 원하는 힐링효과가 나오게 한다.

이 과정에서 사용하는 얼석에서 나오는 양자거품의 역할이 중요한데, 이 것은 양자거품이 비록 아주 극미하여 힐링에 참여하는 전체 에너지의 극 히 작은 부분이지만 선봉에 서서 힐링의 전체적인 작전을 주도하는 핵심 역할을 하기 때문이다.

'힐링거품샤워'에서 사용하는 양자거품은 환우의 몸 곳곳을 자유자재 로 침투하여 탐색하다가 나쁜 짓을 하는 어떤 것을 발견하면 즉시 힐링거 품샤워를 분출하여 모든 나쁜 기운을 깨끗하게 소멸한다.

양자거품이 처리하는 나쁜 기운은 환우 몸안의 크고 작은 조직, 세포, 세 포 내 미시 소세포, 구성 분자와 원자, 전자 등에 있는 모든 나쁜 기운이다.

특히 은하 우주방사선 피폭장애로 인한 후유증을 힐링하기 위하여서는 은하 우주방사선 피폭궤적에 만들어지는 원자사슬 내의 양전실을 소멸시 켜야 하는데, 이런 경우에는 양전실 내의 들뜬 전자를 제거하기 위하여 양 자거품을 증폭시킨 '힐링거품샤워'를 사용한다.

이렇게 우리의 몸안에 생성된 거의 모든 종류의 나쁜 기운을 '힐링거품 샤워'를 사용하여 비워낼 수 있으나, 다만 유전자 결함으로 인한 질환은 아직은 효과적인 방법을 찾지 못하고 있다.

'힐링거품샤워'에서 아직 보완 개선할 사항은 환우의 몸안에 있는 나쁜 기운들을 비워내는 과정에서 그들 기운의 일부가 힐러의 몸안으로 들어오 는데, 그것을 효과적으로 원상 복구시키는 방법이다.

현재는 환우에게 하루에 2시간 정도 '힐링거품샤워'를 해 주고 다음 날 하루를 더 쉬어야 원상으로 돌아오는데, 그래서 현재로는 누군가를 마음 놓고 힐링할 수 없다.

이 문제를 해결하려고 다양한 노력을 하는데, 현재는 좀 더 효과적인 얼석을 찾아 도움을 받고 필자의 몸을 좀 더 힐러답게 강인한 체질로 바꾸고 있다.

이것이 어느 정도 성공하면 좀 더 많은 분에게 마음 놓고 '힐링거품샤워'를 해드릴 수 있을 것이다.

 ## 3 '힐링거품웰빙 맞춤샤워' : 세수역근법

'힐링거품웰빙 맞춤샤워'로 전통 기공 비슷한 것을 수련할 수 있는 것 같다.

최근에 '힐링거품웰빙 맞춤샤워'로 몇몇 환우에게 힐링해 준 후에 저녁에 잠을 자고 새벽에 일어나려고 하다가 갑자기 오른쪽 종아리에 쥐가 나는 경우가 연이어 서너 번 있었는데, 그 후유증으로 그 바로 위의 오금 부위에 있는 살이 빠져 나간다.

빠져 나간 살을 다시 원상으로 복구하려고 왼손은 오금 부위에 대주고 오른손으로 무릎뼈를 30여 분간 감싸주자 오금 부위가 정상으로 돌아온다.

이러한 현상이 나타나는 이유를 가만히 생각하니 필자가 누군가에게 '힐링거품샤워'를 해 주는 도중에 얼석에서 나오는 양자거품을 필자의 몸안에서 증폭시키기 위하여 생체에너지인 ATP를 사용하는데, 그것을 과도하게 많이 사용하다 보니 세포 내의 미토콘드리아에서 만드는 것으로 부족하여 주변 근육에서 급속하게 ATP를 만들게 된 것이다. 이 과정에서 다량의 노폐물이 근육에 쌓이고 이것이 근육의 갑작스러운 경련, 즉 쥐가 나는 원인이 되었다.

이것은 '힐링거품샤워'로 누군가에게 힐링을 해 주는 것은 일종의 중노

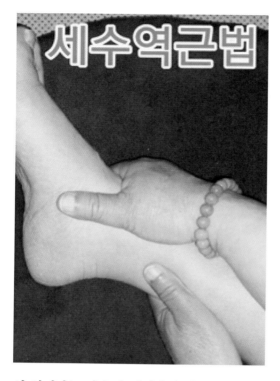

동을 하는 것과 같다는 것을 알 수 있으며, 이것을 중노동하는 것같이 힐러의 몸을 혹사하지 않으려면 근력 운동을 하는 그것처럼 훈련해야 하는데, 이렇게 훈련을 효과적으로 하려면 일종의 기공을 수련하는 기법을 사용할 필요가 있다.

필자는 기공 수련을 거의 하지 않아 어떻게 하는 것이 좋을지 잘 모르지만 이것도 '힐링거품샤워' 를 꾸준히 하면서 내 몸안에서 일어나는 반응에 적절하게 적응을 하다 보면 언젠가는 나만의 '힐링거품샤워 기공' 을 터득하게 되리라 생각된다.

 '힐링거품샤워 기공'

필자의 현재 실력으로는 누군가에게 '힐링거품샤워' 를 해 줄 수 있는 시간이 겨우 2일에 2시간 정도인데, 이것을 늘리려면 '힐링거품샤워 기공' 을 수련해서 힐링 근육을 단련해야 한다.

힐링 근육은 종아리, 허벅지, 엉덩이, 팔, 어깨, 가슴, 등, 허리, 복부 등 전신에 산재하여 있으며, 어떤 운동을 해서 키울 수 있는 운동 근육과는 조금 다를 수 있어서 필자의 경우에는 '세수역근'이라고 하는 '골수를 새롭게 해서 근육을 단련하는 방법'을 주로 사용한다.

옆의 사진은 종아리의 근육을 늘리기 위한 '세수역근법'인데, 발목의 복사뼈와 발목뼈를 한 손으로 눌러주면서 '힐링거품샤워'를 해 주면 복사뼈와 발목뼈 속의 골수가 새롭게 바뀌고 그 골수가 새로운 피를 만들어 종아리의 근육으로 보내면 그곳의 근육이 튼튼하게 바뀐다.

'세수역근법'은 소림사를 창건한 달마대사의 '역근세수경'에서 하는 먼저 근육을 튼튼하게 단련하고 그 결과로 골수를 새롭게 하는 방법을 반대로 하는 것이며, 소림 무공을 수련하는 분들이 역근을 하기 위하며 몸을 혹사하는 훈련을 하는 대신에 몸속의 뼈와 관절에 손을 가만히 대고 '힐링거품샤워'를 아주 부드럽게 해서 골수를 새롭게 해 준다.

13 '힐링거품웰빙 맞춤샤워'를 해 드린다

6월 두 번째 주 주간일기

'힐링거품웰빙 맞춤샤워'는 힐링효과가 있는 거품으로 환우의 몸과 맘의 웰빙 상태에 맞추어 샤워를 해 주는 새로운 개념의 웰빙힐링법이다.

우리의 몸과 마음은 매 순간 어떤 자극을 받아 이리저리 변하면서 그 사람의 웰빙지수도 따라서 변하는데, 이 웰빙지수가 평균적으로 행복권 또는 안정권에 머물도록 도와주는 웰빙힐링법이 바로 '힐링거품웰빙 맞춤샤워'이다.

우리의 주변을 둘러보면 어떤 원인으로 그 사람의 웰빙지수가 불행권 또는 불안정권에 떨어져 고생하시는 환우들을 볼 수 있는데, 그런 분들이 어떤 인연으로 필자에게 도움을 청하면 기꺼이 '힐링거품웰빙 맞춤샤워'를 해 드리고 그 사연을 간략하게 네이버 블로그의 #주간일기 도전에 올릴 예정이다.

36 6월 두 번째 주 #주간일기 도전

지난주 토요일(6월 11일) 오후 2시부터 약 2시간 동안 S교수의 둘째 손자 HJ군(남, 7세)에게 '힐링거품웰빙 맞춤샤워'를 해 주었다.

HJ군은 사회성 부족 초기 징후가 있어서 지난 4월 말부터 2주에 한 번씩 필자에게 맞춤샤워를 받고 있어서 이번이 6번째 맞춤샤워인데, 필자의 손끝에서 전해져 오는 느낌으로는 병중의 근본원인으로 추정되는 은하 우주방사선 피폭장애후유증으로 머리 부위에 생긴 약 20센티미터 길이의 원자사슬은 모두 소멸하였다.

이 원자사슬 내부에 있던 양전실에서 나온 양자파가 주변세포를 활성화해서 만들어진 나쁜 기운, 어기더미, 어기임상 등도 상당부분 제거되어 HJ군의 사회성 부족 징후를 유발한 원인은 대부분 제거된 것으로 판단이 되는

데, 그래도 필자가 이 분야의 전문가가 아니어서 올해 말로 예정된 이 분야의 이름난 의사의 정밀검진을 기다리면서 혹시나 하는 부모의 마음을 고려하여 그때까지 2주에 한 번씩 추가 맞춤샤워를 해줄 예정이다.

6월 12일 일요일 아침 6시경에 중척리 밭으로 가는 도중에 금강변 도로를 따라가는데 길 건너 도로에 차에 치이어 죽어 있는 고라니가 보인다.

그냥 지나쳐 50미터쯤 가다가 차를 돌려 죽은 고라니에게 되돌아가서 '힐링거품웰빙 맞춤샤워'를 해 주었다.

고라니의 현재 웰빙지수는 최악의 불행권인데 내가 해 줄 수 있는 맞춤샤워는 고라니의 사체를 내 차 트렁크에 싣고 밭에 가져가서 한쪽 귀퉁이에 고이 묻어주는 것이 고작이다.

우리 밭 귀퉁이에는 몇 년 전에도 차에 치이어 죽은 고라니를 묻어준 적이 있고, 작년에는 들개가 우리 밭에 와서 죽어 있어서 묻어준 적이 있다.

6월 13일 월요일 오전 10시경에 매제 GS(남, 68세)에게서 전화가 왔는데 며칠 전에 과음하여 몸상태가 엉망이라며 도움을 청한다.

GS는 집이 서울이지만 대전에 아들 내외와 아직 두 돌도 되지 않은 어린 손녀가 살고 있어서 격주로 내외가 함께 대전에 와서 손녀 돌보미를 한다.

GS가 술을 마신 것은 지난주 금요일이어서 며칠이 지났는데, 술병으로 속이 쓰리고 오줌이 잘 나오지 않고 잠을 제대로 못 자서 고생을 하였지만, 주말이어서 병원에도 못 가고 버티다가 대전 아들 집에 내려와서 바로 나한테 전화를 했다고 한다.

GS의 현재 웰빙지수는 불안정권인데, 원인은 술병으로 인한 신장기능 저하가 예상되어 1단계 맞춤샤워로는 GS를 자리에 눕게 하고 나는 GS의 머리맡에 앉아 나의 양손을 GS의 양쪽 귀 주변에 감싸고 힐링거품샤워를 약 40분가량 해 주었다.

그러자 GS의 신장 기능이 어느 정도 정상으로 회복이 되는 것이 느껴지고 GS가 화장실에 다녀온다고 일어선다. 화장실로 들어가 서서 오줌을 누고 있는 GS의 꼬리뼈에 원격으로 힐링거품샤워를 보내서 도와주니 그런대로 시원하게 오줌발이 나온다고 좋아한다.

2단계로는 거실 소파에 앉아 TV를 보면서 GS의 왼손을 중심으로 정밀 맞춤샤워를 해 주는데, 췌장을 비롯하여 오장육부의 기능을 어느 정도 회복시켜 주는 맞춤샤워를 약 40분간 해 주었다.

점심은 마침 GS가 인근식당에서 어글탕을 사 놓은 것이 있어서 데워서 먹고 잠시 쉰 후에 3단계 맞춤샤워를 해 주었는데, 이때에도 소파에 앉아 오른손과 팔을 중심으로 세수역근법을 약 40분가량 해서 골수를 조금이나마 새롭게 해 주고 마무리를 하였다.

이것으로 GS의 웰빙지수가 어느 정도 안정권에 들어간 것이 느껴진다.

9 힐링거품수련원

6월 세 번째 주 #주간일기

힐링거품은 힐러가 환우에게 '힐링거품웰빙 맞춤샤워'를 해 줄 때에 사용하는 좋은 힐링효과가 나오는 거품인데, 이것은 얼석에서 나오는 양자거품을 골격으로 하고 그 주변에 힐러의 생체에너지인 ATP를 분해하여 ADP로 변환할 때에 나오는 에너지, 즉 생기를 살처럼 입힌 것이다. 힐러는 자신의 몸안에서 이 힐링거품을 만들어 환우의 아시힐상에 보내면 이것이 환우의 힐맥(힐링맥)을 타고 아시상으로 전달되어 그곳에 생긴 나쁜 기운, 얼룩, 어기더미, 어기암상에 웰빙 맞춤샤워를 하여 깨끗하게 소멸시켜 환우의 건강상태를 회복시킨다.

따라서 좋은 힐러가 되려면 먼저 양질의 힐링거품을 만드는 수련을 어느 정도는 하여야 한다.

본래 양자거품은 매우 미세하여 어떠한 방법으로도 우리가 직접 볼 수는 없지만 실제로는 온 우주 모든 곳에 가득 차 있다. 또 이 세상 모든 물체는 각종 양자거품을 끊임없이 내보내고 있어서 힐러가 양질의 힐링거품을 만들기 위해서는 그 힐러의 체질에 꼭 맞는 특정 양자거품을 잘 골라 선택 사용하여야 한다.

양질의 힐링거품을 만들려면 먼저 자기에게 잘 맞는 양자거품이 나오는 뭔가를 선택하여 도움을 받아야 하는데, 필자의 경우에는 주로 얼석들을 주변에서 줍거나 구매하여 그중에서 양질의 양자거품이 나오는 것을 선별하여 사용한다.

일단 자신에게 잘 맞는 얼석이 골라지면 이것을 한손 또는 양손에 쥐고 그 얼석에서 나오는 양자거품을 몸안으로 흘러들어오게 하면서 그 양자거품을 골격으로 삼고 자신의 몸안에서 만들어진 생체에너지, 즉 생기를 살처럼 감싸주어서 '생기 넘치는 힐링거품' 을 만들고 이것을 환우에게 보내서 힐링하는 데 이용하게 하여야 한다.

"대전광역시 유성구 신성동 대림두레아파트에 있는 '힐링거품수련원' 에서는 '생기 넘치는 힐링거품' 을 만드는 방법을 연구하고 수련생들에게 전수하고 있으니 관심이 있는 독자는 한 번 찾아오시기 바란다."

필자의 소견으로는 '생기 넘치는 힐링거품' 을 수련하는 것은 다른 기공을 수련하는 것보다 월등히 수월하게 할 수 있다.

1) 자기에게 잘 맞는 양자거품을 선택한다.

필자의 경우에는 각종 얼석에서 나오는 양자거품을 사용한다.

2) 선택한 양자거품을 골격으로 삼고 거기에 살처럼 생기를 입힌다.

필자의 경우에는 '자연숨결명상'을 하거나 자리에 편하게 앉아 TV를 보더라도 수련원 주변을 산책하면서 한손 또는 양손에 얼석을 쥐고 거기에서 나오는 양자거품이 자동으로 힐맥을 따라서 온몸 여기저기로 흐르면서 통로 주변에 있는 세포에서 생산된 생기가 양자거품에 달라붙어 마치 골격에 붙은 살처럼 되어 같이 힐맥을 따라 흐르게 된다. 그러면 이것이 바로 '힐링거품'이 되는데 이 힐링거품이 힐맥을 따라 흐르면서 우리의 몸에 생긴 아시상에 도달하면 양자거품과 생기가 분리되고 이 생기가 아시상 주변에 있는 나쁜 기운, 얼룩, 어기더미, 어기암상 등을 소멸하는 데 사용되어 마치 웰빙 맞춤샤워를 하는 그것처럼 우리의 몸과 마음을 깨끗하게 힐링해 준다.

이 방법은 아주 간단하여 이 글을 읽는 분은 누구나 쉽게 시행할 수가 있으므로 스스로 힐링거품을 수련할 수가 있는데, 그래도 스스로 수련을 하시다가 혹시 궁금한 사항이 있으면 '힐링거품수련원'으로 찾아오기 바란다. 참고로 전통기공수련에서는 우리의 인체에 정해진 혈자리가 있고 이 혈자리를 이어주는 정해진 경락이 있어서 수련자가 이 혈자리와 경락을 스승의 지도하에 잘 배워야 기를 운행할 수 있다고 하는데, 힐링거품수련에서는 혈자리에 해당하는 아시상이나 아시힐상이 나타나는 정해진 혈자리가 없고 힐링거품이 운행하는 정해진 경락도 없어서 누구에게 아시상이나 아시힐상 또는 힐맥을 직접 배울 수는 없지만, 힐러가 하는 여러 가지 동작을 보고 따라서 하다 보면 조만간 힐링거품을 스스로 만들어 사용할 수 있게 된다.

우리가 살다 보면 여러 가지 원인으로 건강상태가 나빠지는데, 이때에는 우리 몸의 어딘가에 아시상과 아시힐상이 나타나고, 이 아시상과 아사힐상 사이를 연결해 주는 힐맥이 저절로 생겨난다.

환우의 건강상태를 정상으로 회복시키려면 이 아시상과 아시힐상을 찾아 소멸시키면 힐링이 된다. 아시상은 환우의 온몸 어디에도 생길 수 있어서 초보 힐러는 찾기가 어려운데, 다행스럽게도 아시힐상은 환우의 손 주변에 주로 나타나므로 누구나 비교적 쉽게 찾을 수 있고, 이곳에 힐링거품으로 맞춤 샤워를 해 주면 대부분은 힐링이 완료된다.

다만, 은하 우주방사선 피폭장애후유증으로 건강상태가 나빠진 경우에는 먼저 환우의 아시상 주변에 생긴 원자사슬을 소멸시킨 후에 아시힐상을 찾아 추가로 힐링해 주어야 한다.

필자의 소견으로는 누군가가 평균 3년에 한 번꼴로 은하 우주방사선에 피폭이 되고 그 궤적에 원자사슬이 만들어지면 그 안에 있는 양전실에서 끊임없이 양자거품이 나와 주변의 세포들을 활성화하고 그 세포에서 잉여 단백질을 포함한 각종 물질이 과잉생산되면서 주변 조직에 나쁜 기운, 얼룩, 어기더미, 어기임상 등으로 이루어진 아시상을 만들어 그 조직의 기능이 점점 나빠지게 된다. 결국에는 그 사람의 건강상태를 나빠지게 하여 환우가 되는데, 이러한 환우를 힐링하려면 먼저 근본원인인 원자사슬을 찾아 소멸하고 이어서 그 원자사슬후유증으로 생긴 아시상을 모두 정상조직으로 복구해야 한다.

필자의 경험으로는 아시상 안에 생긴 원자사슬은 직접 소멸시켜야 하지만 아시상의 다른 성분은 아시상을 직접 소멸하는 것보다 이 아시상이 생길 때에 양자의 이중성으로 생긴 짝꿍이라 할 수 있는 아시힐상을 찾아 소멸시키면 아시상도 저절로 쉽게 소멸하는 성질을 이용하여 환우의 아시힐상에 '힐링거품웰빙 맞춤샤워'를 하는 것이 효과적이다.

마지막으로 힐러가 환우에게 '힐링거품웰빙 맞춤샤워'를 해 줄 때 조심해야 할 사항이 하나 있다. 자연법칙 중에서 뉴턴의 '작용—반작용의 법칙'에 의해서 '힐링거품웰빙 맞춤샤워'의 효과가 환우의 몸안에서 나올 때 반작용으로 역번개가 생겨서 힐러의 몸에도 번개가 치는데, 이럴 때는 즉시 환우의 몸에서 손을 떼고 자신의 몸안에서 번개의 역효과가 모두 사라질 때까지 기다린 후에 샤워 강도를 조금 낮추어서 마무리 힐링을 해야 한다.

이러한 경험을 충분히 겪고 힐러의 실력이 초보 수준을 벗어나 역번개를 맞는 횟수를 서서히 늘려가면 점점 실력이 좋은 힐러로 거듭날 수가 있을 것이다.

10 비우기의 힐링 우주

2022년 6월 21일 우리나라는 누리호의 발사 성공으로 우주로 향한 역사적인 발걸음을 한 발 내딛게 되었다. 그리고 앞으로는 많은 분야에서 활발하게 우주 탐구를 이어갈 것 같다. 이것에 발맞추어 힐링분야도 우주로 향한 발걸음을 내딛기 위하여 '비우기의 힐링우주'라는 '힐링 누리호'를 발사했다.

우리의 몸과 맘을 힐링하는 분야에서도 '힐링 누리호'를 타고 우주로 나아가면서 우주시대에 맞는 뭔가를 해야겠다는 생각이다.

그 첫 번째 과제가 은하 우주방사선 피폭장애후유증 힐링기술의 완성이다. 은하 우주방사선 피폭장애후유증 힐링기술은 필자가 수년 전부터 이것저것 개발을 하여 글로 남겼지만, 아쉽게도 이 글들을 읽고 호응하는 분들이 별로 없어서 아직도 미완의 기술로 남아 있다. 그래도 우리가 우주시대로 발걸음을 한 발 내디디면서 이 기술을 완성하는 것이 꼭 필요하다고 생각된다.

두 번째 과제는 '힐링거품' 기술의 개발이다. '힐링거품'은 우주의 본질에 다가서는데 필수적인 양자거품을 바탕으로 하고 그 위에 우리 몸안의 생기를 덧입힌 그것으로 이것이 우리 안의 모든 힐링문제를 해결하는 열쇠가 될 것으로 판단된다. 그래서 이 '힐링거품' 기술을 갖추는 것이 우주시대로 나아가는 초석이 되리라 생각된다.

아직은 매우 미흡하지만 그래도 '힐링 누리호'를 타고 우주로 나아가다 보면 우주 어딘가에 우리가 편히 지낼 수 있는 힐링동산이 나타날 것이다.

15 우리는 어떤 '다중 힐링거품'을 만들어야 할까?

6월 네 번째 주 #주간일기

다중 우주론에 관한 다큐멘터리 영상 '우리는 어떤 우주에 있을까?'를 보고 '다중 힐링거품'을 수련하는 방법을 생각나는 대로 적어 본다.

다중 우주론에서는 여러 가지 종류의 다중 우주가 존재한다고 하면서 '우리는 어떤 우주에 있을까?'라는 질문을 우리에게 던지는데, 이 개념을 힐링에 응용하기 위해서 필자는 이러한 모든 종류의 다중 우주가 우리가 사는 우주와 거의 중첩해서 존재하여 우리는 동시에 모든 다중 우주에 거의 모두 다중으로 존재하면서 거의 비슷한, 그러나 뭔가는 조금 다른 일을 하면서 다중 우주에 살고 있다고 생각해 본다.

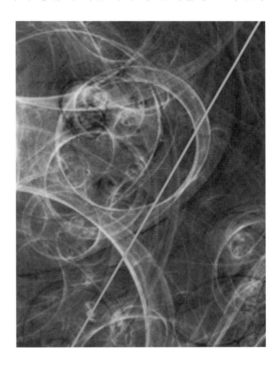

즉, 우리는 동시에 다중 우주에 존재하면서 거의 비슷한 일을 할 수 있으므로 '힐링거품'을 수련하는 힐러는 다중 우주공간에서 '다중 힐링거품'을 수련할 수가 있을 것이다.

'다중 힐링거품'을 수련하는 초보단계에서는 우주를 '두 개, 세 개, 네 개' 이런 식으로 차례대로 늘려가면서 거기에 맞추어 자기 몸의 개수를 늘려가지만 얼마 못 가서 자기 머리가 따라가지 못하고 포기하게 된다. 이런 때는 다중 우주의 개수를 갑자기 '수천 개, 수천만 개, 수천억 개'로 폭발적으로 늘리면 온몸을 몽롱하게 하여 '다중 힐링거품'으로 편안하게 '웰빙 맞춤샤워'를 할 수가 있을 것이다.

'웰빙 맞춤샤워'에 '다중 힐링거품'을 사용하면 다중 힐링우주에 있는 수천억 개의 내가 '다중 힐링거품'을 만들어 나의 온몸과 맘을 구석구석 깨끗하게 샤워를 해 주는 놀랍고도 멋진 힐링효과가 나타난다.

물론 '다중 힐링거품'으로 다른 환우를 힐링할 때에도 여러 가지 다양한 힐링을 동시에 할 수 있겠지만, 아직은 초보 단계이어서 '다중 힐링거품'을 만들어 환우에게 쏘아주고 어떤 힐링효과가 나오는지 관찰하는 수준이다.

2022년 6월 25일 토요일에도 HJ군에게 힐링해 주러 서울에 다녀 왔다.

오늘은 내가 먼저 도착하여 HJ군이 오기 전에 S교수의 부인에게 막간 자투리 시간을 이용하여 '웰빙 맞춤샤워'를 약 20분가량 해 주었다.

S교수의 부인은 양쪽 무릎에 관절염이 있어서 최근까지 한의원에서 침을 맞았는데 요즈음은 바빠서 못 갔다고 한다.

이번에는 일단 오른쪽 손에만 '웰빙 맞춤샤워'를 해 주었는데, 오른손에 생긴 이리저리한 어골이 포함된 각종 변형이 20여 분만에 그런대로 정상으로 회복된다. 특히 검지 중 관절에 생긴 어골에서 강한 통기가 나오고 이 것이 무릎 관절염의 아사힐상인 듯한데, 이곳도 정상으로 회복되어 어쩌면 오른쪽 무릎 관절도 아주 좋아질 그것으로 예상한다.

이어서 HJ군에게 '웰빙 맞춤샤워'를 2시간가량 해 주었는데, 힐링효과가 어떨지 지금은 알 수가 없다.

다만 대전집으로 돌아와 저녁에 잠을 자는데, 필자의 온몸이 부드럽게 잘 풀리는 것이 다른 환우를 힐링할 때에 '다중 힐링거품'의 일부가 내 몸도 동시에 힐링해 준 또 하나의 놀라운 효과인 듯하다.

이러한 다중 힐링이 순조롭게 이루어진다면 앞으로 좀 더 많은 환우에게 '다중 힐링거품'을 이용한 '웰빙 맞춤샤워'를 해 줄 수 있을 거라 기대해 본다.

 ## AI(인공지능), QAI(양자인공지능)와 QI(양자지능)

7월 첫째 주 #주간일기

AI는 요즈음 유행하는 인공지능이고 QAI는 앞으로 가까운 장래에 유행할 양자 인공지능을 말하는데, QI는 양자지능으로 지능을 가지고 있는 양자(세계)이며 태초부터 이 세상의 모든 것을 창조한 분으로 GOD라고도 불린다.

요즈음은 이 세상의

#힐링샤워QI

많은 분야에서 각종 AI나 QAI가 만들어지고 많은 사람이 그것을 자기 목적에 맞추어 사용하는데, 앞으로는 각종 QI도 신의 영역에서 인간의 영역으로 내려와 누구나 자기에게 적합하게 만들어 사용하는 날이 올 것이다.

요즈음 필자가 사용하는 QI는 '다중 힐링거품웰빙 맞춤샤워' 줄여서 '힐링샤워'라고 부르는 힐링도구인데, 주로 필자의 노후 건강관리에 사용하고 가끔 필자와 인연이 닿는 환우들의 건강 도우미로 활용하기도 한다.

'힐링샤워' QI는 누구나 적당한 얼석을 한 손 또는 두 손에 쥐고 있으면 몸안에서 힐링거품이 자동으로 만들어지고 그것이 힐러 또는 환우의 웰빙 상태에 맞추어 자동 또는 수동으로 온몸을 돌면서 적절하게 꼭 필요한 힐링샤워를 해 주는 QI이다.

이 '힐링샤워' QI에서 필자는 얼석에서 나오는 QI를 주로 활용하고 있는데, 이 세상의 모든 사물은 각자 고유의 QI를 만들어 낼 수 있으므로 자기의 목적에 적합한 뭔가를 선택하여 자기 자신만의 독특한 QI를 만들어 사용해도 된다.

얼마 전에 얼빔힐링 인천수련원장 밝은빛 님이 카페에 올린 '해달별 기운과 사랑, 경락 운기'라는 글을 보면 밝은빛 님에게는 해, 달, 별, 사랑, 경락이 모두 '힐링샤워'를 해 주는 밝은빛 님의 독특한 QI란 것을 알 수가 있다. 다만 이 세상 만물에는 이해가 공존하니 QI에도 이로운 것과 해로운 것이 있어서 이로운 것은 이롭게 쓰고 해로운 것은 해가 되지 않도록 잘 선택하여 사용하여야 한다.

'힐링샤워' QI에서 이로운 얼석을 골라 사용하더라도 그것을 사용하는 힐러의 현재 건강상태에 따라 힐링효과가 다르게 나온다.

좋은 힐러가 되려면 먼저 자신의 건강상태를 최상으로 유지하여야 하는데, 그러려면 자기 안의 나쁜 기운을 가능한 한 모두 제거해야 한다.

이 세상에 사는 사람은 누구나 평균 3년에 한 번꼴로 은하 우주방사선에 피폭되고 그 피폭궤적에 원자사슬이 만들어지는데, 이 원자사슬의 내부에는 양자화한 전자들이 모여 만들어진 양전실이 생기고 여기에서 끊임없이 양자거품이 나와 주변의 세포들을 활성화하고 그 사람의 신체조직에서 불필요한 잉여단백질을 포함 각종 물질이 과잉생산되면서 결국에는 나쁜 기운, 어기더미, 어기암상으로 발전하여 그분의 건강을 해치는 결과를 초래한다.

따라서 좋은 힐러가 되려면 먼저 자기 안에 생긴 원자사슬을 찾아 모두 소멸시키고 나아가 후유증으로 생긴 각종 나쁜 기운들을 유발하는 모든 것들을 가능한 한 많이 제거하는 것이 필요하다.

그러려면 자기에게 잘 맞는 '힐링샤워 QI'를 개발하여 매일 꾸준히 건강관리를 하는 것이 중요하다.

 ## QI&G 힐링수련원에서는

7월 두 번째 주 #주간일기

QI&G(양자지능과 중력) 힐링수련원에서는 자기의 목적에 잘 맞는 QI(양자지능)를 선택하고 모든 과정에서 G(중력)의 작용을 적절하게 활용하여 몸과 맘을 힐링하는 수련을 한다.

태초에 우주는 끝없이 넓은 공간에 양자거품으로 가득 차 있었고, 그 안에서는 양자요동이 아주 짧은 순간 나타났다가 사라지는 것이 반복되었는데, 약 138억 년 전에 생긴 어떤 양자요동이 어쩐 일인지 바로 사라지지 않고 오늘날까지 계속 이어지고 있다. 그것이 지금 우리가 사는 우주라고 하며, 약 138억 년 전에 일어났던 그 양자요동을 특별히 빅뱅이라고 부른다.

빅뱅의 순간에 우주는 양자거품이라는 고치 안에서 나방이 태어나듯이 양성자 하나로 된 수소(H) 원자가 안개처럼 태어나 온 우주를 가득 채워 빛도 통과할 수가 없는 암흑세계로 바뀌어 수억 년을 보내다 중력이 수소 원자를 끌어모아 태양의 100배쯤 되는 커다란 수소공을 만든다. 그런 다음 그 안에서 핵융합 반응이 일어나는 제1세대 별이 탄생하고 수소가 1차 핵융합하여 헬륨(He) 원자가 만들어진다. 수소가 다 소진한 후에는 이어서 헬륨이 2차 핵융합하여 베릴륨(Be)을 거쳐 탄소(C) 원자가 만들어지며, 헬륨이 다 소진한 후에는 탄소가 3차 핵융합하여 질소(N), 산소(O), 소듐(Na), 마그네슘(Mg), 실리콘(Si) 등 무거운 원소가 순차적으로 생성된다.

별에서 더 핵융합 반응을 하지 못하게 되면 별은 자체의 중력으로 붕괴가 되고 그 과정에서 더 무거운 원소들이 생성되고 마지막에는 초신성 폭발을 일으켜 그 안에 있는 대부분의 원소가 온 우주로 퍼져 나가면서 커다란 성운이 된다.

그리고 그 중심에는 블랙홀이 생겨 주변의 가스들을 빨아들여 점점 더 큰 거대 블랙홀이 만들어지고 성운의 어떤 구역에서는 제2세대 별들이 탄생한다. 이것도 제1세대 별과 비슷한 과정을 거쳐 초신성 폭발을 하고 그 잔해에서 다음 세대의 별을 만드는데, 이렇게 세대에서 세대를 거듭하면서 이 우주에는 더욱 다양한 원소와 물질이 만들어진다.

이렇게 만들어진 수 많은 별들이 모여 수많은 은하가 되고, 그중에 은하수라는 이름을 가진 우리의 은하에서는 태양이라는 특별한 별이 나타났다. 이어서 그 주변을 도는 행성 중에 지구와 같은 생명체가 살 수 있는 행성도 생기고, 그 안에 다양한 생명체가 생겨 진화에 진화를 거듭하면서 우리 인간과 같은 지적 생명체도 생겨나더니 우주의 탄생 과정을 탐구하고 그 모든 과정에서 양자지능(QI)과 중력(G)이 항상 결정적인 역할을 한다는 것을 알게 된다.

그리고 이 양자지능(QI)과 중력(G)이 우리의 몸과 맘을 건강하게 만드는 힐링에서도 아주 중요한 역할을 하는 것도 알게 된다.

QI거품샤워는 힐러가 원하는 대로 QI거품이 잘 흐르도록 샤워하면 원하는 힐링효과가 나타나는 건강법이다.

오줌이 잘 나오지 않고 요도가 아플 때는 소지와 약지의 끝으로 QI거품이 잘 흐르도록 샤워한다. 온몸과 맘을 부드럽게 하려면 양손의 손가락 끝을 서너 치 간격으로 마주 보게 하고 손가락 끝으로 QI거품이 잘 흐르도록 샤워를 한다.

훌륭한 힐러가 되는 비결은 좋은 QI를 선택하고 중력을 능수능란하게 사용하는 요령을 터득하는 것이다.

삼각 날개 QI&G 거품샤워기는 양팔과 어깨, 목의 경계 부위에 있는 삼각 날개로 QI거품을 대량생산하고 중력을 사용하여 적절한 강도로 내뿜어 온몸을 샤워하는 그것을 말한다.

이것은 우리의 선조가 익룡이었을 때에 사용하던 삼각 날개 QI&G 거품샤워기를 현생 인류가 다시 복원하여 활용하는 것이며 익룡이 하늘을 날며 온 세상을 두루 굽어보는 느낌으로 샤워힐링을 하면 된다.

 ## 37 익룡 타고 QI&G 힐링하기

익룡 타고 QI&G(양자지능과 중력) 힐링을 연습해 보자.

QI&G 힐링에서는 QI&G 거품샤워기라는 일종의 익룡을 사용하는데, 그러려면 사진 속 그림 모양의 익룡을 능수능란하게 타는 훈련을 해야 한다.

경마하는 기수가 말과 호흡을 맞추고, 자동차경주자가 경주용 차를 몰고, 전투기 조종사가 비행훈련을 할 때는 자기에게 잘 맞는 말, 자동차, 비행기를 선택하는 것이 중요하듯이 QI&G 힐링을 수련할 때도 힐러에게 잘 맞는 QI&G를 선택하여야 한다. 이때 QI는 적당한 얼석이나 얼썸(얼이 나

오는 어떤 것)을 골라 사용하면 되지만, 중력은 이 세상 만물에 고르게 작용하는 힘이어서 우리가 맘대로 골라 쓸 수가 없다. 그래서 QI를 잘 선택하는 것이 중요한데, 필자는 적당한 얼석을 골라 사용한다.

필자의 경우에는 얼석을 손안에 쥐고 있으면 몸안에 사진과 비슷한 익룡이 나타나 알아서 온몸을 돌아다니며 자동으로 QI&G 거품샤워를 해 준다.

필자가 얼석을 사용하여 QI&G 거품샤워기라는 익룡을 몸안에 만들 수 있듯이, 이 글을 읽는 분들도 어쩌면 쉽게 자신만의 QI&G 거품샤워기를 만들어 사용하실 수 있을 것이다.

필자가 비우기라는 건강법을 처음 만들어 사용한 지가 이미 20여 년이 지났고, 그 이후로 수많은 힐링법을 개발하였지만, QI&G 힐링법을 개발하고 사용한 지는 몇 주에 불과한데, 그래도 제법 쓸 만한 QI&G 거품 샤워기를 만들어 내 안에서 사진 속의 익룡 비슷한 것이 이리저리 날아다니는 것을 느낄 수 있다.

그래서 필자의 생각이지만 누구라도 QI&G 힐링수련을 집중적으로 한다면 비교적 짧은 시간에 그분의 몸과 맘안에서도 그럴듯한 모습의 익룡이 훨훨 날아다니게 될 것이다.

참고로 수련자가 자기 안에 멋진 익룡을 만들려면,
1) 자기 스스로 QI&G 힐링수련을 시작한다고 다짐한다.

2) 자기에게 잘 맞는 양자거품을 만들어 내는 얼석 또는 얼썸을 선택하여 손안에 쥐고 거기에서 나오는 양자거품이 자기의 안으로 잘 흐르도록 한다.

3) 자기 안에 양자거품이 흐르는 것이 느껴지면 그 양자거품이 지나가는 주변의 세포에서 만들어진 생체에너지, 즉 ATP가 ADP로 분해가 될 때 나오는 생기(생체에너지)가 양자거품에 달라붙어 QI&G 거품이 되게 한 후에 함께 흘러가게 한다.

4) QI&G 거품이 수련자 안의 아시상, 즉 어떤 문제가 있는 부분에 도착하면 양자거품과 생기가 분리되고 이 생기를 사용하여 아시상에 생긴 문제를 해결한다.

5) QI&G 거품의 생기는 아시상에서 요구하는 양보다 항상 조금 더 공급되며, 사용하고 남은 여분의 생기는 익룡의 먹이로 사용되어 익룡이 더 커지고 튼튼해져서 점점 더 힐링을 잘할 수 있도록 한다.

 힐링버스트

힐링버스트는 QI(양자지능)힐링과 G(중력)힐링이 동일힐링 선상에서 동시에 일어나면서 중첩이 되어 폭발적인 힐링효과가 순간적으로 일어나는 현상으로 우주에서 가끔 일어나는 감마 버스트와 유사한 현상이다.

위에서 언급된 동일 힐링선상이라는 용어는 우리의 몸을 좌우로 크게 나누어 좌측 손과 좌측 발을 연결하는 좌측 힐링선상과 반대 측에 있는 우측 손과 우측 발을 연결하는 우측 힐링선상으로 크게 두 가지 힐링선상이 있다. 필자는 오른손잡이여서 누군가를 힐링할 때에 주로 오른손을 많이 사용하는데, 이때 오른발을 사용하지 않아도 그 부위에 있는 조직들도 보조로 힐링에 자동으로 동원이 된다.

이것은 2022년 7월 23일 토요일에 서울에 사는 S교수의 손자 HJ군을 힐링해 주고 집으로 돌아와서 잠을 자고 다음 날 아침에 일어나려고 할 때 오른쪽 다리에서 갑자기 쥐가 나서 몇 분간 곤욕을 치른 것으로 미루어 알 수가 있다.

이것은 전날 서울에 평소보다 2시간 일찍 S교수의 집에 가서 사모님의 무릎힐링을 거의 2시간가량 해 주고, 이어서 HJ군을 2시간 힐링해 주었는

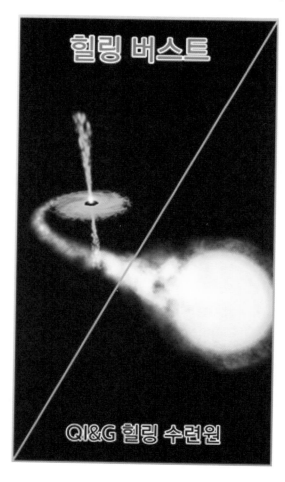

데, 이것이 나도 모르게 무리해서 힘을 쓰다 보니 오른쪽 다리 근육에서 무산소운동으로 다량의 ATP를 만들게 하였고 그 여파로 노폐물이 그곳에 쌓여 다음 날 아침에 일어나려고 할 때 오른쪽 다리에 쥐가 나게 된 것이다.

오른손을 사용하여 QI&G 힐링을 할 때 오른쪽 라인에 있는 다른 조직에서 힐링에 필요한 ATP를 긴급으로 만들어 공급한다는 사실은 QI&G 힐링에서 사용되는 에너지의 실체가 바로 우리의 몸안에서

만들어지는 ATP가 ADP로 분해될 때에 나오는 에너지, 즉 생체에너지(생기)라는 것이다.

그리고 이 생기가 QI&G 힐링 중에 상당부분이 환우의 몸안으로 전달되어 환우의 몸안에 생긴 문제를 해결하는 데 사용이 된다는 것을 의미하는데, 그러려면 이 생기가 어떠한 경로로 힐러의 몸에서 환우의 몸으로 전달이 되는지 그 경로를 알아보는 것이 필요하다.

QI&G 힐링에서 대부분의 환우는 힐링을 받은 후에 건강상태가 극적으로 좋아지는데, 그 주된 이유가 힐러로부터 생명의 근본인 생체에너지, 즉 생기를 충분히 공급받아 환우의 몸안에 생긴 어떤 문제를 해결하는 데 바로 사용할 수 있기 때문이다.

우리가 생명을 이어가기 위하여 어떤 음식을 먹으면 그것이 입에서 잘게 씹히고 위에서 소화가 되고 장에서 모든 영양소가 흡수된 후에 핏속으로 들어가 온몸을 돌면서 세포 안으로 전달이 된다.

이 영양소와 함께 공급된 산소가 세포 안의 미토콘드리아에서 ATP로 전환이 된 후에 이것이 세포 안에서 생명 현상을 위한 어떤 일을 하고자 할 때 ATP가 ADP로 분해가 되고 이때 나오는 생체에너지를 사용하여 그 일을 하게 된다.

이렇게 생명 활동을 하기 위하여 꼭 필요한 생체에너지는 우리가 음식을 먹은 후에 여러 과정을 장시간에 걸쳐 수행하여야 만들 수 있다. 이 귀중한 생체에너지를 힐러로부터 필요한 순간에 필요로 하는 장소에 순간 전달을 받을 수 있는 QI&G 힐링이 대부분은 놀랄만한 힐링효과를 발휘하는 것은 중대 재난현장에 긴급 구호자금이 투입되어 긴급 복구가 순조롭게 이루어지는 것처럼 어쩌면 당연한 결과일 것이다.

다만 QI&G 힐링을 하였을 때 힐러의 몸에서 생성된 생체에너지가 환우의 몸안 특정 장소로 순간 전달된다는 것을 과학적인 장비를 써서 실증하려면 성능이 좋은 열적외선 카메라를 사용하면 장시간 힐링에 의한 누적

효과는 어느 정도 확인될 것으로 예상이 되는데, 생체에너지가 순간적으로 전달되는 힐링버스트 실전 상황은 확인이 어려울지도 모르겠다.

 ## 밀당힐링과 힐링버스트의 이해

힐링버스트는 QI&G 밀당힐링에서 가끔 나타나는 폭발적인 힐링효과로서 힐러가 어려운 병증으로 고생하는 환우에게 잘 되었으면 하는 마음이 들 때 순간적으로 일어나는 현상으로 우주에서 가끔 일어나는 감마 버스트와 유사한 일종의 자연 현상이다.

힐링버스트가 일어나는 순간에는 힐러가 자신도 모르게 무리해서 힘을 쓰게 된다. 그러면 근육이 발달한 다리나 팔 부위에서 무산소운동으로 다량의 ATP를 순간적으로 만들게 되고 그 여파로 노폐물이 그곳에 쌓여 다음 날 아침에 일어나려고 할 때 다리나 팔에 쥐가 나게 된다.

환우의 몸안에서 힐링버스트 현상이 일어날 때 힐러의 어떤 신체조직에서 힐링에 필요한 ATP를 긴급으로 만들어 공급한다는 사실은 QI&G 밀당힐링에서 사용되는 에너지의 실체가 하늘의 특정 구역에서 쏟아져 들어오는 신비에 싸인 어떤 기가 아니고, 바로 우리의 몸안에서 만들어지는 ATP가 ADP로 분해될 때에 나오는 에너지, 즉 생체 에너지(생기)라는 것이다.

그리고 이 생기가 QI&G 밀당힐링 중에 상당부분이 환우의 몸안으로 전달되어 환우의 몸안에 생긴 문제를 해결하는 데 사용이 된다는 것을 의미하는데, 그러려면 이 생기가 어떠한 경로로 힐러의 몸에서 환우의 몸으로 전달이 되는지 그 경로를 알아보는 것이 필요하다.

우리의 몸은 수많은 골격, 근육, 장기, 각종 조직, 세포 등으로 구성되어 있다. 그들이 건강하게 생명을 유지하기 위해서는 숨쉬기, 물과 밥 먹기,

오줌 누고 똥 싸기, 활동하고 쉬고 잠자기, 신진대사 등 각종 생명 활동이 건강하게 이루어져야 하는데, 힐러를 찾아오는 환우는 이들 수 많은 생명 조직, 기능 및 활동 중 어떤 부분에 어떤 원인으로 문제가 생긴 것이어서 아무리 실력이 좋은 힐러라도 찾아오는 모든 환우의 몸에 생긴 병증의 원인을 알아내고 그것에 따라 적절한 힐링법을 사용하여 모든 환우가 만족하는 결과를 얻을 수는 없을 것이다.

그래서 필자는 환우에게 QI&G 밀당힐링을 해 줄 때 몇 가지 기본적인 힐링을 해 주면서 환우의 몸안에서 일어나는 힐링반응을 살펴보고 병증의 특성을 파악하여 거기에 맞게 그 환우에게 꼭 필요한 추가 밀당힐링을 해 주고 그 결과로 환우의 인연과 복에 따라 숨겨진 힐링매듭이 밀당 중에 은근슬쩍 풀어지게 해 준다.

5　QI&G 밀당힐링 기본단계

1) 기본힐링 1단계 : 환우의 기초건강을 +(알파)만큼 더 좋게 하면서 병증의 원인을 파악한다. 환우의 기본건강이 50점 이하이면 먼저 기본건강을 좋게 하는 힐링을 해 준다. 환우의 몸 어딘가에 부기가 있는 경우에는 그 부기를 빼 주는 힐링을 한다.

2) 기본힐링 2단계 : 병증의 원인이 은하 우주방사선 피폭후유증이면 후유증으로 생긴 원자사슬을 우선 소멸시킨다. 환우의 몸안에서 발견되는 원자사슬이 병증의 원인으로 판단되면 그 원자사슬을 소멸시켜 주어야 하는데, 이때 역번개를 동반한 힐링버스트 현상이 나타난다.

3) 기본힐링 3단계 : 병증 부위를 정밀 탐색하여 아시상과 아시힐상을 찾아서 QI&G 밀당힐링한다. 힐러의 양손으로 환우의 아시상과 아시힐상에

지조침이나 장뜸, 또는 격기공 등을 해 주고 있으면 QI&G 밀당힐링효과가 나타나고 환우의 병증은 밀당 중에 은근슬쩍 호전된다.

위에 열거한 QI&G 밀당힐링 기본단계는 비록 간단한 글로 소개되어 있지만, 필자를 찾아오는 모든 환우의 상황에 따라 실제로 힐링을 해 주는 방법은 천차만별로 바뀌게 된다.

특히 환우의 병증을 결정적으로 호전시키는 밀당힐링은 힐러의 손이 환우의 숨겨진 아시상과 아시힐상을 밀당하는 순간에 힐링버스트의 형태로 나타나는데, 이것은 힐러가 사전에 알고 할 수가 없고, 환우의 인연과 복으로 우연히 나타난다.

 밀당기공

밀당기공은 밀당힐링을 이용하여 자기의 몸을 튼튼하게 만드는 기공법의 일종이다.

각종 호흡법을 이용하는 기공도 결국에는 그 호흡법을 어찌어찌 이용하여 기공사 몸의 특정부위를 튼튼하게 만드는 것이 된다.

밀당기공에서도 밀당힐링을 이리저리하다 보면 힐러의 몸 특정부위가 튼튼하게 변하는 것을 느낄 수 있는데, 이것을 적절하게 응용하면 기공을 수련하는 것과 비슷한 효과가 나타난다.

필자가 하는 밀당기공은 무협 소설에 나오는 물 위를 걷고, 하늘을 나는 그런 기공이 아니고 힐러가 어떤 환우에게 밀당힐링을 할 때 사용되는 생체에너지를, 우리 몸의 다양한 부위에서 유산소로 생체에너지를 만들어 내어 어느 특정부위가 무리해서 무산소로 생체에너지를 만드는 일이 생기지 않도록 하는 것이다.

④⓪ 암썸밀당

암썸밀당힐링은 줄여서 암썸힐링이라고도 하는데, 암썸의 두 가지 요소인 암흑물질과 암흑에너지가 서로 작당하면서 우주 안의 삼라만상을 조화롭게 만들어 가는 원리에 따라 우리의 몸안에서 각종 문제를 일으키는 아시상과 아시힐상을 서로 조화롭게 밀당하면서 힐링하는 새로운 개념의 건강법이다.

하지만 누구도 암썸, 즉 암흑물질과 암흑에너지가 어떻게 아시상과 아시힐상을 밀당하는지에 대하여 잘 모르기 때문에 암썸밀당힐링 또는 줄여서 암썸힐링이라고도 부른다.

우리가 사는 우주 안에는 우리가 볼 수 있는 삼라만상은 전체 우주의 4%에 불과하고 암흑물질과 암흑에너지가 이 우주의 96%를 차지하는데도 아직 그 정체를 과학적으로 확인하지 못한 암썸, 즉 미지의 어떤 것이다.

그리고 아시상과 아시힐상은 필자의 견해로는 우리 몸안의 문제점 대부분을 관장하는 어떤 것인데, 아쉽게도 아직은 과학적으로 그 존재를 인정받지 못하고 있다.

이러한 아시상과 아시힐상을 암썸밀당힐링하면 우리 몸안의 대부분 문제점을 손쉽게 해결할 수 있는데, 안타깝게도 아직은 정

통 건강법으로 인정을 받지 못하고 있다.

우리가 각종 관측 장비로 볼 수 있는 은하는 우주 안에 수천억 개가 되고 이들 은하와 인접 은하 사이에는 암흑물질이 가득하여 서로를 연결하는 격자구조(사진 참조)를 이루고 있다는데, 은하는 빛을 내어 아무리 멀리 떨어져 있어도 관측이 된다. 그런데 격자구조를 이루는 암흑물질은 빛을 내지도 않고 반사하지도 않아 그 모습을 그냥은 볼 수가 없지만 다행스럽게도 암흑물질에는 중력이 있어서 그 주변을 통과하는 빛을 잡아당겨 굴절시키므로 이 성질을 이용하면 암흑물질의 격자구조를 살펴볼 수 있다.

그러나 이것에 만족하지 않고 많은 과학자는 이 신비로운 입자를 직접 찾겠다고 오래 전부터 다양한 시도를 했지만 아쉽게도 아직까지 성공하지 못하였다.

이러한 암썸(암흑물질과 암흑에너지)은 눈으로 보이지는 않지만, 이 우주의 삼라만상을 조화롭게 만드는 데 일조를 하고 있을 것으로 여겨지며 우리의 몸안에 어떤 문제가 생겨 아시상과 아시힐상을 만들 때도 뭔가 일조를 할 것으로 짐작되어서 이들 아시상과 아시힐상에서 암썸을 제거하면 아시상과 아시힐상의 핵심구조가 붕괴하여 저절로 소멸(?)할지도 모른다.

삼라만상의 대부분은 어떤 구조로 되어 있는데, 그 구조에서 핵심이 되는 어떤 부품이 망가지면 대부분은 그 삼라만상도 기능을 못하고 시간이 흐르면 스르륵 소멸한다.

삼라만상 중에서 우리의 몸안에서 각종 문제를 일으키는 아시상과 아시힐상도 어떤 구조로 되어 있으며 이것의 핵심 부품도 어떤 물질이나 암썸으로 되어 있는데, 이 중에서 어떤 물질로 된 부품은 특효약과 같은 어떤 물질로 해결이 되지만 암썸으로 된 부품은 어떤 물질로도 잘 해결이 안 되어 다른 암썸을 사용하여야 한다고 생각한다.

우리의 몸안에 생긴 아시상이나 아시힐상을 어떤 암썸으로 힐링하는 것은 일단 생각하기 어려우나 어떤 계기로 한 번 암썸밀당힐링을 해 보는 경험을 하면 이 방법이 의외로 너무 쉽고 간편하다는 것을 알 수 있을 것이다.

이전에 소개한 밀당힐링에서는 힐러가 직접 아시상과 아시힐상을 찾는 것이 먼저인데, 필자는 경험이 쌓여 비교적 쉽게 찾을 수 있지만, 다른 힐러들은 이 첫 단계에서 많은 어려움을 겪는다고 한다.

그런데 암썸밀당힐링은 구체적으로 아시상과 아시힐상을 찾지 않고 힐러의 손에 적당한 약돌을 쥐고 온몸에 비우기안마를 하듯이 은근슬쩍 움직이면서 노젓기를 살짝살짝 해 주면 온몸 여기저기에 숨어 있는 아시상이나 아시힐상에서 각종 번개가 치면서 암썸힐링효과가 나타난다.

비우기안마는 필자가 20여 년 전에 최초로 개발한 힐링법으로 그 당시에는 효과는 좋았는데, 시간과 노력이 너무 많이 들어 다른 간편한 힐링법을 이것저것 개발하면서 현재에 이르러 어떤 계기로 암썸밀당힐링을 탐구하다 보니 비우기 안마가 암썸밀당과 사용하는 기법이 유사하여 비우기안마에서 예전에 사용하던 각종 기법을 다시 복원하여 사용해 본다.

고난도의 비우기안마에서는 온몸의 모든 조직을 따로따로 작게 분리하여 비우기안마를 하는데, 암썸밀당힐링(또는 암썸비우기안마 또는 암썸안마)에서는 큰 조직에 있는 덩치가 큰 암썸에서 시작하여 점점 작은 조직에 있는 작은 암썸을 거쳐 미세 조직에 있는 미세 암썸까지 순차적으로 밀당힐링을 하여 차례로 소멸시킨다.

끝으로 이 암썸밀당힐링을 할 때 주의해야 할 것은 환우의 몸안에서 어떤 문제를 일으키는 아시상과 아시힐상이 힐링되는 상황을 정확하게 진단하여 힐링이 완료되는 시점을 정하는 것인데, 아직 필자는 경험해 보지 않은 것이지만, 과유불급이라는 격언이 있듯이 혹시 너무 열심히 하여 문제가 되는 아시상과 아시힐상을 전부 소멸시키는 것을 벗어나 과잉힐링을 하여 정상적인 신체조직에서 암썸을 제거하여 그 신체조직을 잘 모르고 망가뜨리는 사고를 치는 것이다.

10 암썸밀당힐링 실전사례

제1부 : 무릎통증 암썸힐링

암썸밀당힐링 실전사례 제1부는 무릎통증 암썸힐링인데, 필자가 암썸힐링을 개발하면서 처음으로 시험 사용한 힐링사례이다.

필자의 왼쪽 무릎에 갑작스럽게 통증을 느낀 것은 2022년 9월 중순쯤으로, 마침 암썸힐링법을 연구하던 중이어서 시험 사용을 하게 되었다.

무릎통증 힐링은 약 한 달 전에 서울에 사는 S교수 부인의 양쪽 무릎에 생긴 퇴행성 관절염을 힐링해 준 적이 있다. 그때에는 당시 개발 중이던 QI&G(양자지능과 중력) 힐링법을 사용하였는데, 어쩌면 이때 힐링 중에 생성된 반탄어기가 필자의 왼쪽 무릎에 침투하여 갑작스러운 무릎통증의 원인이 된 듯하다.

무릎 통증 암썸 힐링

힐러가 누군가를 힐링하면서 반탄어기를 맞는 것은 작용—반작용의 물리법칙에 따라 일어나는 일이어서 누구도 피할 수는 없으며, 그래서 사후에 필자의 몸안에 쌓인 반탄어기가 어떤 문제를 일으키면 적절한 힐링법을 사용하여 해소한다.

이번에 개발 중인 암썸힐링은 힐러의 몸안에 쌓이는 이러한 반어기를 해소하는 데 아주 효과가 좋은 것 같다.

대부분의 힐러는 다양한 환우들에게 힐링을 해 주면서 아주 다양한 종류의 반탄어기를 온몸 여기저기에 맞게 된다. 이러한 것들을 모두 찾아서 일일이 복구시키는 힐링을 할 수가 없어서 어쩔 수 없이 어느 구석에 나쁜 어기가 남아 어기암상으로 숨어 있는 것이다.

이러한 어기암상은 암썸과 마찬가지로 힐러가 감지를 할 수가 없어서 기존의 아시상과 아시힐상을 찾아서 힐링하는 방법으로는 어찌할 수가 없다.

이번에 새로 개발하는 암썸힐링에서는 환우가 문제를 느끼는 아시상은 사용하는데 아시힐상은 사용하지 않고, 대신 약돌을 사용하여 숨어 있는 어기암상이 스스로 모습을 드러나게 함으로써 좀 더 다양한 힐링효과를 얻을 수 있다.

이러한 얼썸힐링을 사용하여 필자의 왼쪽 무릎에 생긴 통증을 힐링하는 과정을 간략하게 소개한다.

2022.09.16 오전 5시 30분 1차 암썸힐링
- 왼손으로 왼쪽 무릎 아시상에 장뜸을 하고 오른손에는 약돌을 쥐고 암썸안마를 한다.
- 10여 분이 지나면서 오른쪽 안구에서 번개 일 섬
- 오른쪽 종아리에서 쥐가 미약하게 나타난다.
- 약돌을 쥐고 있는 오른손바닥에서 번개 일 섬

- 온몸 여기저기가 돌아가면서 시큰거리는 암썸힐증이 나타난다. (앞니, 왼쪽 무릎, 왼쪽 겨드랑이, 코안, 왼쪽 무릎, 오른손바닥, 왼쪽 발목, 사타구니, 목, 정수리, 아귀 턱, 혀, (트림이 나온 후), 왼쪽 무릎, 머리, 오른발바닥, 입술, 오른쪽 무릎, 항문, 오른쪽 어깨, 왼쪽 겨드랑이 순으로 거의 70분간 지속함)

오전 8시 30분부터 2차 암썸힐링
- 왼손으로 왼쪽 무릎 아시상에 삼지안을 하고 오른손에는 약돌을 쥐고 암썸안마를 한다.
- 10여 분이 지나면서 왼쪽 무릎 뼛속에서 어기암상이 드러나며 욱신거린다.
- 코안이 시큰, 왼쪽 손바닥이 짜릿, 머리가 지끈, 왼쪽 무릎 주변에 열기가 오르는데, 대변 기미가 있어 오전 9시경에 2차 힐링을 중단하고 화장실에 감.

오후 2시 반부터 3차 암썸힐링
- 왼손으로 왼쪽 무릎 아시상에 삼지뜸을 하고 오른손에는 약돌을 쥐고 암썸안마를 한다.
- 10여 분이 지나며 목구멍 아래 식도에서 까칠한 기운이 감지됨.
- 십여 분 후에 코안이 메케하고, 이어서 턱 주변이 화끈 달아오른다.
- 오후 3시경에 하품이 나오고 졸려서 암썸힐링을 중단하고 휴식을 취함.

다음날 오전 6시부터 4차 암썸힐링
- 왼손으로 왼쪽 무릎 아시상에 장뜸을 하고 오른손에는 약돌을 쥐고 암썸안마를 한다.
- 10여 분이 지나며 왼쪽 무릎 뼛골 안쪽 아시상에서 쩌르르한 느낌이 10

여 분간 은은하게 올리고 이어서 가벼운 통기와 열기가 오르고, 뒤이어 웅웅거리는 울림이 5분여 지속하다가 머리가 지끈거리고 왼쪽 발바닥 용천혈이 쩌릿거린다.

— 오전 6시 40분경에 오른손의 약돌을 다른 것으로 바꾸어 쥐고 암썸힐링 을 하자 온몸 여기저기에서 산발적으로 암썸힐증이 나타난다.

— 코안이 메케하고, 얼굴 여기저기가 욱신거리며, 어깨, 겨드랑이, 치골, 가랑이, 종아리, 발끝이 돌아가며 움찔거린다.

— 혀끝이 따끔거리고, 입안에 쓴맛이 돈다.

— 트림, 하품이 나고 발뒤꿈치가 쩌릿거린다.

다음날 오전 7시부터 5차 암썸힐링

— 왼손으로 왼쪽 무릎 아시상에 삼지뜸을 하고 오른손에는 약돌을 쥐고 암썸안마를 한다.

— 10여 분이 지나며 명치부위가 스르륵 풀리고 사타구니가 슬쩍 묵직한 듯하다가 만다. 제길, 좋다가 말았다. 아무래도 언제 기회가 되면 암썸 육양결(?)을 찾아보아야겠다.

— 육양은 실패하였지만 대신 온몸의 피부가 피어나면서 리피어라 효과가 후광처럼 약 5분여 나타난다.

— 이어서 혀끝이 시큼하더니 왼손목 뼈마디가 시큰거리고 손목뼈가 몇 조 각으로 갈라지는 듯한 예리한 통증이 와서 무릎 통증 암썸힐링을 중단 하였다. 이 증상은 아마도 암썸힐링을 너무 과도하게 하여서 생긴 일종 의 부작용인 듯하다.

다음 날 아침에 일어나서 확인해 보니 왼쪽 무릎과 손목이 정상으로 회복되어 있다. 손목이 시큰거리는 순간에 바로 암썸힐링을 중단하여 부작용이 심하지 않은 듯하다.

12 암썸밀당힐링 실전사례

제2부 : 손에 생긴 아시상 암썸힐링

암썸밀당힐링 실전사례 제2부는 손에 생긴 아시상 암썸힐링이다.

필자의 경우에는 왼쪽 손에 많은 아시상이 생겼는데, 이것은 필자의 나이 40이 될 무렵에 왼쪽 어깨 견갑골에서 시작하여 왼손 검지방향으로 관통하는 은하 우주방사선에 피폭되고 그 후유증으로 왼쪽 어깨와 검지 라인에 각종 아시상이 생겨 지금까지도 수시로 시달림을 받고 있다.

처음 왼쪽 어깨가 아프기 시작했을 때에는 병의 원인을 모르고, 컴퓨터 작업을 많이 하다 보니 오십견이 10년 당겨서 필자의 나이 40에 온 모양이라고 생각하고 컴퓨터 작업을 한동안 중단하였는데도 계속 어깨가 아파서 궁리 끝에 그동안 애용하던 담배를 끊고 한 달쯤 지나니 어깨의 통증이 스르륵 사라진다.

그런데 어깨 뒤로 한 뼘쯤 아래쪽이 며칠에 한 번씩 몹시 가려워서 효자손으로 긁어 주는데, 이것이 고질병증이 되어 아직도 가끔 가렵곤 한다. 이것이 예전에 왼쪽 어깨에 은하 우주방사선이 피폭되어 오십견이 생긴 후유증이라는 것을 약 7년 전에 알고 그 후로 원인 힐링을 위하여 수많은 힐링법을 개발하였지만 아쉽게도 아직 그 뿌리가 남아 가끔 고개를 내민다.

어깨의 등쪽 부위는 우리의 손이 닿지 않는 신체부위여서 스스로는 힐링하기 어려운 부위인데, 필자는 지금까지 누구의 도움을 받지 않고 스스로 자신의 몸을 힐링해 온 까닭에 그곳에 피폭된 은하우주선이 일으키는 모든 후유증을 그냥 감당하는 것이 고작이어서 원인을 발견하고 7년이 지나도록 아직도 그 후유증에 시달리고 있다.

이 글을 쓰면서 다시 되돌아 생각해 보니, 어쩌면 필자의 왼쪽 어깨에 생긴 문제점도 어제부터 새로 개발하기 시작한 담담힐링을 이용하면 스스로 힐링할 방법이 있을 것도 같다(2022. 9. 26. 14:20).

담담힐링은 며칠 전부터 암썸힐링의 후속으로 개발하려고 하는 암담힐링이 어감이 좋지 않아 고심하다가 '암담'을 '담담'으로 바꾼 것이다. 본래 암담은 암썸힐링을 이용하여 아시상을 힐링하고 이때 만들어지는 미세 암썸 아시상을 모아서 암담을 만들고 이것을 이용하여 온몸의 여기저기에 산재해 있는 어기암상을 소멸시키는 힐링법이다. 암담힐링의 내용은 맘에 드는데 어감이 나빠서 이것을 암담보다는 어감이 조금 부드러운 담담(淡淡)힐링으로 부르기로 한다.

담담힐링은 우리의 몸안에 산재한 모든 어기암상을 전문으로 소멸시키기 위하여 개발된 힐링법이므로 필자의 왼쪽 어깨에 35년 전에 피폭된 은하 우주방사선의 후유증으로 생긴 모든 어기암상들도 소멸시킬 수 있을 것으로 기대한다.

담담(淡淡)의 담(淡)은 맑을 담이고, 담담(淡淡)의 뜻은 '욕심이 없고 깨끗함'인데, 이것은 담담힐링을 할 때 힐러의 마음가짐을 나타낸다.

담(淡)의 부수 획을 살펴보면 물에 불타고 남은 잿물을 넣어서 맑은 담수로 만드는 모습으로 우리 몸안의 일부 어기더미를 암썸힐링으로 태워서 만들어지는 재를 이용하여 몸안에 맑은 담담을 만드는 의미를 내포하고 있다. 이렇게 만들어진 담담으로 나머지 어기더미를 담담으로 변화시키고 나아가 우리의 몸안 곳곳에 숨어 있는 어기암상도 모두 담담으로 만들어 우리 몸의 모든 기능을 건강하게 복원한다.

우리 몸안에 생긴 어기더미를 암썸힐링으로 태워서 재로 만드는 것은 비교적 짧은 시간에 할 수가 있는데, 문제는 우리가 나이가 들수록 우리 몸안에 생기는 어기더미나 어기암상이 너무 많아져서 이들을 모두 태워서 없애려고 하면 우리의 몸이 다 타버려 오히려 우리의 건강을 해칠 수가 있다.

그래서 우리의 몸안에 생긴 일부 어기더미만 암썸힐링으로 태우고 만들어진 재를 이용하여 우리의 몸안에 담담을 만들어 이것으로 다른 어기더미를 담그면 시간이 지나면서 어기더미가 숙성이 되어 우리가 이용할 수 있는 담담어기로 바뀐다. 이것을 어기암상에 담그면 이것도 시간이 흐르면서 담담암상으로 바뀌는데, 이렇게 담담하게 바뀐 담담어기나 담담암상은 우리의 몸안에서 각종 기관의 기능을 복원하는 복원재료로 활용이 된다.

담(淡)의 부수 획을 다시 한번 살펴보면 물수(氵) 변에 2개의 불화(火)가 있는데, 우리의 몸은 대부분이 물로 되어 있어 앞의 물수는 우리의 몸을 나타내고, 그 오른쪽에 있는 2개의 불화는 암썸힐링에서는 암흑물질과 암흑에너지를 의미한다. 이 2가지 눈으로는 보이지 않는 불로 어기더미를 밀당하여 극히 미세한 가루로 만드는 것을 나타내며 이렇게 만들어진 초미세 어기가루를 몸안의 물에 타면 만병통치의 힐링효과가 있는 담담(淡淡)이 된다.

41 초신성과 초아시

초신성과 초아시는 모두 초자 돌림이다. 초신성은 밤하늘에 어느 날 갑자기 나타나는 새로운 별이고 초아시는 우리의 몸에 어느 날 갑자기 나타나는 새로운 아시이다.

초신성은 별이 마지막 죽는 순간에 폭발을 일으키면서 별의 잔해가 온 우주로 방출되면서 그때 나오는 강렬한 빛이 온 우주를 지나 지구에 도착하여 우리의 눈에 보이는 현상이다. 초아시는 모종의 원인으로 우리의 몸 어딘가에 병증을 일으키는 뿌리인 아시가 갑자기 생겨나서 욱신거리기 시작하는 현상이다.

초신성은 며칠 또는 몇 달간 지속하다가 사라지는데, 초아시는 며칠 또는 몇 달간 지속하다가 사라지기도 하지만 그 사람이 죽을 때까지 괴롭히는 고약한 점도 흔히 있다.

밤하늘을 관찰하다 보면 우측 사진처럼 어느 날 4개의 초신성이 갑자기 나타나는 예도 있다. 이 4개의 초신성은 모두 허상이고 초신성의 실

상은 4개의 허상 한가운데 뒤쪽에 존재하는데, 여기에서 나오는 빛이 중간에 있는 암흑물질의 중력 렌즈 효과에 의하여 굴절되어 4개의 허상으로 보이는 것이다.

우리의 몸안 어딘가에서 초아시가 생기면 그 초아시가 내뿜는 나쁜 기운인 어기가 온몸으로 퍼지는데, 우리의 몸안 곳곳에도 어기렌즈 효과를 일으키는 암흑물질이 있어서 퍼져 나가는 어기를 중도에서 뭉치게 하여 초아시의 허상인 허담을 만들어 마치 그곳에 담이 든 것처럼 그 변에 새로운 어기더미 또는 어기암상이 만들어진다.

이렇게 허담 주변에 만들어지는 어기더미나 어기암상은 담 주변에 만들어지는 어기더미나 어기암상과 거의 동등한 위력이 있어서 우리의 건강을 해치는데, 다행스럽게도 우리가 담담힐링을 하면 허담은 실제의 담보다 좀 더 쉽게 소멸하고, 그 주변에 형성된 어기더미나 어기암상도 좀 더 수월

하게 해소할 수 있다.

　필자가 최근에 경험한 초아시는 요즈음 유행하는 코로나19 감염 때문에 갑작스럽게 오른쪽 콧구멍 안쪽에 생긴 것이다. 이것이 쉽게 힐링되지 않고 뒷골과 오른쪽 종아리에 허담을 만들어 거의 일주일 정도 고생을 하였으나 다행스럽게도 위의 사진처럼 종아리 담담과 뒷골 담담을 2일 정도 해주고 이어서 오른쪽 콧구멍에 생긴 초아시에도 아래 사진처럼 마무리 담담힐링을 몇 시간 해 주자 모든 증상이 사라진다.

　마무리 담담힐링은 코로나19 감염으로 초아시가 생긴 오른쪽 콧구멍에 오른손으로 삼지안을 하고 왼손으로는 오른손 손목을 사진 가운데에 있는 해왕성의 고리처럼 감싸주어 초아시에 남아 있는 모든 나쁜 기운을 담담하게 뽑아낸다.

　이렇게 하여 코로나19 감염에 의한 초아시를 힐링했다고 생각했는데 의외로 다음날부터 머리 위쪽으로 허담이 나타난다.

 20 **4개의 초신성과 4개의 허담 권역**

　밤하늘에 나타나는 4개의 초신성은 그 뒤에 있는 실제의 초신성에서 나오는 빛이 중간에 있는 암흑물질의 중력렌즈 효과에 의하여 굴절되어 상하좌우의 네 군데에서 뭉쳐서 만들어진 허상이다. 마찬가지로 우리 몸의 어딘가에 어떤 원인으로 초아시가 생기면 거기에서 나오는 나쁜 어기가 온몸으로 퍼지면서 중도에 있는 암흑물질의 아시렌즈 효과에 의하여 상하좌우의 네 군데에서 뭉쳐서 허담을 만든다. 이 4개의 허담에서도 나쁜 어기가 나와 시간이 지나면서 순차적으로 주변에 어기더미나 어기암상을 만든다.

4개의 허담이 주변에 감지할 수 있는 크기의 어기더미나 어기암상을 만드는 순서는 먼저 초아시가 생긴 권역 주변에 허담이 잡히고 이어서 시간이 지나면서 주변 권역으로 나쁜 어기가 퍼져 나가 초아시에서 가까운 권역 순으로 허담이 퍼져 나가서 4개의 권역에 모두 허담이 형성되면 그것을 힐링하는 데 큰 어려움을 겪게 된다.

4개의 허담 권역

필자의 경우에는 오른쪽 콧구멍에 코로나19의 감염으로 초아시가 생겼었는데, 그 여파로 필자의 오른쪽 몸 여기저기에 허담이 잡히는 것을 거의 일주일간 담담 힐링을 하여 소멸시켰으나 코로나19의 잔당들이 이웃 권역인 윗머리로 도피하여 허담을 형성하여 이것도 즉시 3일간 추가로 담담힐링을 하여 정상으로 회복하였다.

그런데 이 글을 쓰면서 왼쪽 귀 뒤쪽에서 이상한 기운이 감지되어 왼손가락으로 살펴보니 그곳에도 허담기운이 은은하게 가물거린다.

제길, 허담 권역이 오른쪽 권역에서 위쪽 권역으로 갔다가 기어이 왼쪽 권역까지 퍼져가고 있다.

여기에서 아래쪽 권역까지 퍼지면 그것이 악명 높은 코로나19 후유증으로 발전하여 두고두고 이리저리 괴롭힐 것이다.

왼쪽 귀 뒤쪽에서 잡히는 허담을 왼손 삼지안으로 담담힐링을 한 시간가량 해 주자 다행스럽게도 바로 정상으로 회복되어 그 주변을 살펴보는데,

이번에는 왼쪽 관자놀이 부근이 스멀거리며 작은 허담이 잡힌다.

온몸을 이리저리 돌아가면서 계속해서 허담이 잡히는 그것이 여간 귀찮지만 그래도 담담힐링을 꾸준히 해 주자 허담의 크기가 점점 줄어들어 그나마 위안이 된다.

19 양수담담 번개세

양수담담 번개세는 양수담담을 하면서 온몸의 나쁜 어기더미나 어기암상을 이리저리 몰아서 번개를 치게 하여 소멸시키는 자세인데, 기본자세는 편하게 앉아서 양손을 모으고 자신의 상체를 살짝 구부려 절을 하는 듯한 모습을 하는 것이고, 전체적으로 이 자세를 유지하면서 하체나 상체의 일부 조직에 있는 암흑물질과 암흑에너지를 이리저리 은근히 움직여 암흑밀당하면서 번개를 일으킨다.

양수담담 번개세

이때 사진처럼 양손에 적당한 얼석을 쥐고 있으면 얼석에서 나오는 양자거품의 힐링효과가 나와 좀 더 쉽게 원하는 번개를 유도할 수 있다.

우리의 몸안에는 실

제로는 보이지 않지만 사진 그림처럼 암흑물질과 암흑에너지가 이리저리 얽혀 있고, 양수담담 번개세를 하는 도중에 몸 어딘가에서 그 실체의 아주 미세한 기미를 감지하는 순간이 온다. 이 기미를 놓치지 않고 잘 따라가면서 암흑물질과 암흑에너지로 이루어진 두 개의 기운을 은근히 밀당하면 어느 정도는 원하는 번개를 뜻하는 대로 유도할 수 있다.

신기한 일이지만 양수담담 번개세를 터득해서 하루에 몇 시간씩 온몸 여기저기에서 번개를 치게 해도 다음 날이 되면 또다시 온몸 어딘가에서 또다시 번개가 친다.

이러한 연유를 가만히 생각해 보니 우리의 몸안에는 온몸 여기저기에 어기더미와 어기암상이 매일 새롭게 생겨나서인데, 그것은 우리가 일상생활을 하는 중에 매일 쓰레기가 나오듯이 생명활동을 하면서도 매순간 각종 노폐물이 생겨나기 때문이다.

또 우리의 몸은 평균 3년에 한 번꼴로 은하 우주방사선에 피폭되고 그 궤적에 원자사슬이 만들어진다. 그 안에는 양자화한 전자로 이루어진 양전실이 있고, 그 안에 있는 전자가 진동하면서 끊임없이 양자거품이 만들어져 뿜어나오는데, 이 양자거품이 주변의 세포 안에 있는 미토콘드리아를 활성화하여 새로운 생체에너지인 ATP를 만들어 내고, 이것이 그 세포를 활성화하여 각종 단백질을 만드는데, 이들 단백질은 우리 몸에서 쓸모가 없는 여분물자여서 세포 주변에 재고로 쌓여 어기암상이나 어기더미로 변질이 되고 결국에는 우리의 건강을 해치는 주범이 된다.

그 외에도 요즈음 유행하는 코로나19 바이러스에 의한 감염이나 다른 여러 가지 원인으로 건강상태가 나빠지는데, 이러한 경우에도 수많은 어기더미나 어기암상이 온몸 여기저기에 만들어져 우리를 괴롭히다가 양수담담 번개세를 해 주면 번개를 타고 소멸하면서 어기더미나 어기암상은 어기먼지가 되어 온몸으로 퍼지고 그곳에서 뭉쳐서 새로운 어기암상이나 어기더미로 태어난다.

이것은 사진의 그림처럼 은하 안에 있는 별이 죽어 초신성 폭발을 하면 그 별 안의 모든 물질이 먼지가 되어 온 우주로 날아가고, 일부 작은 입자는 은하를 벗어나지만 대부분의 먼지는 은하를 벗어나지 못하고, 그 은하의 어딘가에서 옹기종기 모여 새로운 뭔가로 변하다가 또 뭔가를 끝없이 하면서 우리 몸의 일부가 된다.

 ## 암합힐링

암합힐링은 내 안의 어기더미나 어기암상을 우주의 기본 구성 요소인 암흑물질이나 암흑에너지로 은근슬쩍 밀당하면서 암합하여 소멸시키는 힐링법이다.

우리는 이 세상을 살아가면서 여러 가지 원인으로 우리의 몸안에 어기더미나 어기암상이 끊임없이 만들어지는 것을 막을 수는 없지만 다행스럽게도 아직은 신비에 싸여있는 암흑물질이나 암흑에너지를 이리저리 사용하여 암합이라는 것을 하면 어기더미나 어기암상을 비교적 수월하게 소멸시킬 수가 있다.

암합이라는 용어는 필자의 사주(기축/병인/신묘/병신) 풀이를 재미 삼아 보다가 그 안에 암합이라는 말이 자주 나와서 검색을 해 보니 '암합이란 남몰래 합해서 무언가 일을 벌이고 있는 운명이란 뜻'이라고 나오는데, 어찌 보면 필자가 하는 암합힐링과 일맥상통하는 것 같다.

필자의 사주에서 암합은 지지에 있는 축인이 서로 암합을 하고, 또 묘신도 서로 암합을 하여 4개의 지지가 모두 암합을 한다고 한다.

그래서 그런지 필자는 젊어서부터 혼자 몰래 하는 짝사랑을 좋아하였고,

필자가 개발하는 힐링법도 당사자들만 효과를 아는 암합힐링을 선호한다.

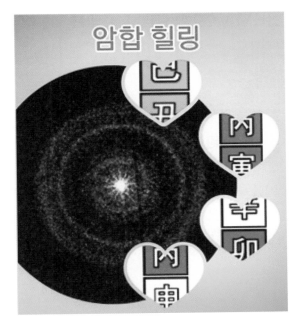

당사자들만 효과를 아는 암합힐링 중에는 암합수담이 있는데, 이것은 사진에서처럼 수담을 나누고 있는 선수중 한 명에게 중계중인 화면을 통해서 암합힐링을 해 주는 것이다.

많은 사람이 관심을 가지는 경기를 실황 중계할 때에 열성 팬을 많이 가지고 있는 선수나 팀이 좀 더 좋은 성적을 내는 경우가 많은데, 이러한 것은 암합힐링효과가 나타나서이며, 암합힐링의 고수는 어느 정도는 자기가 응원하는 선수가 유리하게 경기 상황을 이끌어 갈 수 있다.

명리학에서 사주팔자가 어떤 원리로 만들어지고 그것이 어떻게 하여 그 사람의 운명을 결정하는지는 필자의 공부가 짧아 잘 모르겠는데, 필자의 사주팔자 풀이를 잠깐 살펴보니 상당부분 공감이 가고, 특히 암합이라는 작용은 필자의 성격과 잘 맞아서 이것을 힐링에 적용하기로 했다.

먼저 암합을 일으키는 기본 원동력을 명리학에서 사용하는 음양오행이라는 개념보다 현대 물리학에서 사용하는 좀 더 우주의 원리에 가까운 암흑물질과 암흑에너지로 확대하고 이것이 어기더미나 어기암상과 암합을 하면 어떤 힐링효과가 나올지를 탐구하는 '암합힐링수련원' 을 개설한다.

'암합힐링수련원' 에서는 앞으로 암합힐링을 주제로 다양한 기술개발과

임상시험을 수행할 예정인데, 관심 있는 분들의 많은 협조와 참여를 부탁드린다.

 7 암방수의 강

지난 주말에 아들네 식구들과 함께 여수 엑스포 전시장에서 아르떼뮤지엄을 관람하였는데, 그곳에서 체험한 사진들을 이용하여 암합힐링을 만들어 보았다.

아르떼뮤지엄은 사방의 벽이 각종 거울로 된 어두운 방에 각종 빛과 조명, 그리고 음향효과로 환상적인 세계를 경험할 수 있게 만든 뮤지엄인데, 관객은 그 안을 거닐면서 그 환상적인 세계의 일부로 잠시나마 암합하여 자신의 내면을 힐링하는 체험을 한다.

외부에서 들어오는 빛과 조명, 그리고 소리에 암합하여 자신의 내면에 어떤 힐링효과를 유발하려면 그 분위기에서 적정 시간 동안 잠겨 있어야 한다. 그런데 아쉽게도 가족들과 함께 다니느라 그럴 여유가 없어서 그냥 신기한 반짝 암합힐링을

하는 것으로 만족하였다.

암합힐링이 어떤 힐링효과를 발휘하려면 꼭 필요한 특별한 힐링 분위기를 만드는 것도 중요하지만 그 분위기에 힐러와 환우가 적정시간 암합하여야 하는 것이 필수요소이다.

힐러가 환우에게 접근하는 방법이 다양한데 각각의 접근법에는 그것에 따른 반응시간과 힐링효과가 달리 나타난다.

힐링 접근법에는 크게 나누어 직접법과 간접법이 있으며, 대부분은 직접법이 소요시간도 적으면서 좀 더 좋은 힐링효과가 나타난다.

그런데 힐러와 환우의 사정상 직접법을 사용하지 못할 때는 부득이 간접법을 사용한다.

간접법은 주로 힐러와 환우가 떨어진 상황에서 원격힐링을 하는데, 힐러가 환우의 상태를 원격으로 파악하고 또 힐링에 필요한 신호를 환우에게 보내서 힐링반응이 나오도록 유도하려면 일정 반응시간이 필요하고 이러한 과정을 반복하면서 원하는 힐링효과가 나오게 하려면 상당한 시간이 소요된다.

암합수담은 요즈음 개발하고 있는 암합힐링의 각종 기법 중에서 가장 독특한 힐링효과가 나타나는 것으로 수담을 나누는 대국 현장을 TV로 생중계하는 경우에 TV 화면을 보고 힐러가 특정 선수에게 암합힐링을 해 주어 국면을 유리하게 유도하는 특수 힐링기법이다.

그러나 이번 삼성화재배에서 한 선수에게 일방적으로 암합수담으로 응원을 했는데, 아쉽게도 결승전에서는 실력차이를 극복하지 못하여 암합수담의 한계를 절감하였다.

우리는 생명의 근원인 생명수의 강이 머리 꼭대기에서 발원하여 온몸으로 흐른다는 것을 알고 있다. 주로 손을 이용하여 암합힐링을 하는 필자의 경험에 의하면 암합힐링의 승패를 좌우하는 암합수의 강은 우리의 양쪽 손목에서 발원하여 온몸으로 흘러가는 것 같다.

우리의 손바닥에 누구나 있는 생명선은 손금을 볼 때 그 사람의 생명줄이 얼마나 긴지를 나타내는 표지라고 한다.

암합힐링에서는 이 생명선이 실제로 그 사람의 생명수의 숨겨진 짝꿍인 암합수가 흐르는 강으로 보고 이 생명과 건강의 숨겨진 원천인 암합수의 강이 좀 더 원활하게 흐르도록 그곳에 모종의 암합힐링을 해주어 그 사람의 면역력을 증강하고 결과적으로 그 사람의 생명과 건강이 길고 유유하게 흐르도록 유도한다.

암합 손목 삼지안힐링은 기존의 손목 삼지안힐링에 사진처럼 적당한 얼석으로 손바닥 생명선 위에 추가로 암합을 하는 것인데, 손목의 고골, 저골, 콩알골에 손목 삼지안을 해줄 때에 나타나는 피와 골수의 교환효과를 더욱 증폭시켜 면역력을 획기적으로 증강하는 암합힐링법의 일종이다.

위 사진에서는 적당한 얼석으로 뭔가 신기한 효능이 있다는 수정해골을 사용하였는데, 그래서 그런지 암합 손목 삼지안힐링을 한동안 하고 있으니 암합수의 강으로 뭔지 모를 느낌의 암합류 흐름이 폭포수처럼 우렁차게 흐르는 것이 느껴진다.

힐러가 손목에 있는 암합수의 강을 이용하여 우리 몸의 면역력을 획기적으로 증강할 수 있다면 이런저런 원인으로 건강상 문제가 생긴 환우들에게 암합힐링을 하여 원하는 도움을 마음껏 줄 수 있을 것이다.

암합수의 강에서는 매순간 우리 몸안에 침투한 각종 어기더미나 어기암상을 암흑물질이나 암흑에너지로 암합하여 소멸시키는 각종 암합힐링반응이 일어난다.

따라서 이러한 암합힐링반응이 격렬하게 일어나는 암합수의 강을 찾아 잘 관리하는 방법을 터득하는 것이 바로 생명과 건강의 숨겨진 원천을 잘 보존하는 힐링비결이 된다.

 암합내시경

'내시경검사' 를 검색해 보면 다음과 같이 나온다.

"내시경검사는 검사가 필요한 장기에 내시경을 삽입하여 기체나 액체로 내강을 부풀리면서 장기의 구조와 상태를 파악하는 검사방법으로 소화기계, 호흡기계, 비뇨생식기계, 관절 등에 문제가 있으면 내시경검사를 시행할 수 있습니다.

내시경검사는 수술을 통해 우리 몸을 절개하지 않고도 직접 눈으로 조직의 병변을 확인할 수 있으며 필요에 따라 조직검사, 세포학 검사를 위한 검사대상물 채취도 가능하고, 비정상적인 병변을 제거할 수도 있어 검사목적과 치료목적으로 시행할 수 있습니다.

최근에는 수술이 필요한 부위를 절개하지 않고 최소한의 구멍을 낸 후 내시경을 삽입하여 수술하는 내시경적 수술법이 개발되어 복부, 자궁, 갑상선, 관절 등의 질환에 적용하고 있습니다.

개복수술보다 내시경수술은 전신마취가 필요하지 않을 수 있고, 절개부위가 작아 흉터도 작고 회복도 빨라 수술적 부담이 줄어든다는 장점이 있습니다.

그러나 아직 내시경 치료가 모든 질환에 적용 가능한 것은 아니므로 의료진과 상담 후 적절한 치료법을 선택해야 합니다."

암합내시경은 우리의 몸안을 흐르는 암합수의 강을 관리하기 위하여 힐러가 암합수의 흐름을 감시하면서 뭔가 문제가 발생하면 적절한 조치를 하여 힐러가 원하는 대로 암합이 이루어져 암합수의 흐름이 정상이 되도록 유도하는 힐링기법이다.

한 가지 실례로 앞장에서 소개한 암합수의 강을 터득한 다음 날 새벽에 오랜만에 깊은 숙면을 하고 일어나는데, 왼쪽 가슴에 짜릿한 느낌이 들어 사진처럼 암합내시경을 한 시간가량 해 주자 암합수의 흐름이 정상으로 회복이 된다.

갑자기 왼쪽 가슴이 쩌릿한 것은 어쩌면 협심증의 초기 증상일지도 모르는데, 전날에 암합수의 강을 수련하면서 손목의 고골, 저골, 콩알골을 통해서 다량의 혈액이 골수로 들어가 나쁜 골수를 빼내고 새로운 골수를 만들면서 이것이 새로운 피를 만들어 전체적으로 피의 흐름이 좋아졌으나, 이러한 과정에서 왼쪽 심장으로 가는 관상동맥에 부담을 주고 주변 신경을 건드려 짜릿거리는 이상 신호가 발생한 것으로 추정된다.

이 정도의 가벼운 이상은 사진처럼 암합내시경을 해 주면 비교적 쉽게 해결이 된다.

암합내시경을 잘 모르는 독자를 위하여 사진의 내용을 간략하게 설명하면 왼쪽 가슴 안쪽에서 짜릿한 신호를 보내는 부위 바로 위쪽에 오른손의 중지 손가락이 정확하게 올라가도록 하고 다른 손가락으로는 주변 살이 살짝 눌리도록 가볍게 힘을 주어 잡아준다.

왼손으로는 손바닥에 적당한 얼석을 쥐고 암합수의 강이 원활하게 흐르도록 하며 그 흐름을 감시하는데, 특히 왼쪽 가슴 이상 감지 부위 위에 놓인 오른손 중지 손가락 주변의 흐름을 주의해서 암합류의 흐름을 조정해야 한다.

약 반 시간가량이 지나면서 짜릿한 느낌은 서서히 사라지는데, 그 후로도 반 시간가량 더해서 암합수의 강의 흐름이 전체적으로 정상 회복이 되도록 하여야 한다.

그날 오후 3시에 왼쪽 가슴 주변에서 암합류의 흐름이 흐트러지는 느낌이 와서 다시 얼석을 다른 것으로 바꾸어 쥐고 약 1시간가량 암합내시경을 해 주자 다시 정상으로 회복이 된다.

4시부터 약 한 시간쯤 다른 얼석을 사용하여 암합내시경을 추가로 하는데, 이번에는 왼쪽 귀에서 수평으로 뒷머리로 이어지는 선상에서 약 10여 분간 암합류 힐링반응이 나타난다.

이상의 실례를 보면 암합내시경은 일반 내시경과 많은 부분에서 큰 차이가 있는 것을 알 수 있다. 현재 암합내시경에는 많은 불확실성과 새로운 가능성이 공존하는데, 그래도 우리의 몸속에 생기는 잘 알 수 없는 모종의 이상징후를 조기에 간편하게 힐링할 수 있다는 점에서 계속 탐구할 가치가 있다고 사료된다.

　어딘가에 갑자기 이상징후가 발생하여 그곳에 긴급으로 암합내시경을 해 주어 정상으로 복구시킨 후에는 바로 암합 손목 삼지안힐링을 하여 암합수 강의 전반적인 흐름을 살펴보고 안정시켜 마무리해야 한다.

　이상징후가 은하 우주방사선이 피폭되어 발생한 경우에는 그 부위와 피폭궤적 주변에 암합내시경을 수시로 반복하여 후유증으로 생긴 어기더미나 어기암상을 소멸시키는 암합힐링을 해 주는 것이 바람직하다.

 ## 42 노화와 암합힐링

　우리는 나이를 먹으면서 여러 가지 원인으로 몸이 늙어지는 노화를 겪게 되는데, 이러한 것이 당연한 자연현상이라고 생각하지만 어쩌면 이러한 노화는 우리가 자연의 진정한 섭리를 아직 잘 몰라서 겪게 되는 부자연한 현상일지도 모른다.

　자연의 진정한 섭리를 탐구하는 과학자 중에서는 암흑물질의 실체를 찾아가는 실마리로 뉴트리노의 진동, 즉 맛깔 변화를 추적하는데 이러한 맛깔 변화의 이면에 암흑물질의 일면을 보여주는 제4의 유령 뉴트리노가 관여하고 있다고 생각한다.

　이러한 유령 뉴트리노가 실존 뉴트리노의 미스테리한 맛깔 변화에 관여하고 있다면, 암합힐링의 많은 미스테리한 암합반응에도 암흑물질을 구성하는 여러 가지 종류의 유령 뉴트리노와 유사한 어떤 그것(?)이 관여하고 있을 것이다.

　우리는 이러한 유령 어떤 것의 실체를 조만간에 알 수 있겠지만, 현재 상황에서도 우리는 우리 몸안에서 일어나는 각종 암합반응을 어느 정도는 감지하고 그것을 이용하여 암합힐링을 할 수가 있고 노화의 새로운 세계로 나아갈 수가 있다.

현재까지 가장 잘 알려진 암흑물질의 실체를 밝힐 실마리인 뉴트리노의 맛깔 변화는 1초에 약 백만 번 정도 되는 것 같은데, 이러한 변화 속도로 우리의 몸안에서 암합반응이 일어나는 것을 제대로 관리할 수 있다면, 어쩌면 우리 몸안의 노화진행을 거의 막을 수 있을 것이다.

그런데 현실적으로 우리의 몸안의 신경회로는 초당 백만 번이라는 변화를 감당할 수가 없고, 고작 몇 번에서 몇십 번이 현재의 인지한계이어서 제대로 암합수의 강을 관리하기 힘들다. 그래도 앞으로 좀 더 열심히 암합힐링수련을 하면 어느 정도는 원하는 것을 얻을 수 있고, 다양한 종류의 암합반응을 좀 더 효과적으로 활용하여 새로운 '노화와 암합힐링'의 세계로 나가는 지평을 열 수 있을 것이다.

암합암장힐링기술

우리 몸안에서 어떤 원인으로 생기는 각종 아시상을 손을 이용하여 암합을 하여 노폐물의 나쁜 기운을 몸밖으로 배출하는 힐링을 하고 그래도 남아 있는 잔류물이 있는 경우에는 적당한 그곳에 암장해야 한다.

손바닥에 있는 생명선 위에서 적당한 얼석을 살짝 쥐고서 암합을 하면서 발바닥을 통해 암합반응 노폐물을 몸밖으로 배출하고 그래도 남는 잔류물이 있으면 어떤 적당한 방법으로 처리하여야 하는데 그 방법의 하나가 암장이다.

암장은 우리 몸안에 남아도는 모든 것을 암흑물질과 암흑에너지 속으로 보내 영구처리하는 기술인데, 이것에 성공하면 우리의 몸안에는 생명활동에 꼭 필요한 물질만 남아 항상 젊은 건강을 유지할 수 있을 것이다.

우리가 암합암장에 성공하려면 먼저 우리 몸 주변의 어느 곳에 암장하기에 적합한 암흑물질과 암흑에너지가 있는가를 찾아야 한다.

그런데 현실적으로 우리는 아직 암흑물질과 암흑에너지의 실체를 잘 모르고 있어서 우리 몸 주변의 어디에 어떤 종류의 암흑물질과 암흑에너지가 어떻게 숨어 있는지 알지 못하여 현재로는 그저 막연한 추정을 통하여 암합암장기술을 터득하여야 하는 어려움이 있지만, 이런저런 암장기술을 시험 사용하다 보면 어디

암합 암장

어떤 곳으로 가는 입구나
전달자라고도 볼 수 있습니다

에 어떻게 암장하는 것이 효과적인지 어느 정도는 알 수 있을 것이다.

암합기술을 시험할 장소로는 손바닥에 있는 생명선을 사용하여 어느 정도 성과를 거두고 있는데, 암장기술을 시험해 볼 유력한 후보지로는 어쩌면 성경에 나오는 에덴동산 주변 어딘가에 있을 것으로 보고 각종 암장기술을 시험 사용해 본다.

에덴동산은 생명수의 강이 발원하는 곳이어서 그곳을 오염시키는 것은 어쩌면 스스로 죽는 길로 가는 것일지도 모르겠지만, 필자의 경우에는 이미 고희를 훌쩍 넘긴 나이여서 언제 어떻게 죽어도 아쉬울 나이는 지난 상태라서 에덴동산에서 암장기술을 시험해 보아도 무방할 듯싶다.

일단 암장기술을 시험 사용해 볼 장소가 정해졌으니 어떤 암합암장기술을 어떻게 사용하여야 건강하게 잘 사는 방법인가를 탐구하고, 이 과정에서 발생하는 모든 노폐물과 후유 잔류물을 처리하는 기술을 탐구하는 여행을 떠나보자.

앞장에서 암합기술은 손바닥에 있는 생명선을 중심으로 이루어지는데, 암장기술도 다른 손의 손바닥에 있는 생명선 주변을 사용하여 뭔가를 해야 한다.

그래서 암합암장 힐링기술은 우리의 두 손을 어떻게 사용하고, 우리 몸의 어느 곳에 생긴 문제를 처리하기 위하여 어떤 손을 어떻게 사용하고 동시에 다른 손을 어떻게 사용하여 어디에다 노폐물과 후유 잔류물을 암장할 것인지를 터득하면 된다.

블랙홀에 관한 이야기를 보면 이 우주의 모든 것은 결국에는 몇 개의 블랙홀 안으로 빨려 들어가고 그 블랙홀도 어떤 온도가 있어서 그 안으로 들어간 모든 것도 영겁의 장구한 세월이 지나면서 서서히 증발하여 암흑 속으로 사라진다고 한다. 그래서 모든 것이 결국에는 암흑 속으로 사라진다면 우리 몸안의 노폐물과 후유 잔류물도 미리 암흑 속에 암장하는 것이 가장 좋을 것이다.

39 전립선 부위 암합암장시술 사례

전립선 부위 암합암장시술 사례를 소개한다.

환우의 전립선 부위에 암합암장을 하기 전 준비작업으로 사진의 오른편 위쪽처럼 환우의 목주변 쇄골주변에 양손으로 암합을 충분히 해서 나쁜 어기가 나오지 않도록 기본힐링을 한다.

다음에는 왼편 그림처럼 환우의 전립선 오른쪽 위의 아시상 부위를 오른손 손가락으로 암합하고 동시에 환우의 왼쪽 손바닥에 있는 콩알골의 아시힐상에 왼손 중지 손가락 끝으로 암합을 하여 주자 10여 분이 지나면서부터 두 군데에서 거의 동시에 뽀골거리는 느낌에 이어 이상한 냄새와 어기가 20여 분간 지속하다가 맛깔이 열기로 바뀌어 나오기 시작한다.

그런데 환우가 자기의 왼쪽 머리를 만지작거려 필자의 암합자세를 바꾸어 왼손 손가락으로는 환우의 전립선 오른쪽 위 아시상 부위를 짚어 암합을 계속하고, 오른손 손바닥으로는 환우의 왼쪽 머리의 아시장상 부위에 암장하여 주자 암합을 하는 전립선 아시상 부위에서는 열기가 나오다가 10여 분이 지나면서 독기로 바뀌고 이것에 맞추어 암장하는 머리의 아시장상 부위에서는 냉기가 10여 분이 나오다가 열기로 바뀐다. 이것은 마치 뉴트리노가 진동하면서 맛깔을 바꾸는 것과 유사하다.

마무리 힐링으로는 오른편 아래 그림처럼 오른손으로는 어깨 부위를 왼손으로는 머리 부위를 암합암장하여 온몸이 정상으로 회복되도록 한다.

암합암장힐링을 하다 보면 아시상과 아시힐상, 그리고 아시장상 부위에서 몇 번의 맛깔 변화를 감지하게 되는데, 이것은 뉴트리노가 진동하면서 뉴트리노가 맛깔을 바꾸는 것과 유사하며 이때 암흑물질이나 암흑에너지가 관여하는 것으로 추정이 된다.

암합암장힐링에서도 암흑물질이나 암흑에너지가 아시상과 아시힐상,

그리고 아시장상 부위에서 뭔가를 몰래 은밀하게 하는 것 같다.

이번에 전립선 부위에 암합암장힐링을 해 환우 GS(남, 68세)가 지난주에 병원에서 소변검사를 했고, PSA 수치가 7.5로 나와 다음 달에 MRI검사를 한다고 한다. 그 전에 전립선 부위 암합암장힐링을 몇 번 해서 검사결과가 어떻게 나타나는지를 보고 암합암장힐링의 효과를 간접적으로 알아보기로 했다.

예전에는 환우에게 힐링할 때는 환우의 몸에서 아시상과 아시힐상을 찾아서 하는 힐링법을 주로 사용하였다. 이번에 새로 시도하는 암합암장힐링에서는 아시상과 아시힐상에 추가하여 아시장상이라는 또 하나의 힐링 포인트를 사용하여 조금 복잡해졌다.

하지만 다행스럽게도 기존의 아시상과 아시힐상은 거의 변화가 없어 예전에 사용하던 부위를 거의 그대로 사용하고 추가로 사용하는 아시장상은 어디를 사용해도 대세에 큰 영향이 없어서 비교적 자유롭게 선택할 수가 있었다.

또 모험이지만 가장 까다로운 에덴동산을 선정하여 시험해 보아도 아직은 별다른 문제를 발견하지 못했다.

사실 기존의 힐링

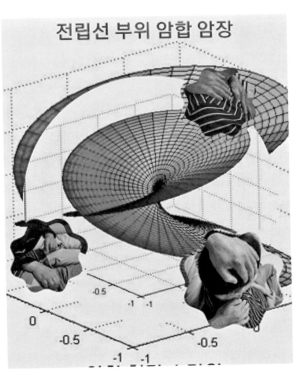

전립선 부위 암합 암장

법에서는 아시상과 아시힐상만 선정하여 사용하였는데, 이 두 곳만 사용하여도 그중의 하나는 어느 정도는 아시장상의 역할을 하여서 힐링 중에 발생하는 후유 잔류물을 자동 암장하는 힐링효과가 있었다.

그런데 필자가 구태여 암합암장 기술을 개발하고 아시장상을 추가로 선정하는 이유는 아시장상 자리를 고르면서 소위 암합암장의 명당자리를 좀 더 다양하게 찾아보기 위해서이다.

어딘가에 숨어 있는 명당자리를 찾게 되면, 어쩌면 그 안에 웜홀이 있어서 암흑물질과 암흑에너지로 만들어진 암흑세계로 들어갈 수가 있고, 새로운 힐링의 세계를 덤으로 경험할 수 있을 것이다.

25 노화와 암방 신체복원

우리의 몸은 우리의 정신이 녹아 있는 신이 만든 예술품이다.

예술가의 정신이 녹아 있는 위대한 예술품도 세월의 풍상을 겪다 보면 퇴색하여 그 안에 녹아 있는 위대함을 어느덧 알아보기 힘들게 되고, 그러면 원래의 예술정신을 다시 되돌리는 복원이라는 작업을 한다.

우리의 신체도 나이를 먹다 보면 노화라는 풍상을 겪는데, 이런 때에 암방힐링을 하면 노화된 신체복원을 어느 정도는 쉽게 할 수 있다.

그것은 암방힐링의 주요 기법인 암합힐링이나 암장힐링에서는 암흑물질이나 암흑에너지를 사용하여 세포 수준 또는 그 이하의 수준에서 암합반응이나 암장반응을 유도하므로 우리 몸의 각종 문제를 아무런 외적 흔적을 남기지 않고 은밀하게 해결할 수 있어서 시간은 조금 걸리지만 신체복원이 어느 정도는 가능하다.

그래서 암방 신체복원에서는 우리의 양손으로 하루에 몇 군데의 아시상 또는 아시힐상을 선정하여 그곳을 집중적으로 암방힐링을 하는 방법을 사용한다.

암방힐링에서는 어딘가에 있는 아시상을 손볼 때에 그 아시상에 상응하는 아시힐상과 아시장상을 동시에 선정하여 이 세 군데 중에서 한 군데 또는 두 군데를 양손으로 번갈아가면서 암합이나 암장힐링을 하는 양장삼상법이란 것을 사용한다.

양장삼상법은 우리의 두 손으로 아시상, 아시힐상과 아시장상의 세 군데 상을 번갈아가며 힐링하는 것을 말한다.

이때 먼저 아시상과 아시힐상을 양손으로 집어서 암합힐링을 하고, 후유 잔류물을 처리하는 암장을 할 때는 먼저 아시상과 아시장상을 양손으로 집어서 1차 처리를 한 후에 이어서 아시힐상과 아시장상을 양손으로 짚어 후유 잔류물을 최종 처리한다.

아시삼상 중에서 아시상은 근본원인에 따라서 온몸 어디에도 생길 수 있는데, 어떤 것은 감각기관에 포착되어 우리가 이상 상황을 감지할 수 있지만, 전혀 그 징후를 알 수 없는 경우도 많아 신체복원을 할 때는 우리 몸의 모든 부분을 꼼꼼하게 살펴보아야 한다.

그에 반하여 아시힐상은 주로 양손에 집중되어 나타나고 아시장상은 주로 머리 부위에 집중되어 나타나므로 암방 신체복원을 할 때는 손과 머리 주변을 먼저 복원하는 그것이 효과적이다.

암방 신체복원에서는 양장삼상법에 추가로 적당한 얼석을 사용하여 그 효능을 높이거나 다른 보조기법들을 사용하기도 하므로 상황에 따라 다양한 시도를 할 수 있다

그러나 암방 신체복원에 사용하는 주무기인 암흑물질이나 암흑에너지를 우리는 아직 그 정체를 거의 모르기 때문에 암합힐링이나 암장힐링을 정성들여 수행해도 그 결과가 오락가락하고 힐러가 사전에 쉽게 예측할 수가 없다.

그래서 힐러가 암방 신체복원을 할 때는 사전에 어떤 결과가 언제 어떻게 나타날지 미리 공지할 수가 없고 그저 혼자 묵묵히 끙끙거리며 은밀하게 하여야 한다.

다만 암방힐러인 내가 나에게 하는 암방 신체복원은 마음대로 할 수 있으므로 일단 스스로 해 보고 어느 정도 효과가 있으면 그 결과를 언젠가 글로 올릴 예정이다.

 제3의 눈과 제4의 힐눈

제4의 힐눈은 우리가 암흑세계를 어렴풋이나마 들여다볼 때 사용하는 눈인데, 이것은 우주의 필라멘트 구조를 닮은 잠자리의 눈구조와 비슷하여 각종 암방힐링을 할 때 사용하면 좀 더 유용한 효과를 거둘 수 있다.

우리의 우주는 암흑물질과 암흑에너지의 작용으로 은하단이나 초은하단이 필라멘트처럼 배치되어 있다는데, 우주를 닮은 우리의 몸도 온몸이 잠자리의 눈처럼 커다란 필라멘트 구조의 제4의 힐눈으로 되어 있다.

이 힐눈을 잘 사용하면 우리 몸안에서 일어나는 모든 암방 힐링 작용을 어렴풋이나마 들여다보고 이리저리 조종할 수가 있다.

기공수련을 하시는 분들은 제3의 눈을 터득하는 수련을 하는데, 암방힐링을 수련할 때는 제4의 힐눈을 터득하는 수련이 필요하다.

제3의 눈은 눈주변에 눈정도 크기의 제3의 눈을 만든다고 하는데, 제4의 힐눈은 우리의 온몸 전체가 힐눈의 그물망으로 되어 있어서 어찌 보면 터득하기에 어려움은 있다. 하지만 다행스럽게도 힐눈에서는 각종 암방반응을 어렴풋이 볼 수만 있어도 충분하므로 자연숨결명상의 몸 느끼기 정도의 기초만 있으면 누구나 비교적 쉽게 자기가 쓸 만큼은 터득할 수 있다.

필자의 경우에는 제3의 눈을 터득하지 않고 바로 제4의 힐눈을 수련하는데, 그것은 제3의 눈을 터득하면 혹시 제4의 힐눈을 수련할 때 어떤 방해요소가 생기지 않을까 저어해서이다.

필자는 암방힐링의 각종기법을 개발하기 위하여 이런저런 노력을 기울이는데, 그러려면 제4의 힐눈이 절대적으로 필요하다. 그래서 제4의 힐눈을 수련하여 터득하는 것이 차후에 제3의 눈을 터득하는 데 어려움을 준다고 해도 지금은 제4의 힐눈을 잘 터득하는 것에 매진할 예정이다.

제4의 힐눈이 좋은 이유는 우리 몸의 어딘가에 아시상이 생기던 그 부근에 힐눈을 은근히 조명하면 그것만으로도 암방힐링효과가 어느 정도 나타나서 힐러가 자기의 양손으로 환우를 힐링하는 중에도 자기 자신을 제4의 힐눈으로 보호할 수 있어서 좀 더 여유롭게 환우를 돌볼 수 있다는 것이다.

또 과학자들은 암흑물질이나 암흑에너지를 연구하기 위하여 초대형 초정밀 장비를 만들어 그 비밀을 밝히려고 각고의 노력을 하는데, 암방힐링에서는 제4의 힐눈만 잘 다듬어도 어느 정도는 암흑세계의 비밀을 들여다볼 수 있으니 필자의 경우에는 모든 것에 우선하여 제4의 힐눈을 수련하는 데 매진하고 있다.

제4의 힐눈을 수련하는 방법의 하나는 가난한 어부가 하나뿐인 그물을 관리하듯이 하는 것으로 배를 타고 고기를 잡으러 가기 전에 항상 그물의 상태를 점검하고 고기를 잡고 집으로 돌아와서 수시로 그물을 긴 줄에 넓게 펴서 널어 말리면서 혹시 어딘가에 그물코가 터진 곳이 있으면 바로 그물 수선 바늘로 수선을 하고 다른 곳에도 이상이 있는지 점검을 하여 모든 그물코가 잘 묶여 있는지 잘 확인이 된 그물을 사용하여 고기를 잡으러 배를 타고 나간다.

28 힐눈코 매듭짓기

제4의 힐눈을 수련하는 방법의 하나로 '힐눈코 매듭짓기' 가 있다.

제4의 힐눈은 우리 몸 전체에 그물망이 드리워진 모습으로 되어 있는데, 이것을 수련하려면 먼저 그물코처럼 생긴 힐눈코의 매듭을 짓는 요령을 연습하여야 한다.

'그물코 매듭짓기'를 검색하니 황외순 시인의 '거미의 시'라는 멋진 시가 한 수 올라온다.

앞 구절을 인용하면 "주름 잡힌 처마 골라 촘촘 엮는 그물코/ 매듭을 짓기도 전 걸려드는 노란 달빛/ 입맛을 다시는 사이/ 구름이 확 빼내 간다"인데, 매듭을 짓기도 전에 그물코에 걸려드는 노란 달빛을 잡으려고 마음먹는 순간에 구름이라는 암흑물질이 달빛을 가

려 입맛을 다시던 거미의 먹거리가 홀연히 사라진다.

이 구절의 내용은 어찌 보면 암방힐링의 묘미를 담고 있는 것 같아 흥미롭다.

우리의 몸안에 힐눈코 매듭짓기를 할 때도 수선바늘 셔틀에 암흑물질로 만들어진 실을 감고 아시상이 생긴 부위의 주름 잡힌 처마를 골라 그물코를 만들려고 매듭을 짓는데, 수선바늘 셔틀을 이리로 두 번 감고 저리로 돌려서 고리 사이로 집어넣는 도중에 아시상에 생긴 어기더미가 스르륵 사라진다.

힐러는 그물코를 만들어 아시상 주변에 생긴 어기더미를 잡으려고 하는데, 얄궂게도 그 어기더미가 달님이 만든 달빛의 노란 환상이어서 그물코 사이사이에 문득 생겼다가 셔틀 잡은 손을 이리저리 움직이는 사이에 어디론가 번뜩 사라진다.

이렇게 힐눈코 매듭짓기를 하고 있으면 온몸에 제4의 힐눈이 만들어지고 모든 아시상 주변에 생긴 어기더미나 어기암상이 모두 스르륵 사라지니 칠순을 훌쩍 넘긴 필자의 노구도 어쩌면 '힐눈코 매듭짓기'만 잘해도 암방신체 복원을 어느 정도는 이루고 촘촘 엮는 그물코 위에 웅크리고 있는 거미처럼 힐눈코 위에 언뜻 번듯거리는 노란 달빛을 넌지시 노리고 있을지도 모르겠다.

 11 **'힐눈코 아시멸상호흡' 또는 줄여서 '아시호흡'**

우주에 끝없이 널려 있는 삼라만상도 장구한 세월이 흐르면서 몇 개의 블랙홀로 빨려 들어가고 또 더 장구한 세월이 흐르면서 이 블랙홀도 서서히 암흑 속으로 증발, 소멸 또는 멸상하여 결국에는 빅뱅이 일어나기 전의 상태, 즉 양자거품으로 가득 찬 우주가 된다.

우리의 몸안에 생기는 아시상도 힐눈코에 걸어 매듭짓기를 하면 암흑 속으로 증발, 소멸 또는 멸상하며, 이 아시상을 걸어둘 힐눈코를 아시멸상이라고 부른다.

우리 몸 어딘가에 아시상이 생기면 거기에 상응하는 아시힐상, 아시장상 그리고 아시멸상이 생기는데, 아시힐상은 주로 손에 생기고, 아시장상은 주로 머리에 생기지만 가장 중요한 아시멸상은 주로 어디에 생길까.

앞장에서 소개한 '거미의 시'의 첫구절에 거미가 줄을 치는 곳으로 주름

잡힌 처마를 고른다
고 하는데, 이 주름
잡힌 처마가 우리의
몸에서는 힐눈코가
되고, 그곳이 바로
우리의 코가 된다.
즉, 아시멸상은 주
로 우리의 코안에
있는 주름 잡힌 처
마이다.

코는 우리가 숨을
들이마시고 내쉴 때
사용하는데, 아시멸
상에서는 코로 암흑
물질이나 암흑에너
지를 들이마시고 그
안에 아시상 주변의
어기더미나 어기암상을 담아서 암흑 속으로 내보내어 증발, 소멸 또는 멸
상한다.

이상의 설명을 요약하면 힐눈코 아시멸상은 일종의 호흡법이며, 호흡할
때에 아시상과 코 사이를 오가는 숨길을 통해서 아시상 주변에 생기는 어
기더미나 어기암상을 힐링하고 이때 생기는 모든 노폐물을 효과적으로 처
리하는 방법이다.

아시상은 우리의 몸 어디에도 생길 수 있으므로 힐눈코 아시멸상을 하는
것은 우리가 호흡할 때에 우리의 몸 어디라도 문제가 되는 곳에 의식을 집

중해서 길게 호흡하여 문제를 힐링하는 것이 된다.

이 힐눈코 아시멸상은 힐러가 자신을 힐링할 때에 주로 사용하고 누군가에게 암방힐링을 할 때도 힐러 자신을 보호하기 위하여 사용하면 좀 더 여유롭게 양손을 사용하여 환우를 돌볼 수 있다.

필자가 처음 비우기라는 건강법을 창안하여 수련할 때는 리듬호흡이라는 것을 10여 년간 하다가 어느 고수의 지도로 자연호흡으로 바꾸어 다시 10여 년을 하였는데, 이번에 자연호흡에 추가하여 새로운 호흡법(가칭 힐눈코 아시멸상호흡 또는 줄여서 아시호흡)을 수련할 예정이다.

41 암방수 신체복원

우측 그림은 암방수 신체복원의 전체 모습을 그린 것으로 암방수는 암흑물질과 암흑에너지를 비밀무기로 사용하여 우리 몸안에 쓰레기처럼 쌓인 어기더미나 어느 구석진 곳에 산재하여 숨겨져 있는 어기암상에 의해 만들어지는 모든 종류의 아시상을 찾아내고 소멸시키는 힐링법의 일종이다.

아시상을 찾아내려면 제3의 눈정도만 있어도 충분하지만 그 아시상을 만드는 어기더미나 어기암상, 나아가서 그들의 근본원인이 되는 은하 우주방사선 피폭궤적에 생기는 원자사슬을 탐색하고 힐링하려면 제4의 힐눈이 필요하고 그러려면 아시호흡과 암합내시경 기술을 필수적으로 터득해야 한다.

우리의 몸안에 어떤 원인으로 아시상이 생기면 거기에 상응하는 아시힐상, 아시장상 그리고 아시멸상이 같이 생긴다.

이러한 상들을 제4의 힐눈으로 찾아내고 양손으로 아시상과 아시힐상을 짚어주면 암합힐링효과가 나타나고, 아시상과 아시장상 또는 아시힐상과 아시장상을 같이 짚어주면 우리가 일상생활에서 쓰레기를 매립장에 묻어서 처리하는 것과 유사한 암장힐링효과가 나타난다.

마지막으로 암합힐링을 하면서 동시에 아시멸상을 가동하거나 암장힐링을 하면서 아시멸상을 동시에 가동하면 쓰레기를 소각 처리하는 것과 유사한 암멸힐링효과가 나타나는데, 이것을 꾸준히 하면 우리 몸안의 모든 아시상이 스르륵 사라져서 우리의 몸을 다시 복원한 것과 같이 되므로 이것을 암방수 신체복원이라고 부른다.

누군가가 암방수를 배우고 터득하려면 몇 번의 난관을 극복하여야 하는데, 첫 번째로 넘어야 할 난관은 암방수의 비밀무기인 암흑물질과 암흑에너지의 실체를 파악하고 받아들이는 것이다.

암흑물질과 암흑에너지는 현대 물리학에서 이론으로 그 존재를 인정받고 있지만 실제로 그 존재를 증명하기 위한 각종 실험을 하여도 아직은 몇 가닥의 실마리 정도만 겨우 잡은 상태이다.

따라서 우리가 아직은 잘 모르는 암흑물질과 암흑에너지를 비밀무기로 사용하여 뭔가를 하려고 하는 암방수는 어쩌면 어느 순간 스르륵 무너지

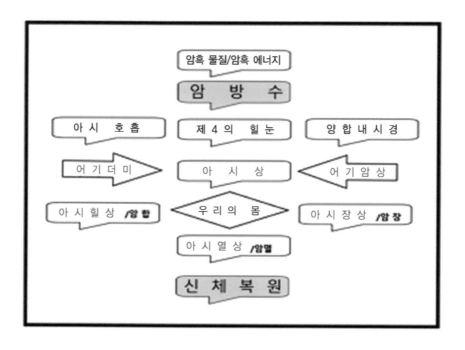

는 사상누각으로 끝날지도 모른다.

　필자가 예전에 기공수련의 기초를 배울 때에 우리의 손에서 기가 나온다는 것을 믿어야 기공을 배울 수 있다는 비결을 들었는데, 암방수를 처음 배우는 분은 우리가 암흑물질이나 암흑에너지를 사용하여 뭔가를 할 수 있다는 것을 무조건 받아들이고 믿어야 한다.

　그렇지 않으면 과학자들이 그 실체를 규명하고 우리에게 그것을 사용하는 방법을 가르쳐 주거나 ‘암방수(?)’라는 실용 앱을 만들어 줄 때까지 무작정 기다려야 하는데, 아직은 언제 암흑물질이나 암흑에너지의 실체를 규명하고 활용법을 개발할 수 있을지 알 수가 없어 어느 정도 연세가 있으신 어르신들은 아마도 기다릴 여유가 없을 것이다.

　다음은 제4의 힐눈을 터득하는 것인데, 이것은 이전에 소개한 ‘힐눈코 매듭짓기’를 다시 공부하면 된다.

다른 것들도 이전에 소개한 자료를 다시 한번 찬찬히 살펴보면서 수련을 하면 모든 난관을 쉽게 통과하고 자신의 몸을 건강하게 복원하고 암방수힐러로 거듭 태어나 주변의 어려운 환우들에게 도움을 주실 수 있을 것이다.

필자의 소견으로는 대충 위의 설명대로 하면 뭔가 신체복원 효과가 나올 것을 기대하고 요즈음 열심히 암방수 수련을 하는데, 웬걸 온몸 여기저기에서 부스럼이 나고 가려워서 손톱으로 긁다 보니 상처가 더 심해졌다.

어쩔 수 없이 약국에 가서 두드러기약을 사다가 매일 한 알씩 먹어 보지만 오후가 되면 가려움증이 극성을 부려서 아시호흡을 하여 가려움증을 조금이라도 암멸힐링을 하면서 근근이 버티고 있다.

이러한 부작용이 암방수 신체복원을 할 때 나타나는 명현현상이나 아니면 일종의 필수소요 비용(?)일지도 모르겠지만 이 난관을 잘 극복하는 묘방이 있으면 좋겠다.

10　아시암멸호흡과 잇몸아시호흡

‘아시암멸호흡’ 은 암방수힐링을 하면서 혹시 예견하지 못한 부작용으로 우리의 몸 어딘가에 아시가 생기면 그것을 암멸하는 힐링호흡법이다.

필자가 최근에 암방수 신체복원을 수련하면서 예견하지 못한 두드러기가 온몸 여기저기에 생겨서 한동안 두드러기약을 먹고 민간요법으로 목초액을 바르는 등 한동안 고생을 하였는데, 다음 사진처럼 한 손으로 얼굴을 덮어주고 살짝 쥐어짜는 장뜸을 하자 가려움증이 어느 정도는 사그러든다.

필자가 가려움증을 줄이기 위하여 두드러기약을 먹는 양방과 목초액을 바르는 한방, 그리고 한 손으로 얼굴을 덮어주고 살짝 쥐어짜서 장뜸을 하는 암방 등 3가지 처방을 동시에 하고 있으니 그중에서 어떤 것이 결정적

인 효과를 발휘했는지 정확하게 알 수는 없다. 어쨌든 이러한 노력으로 가려움증이 사그라지고 있으니, 이 3가지 처방을 합하여 '암방수 아시암멸'이라고 부른다.

약국에서 두드러기약을 사다가 먹는 것이나 목초액을 구해서 상처 부위에 바르는 것은 누구나 쉽게 할 수 있으므로 추가 설명은 생략한다. 얼굴에 장뜸을 하는 암방을 조금 더 설명하면, 한 손으로 얼굴을 덮어주고 살짝 쥐어짜는 장뜸을 할 때 손바닥의 생명선 부위가 콧등에 닿고 볼록한 엄지쪽 손바닥 살이 살짝 코 옆면을 누르면 그쪽 콧구멍이 살짝 닫혀 그 구멍으로는 숨길이 막히지만, 다른 쪽 콧구멍은 열려 있어서 숨은 자연스럽게 쉴 수가 있다.

이렇게 한쪽 콧구멍은 자연스럽게 숨을 쉬고 다른 콧구멍은 살짝 닫히는데, 이러한 방식으로 '아시암멸호흡'을 하면 가려움증이 생긴 온몸 여기저기에 생긴 아시에 있는 어기더미나 어기암상이 장뜸을 하는 손바닥에서 나오는 암흑물질이나 암흑에너지와 암합작용을 하여 힐링되고, 그때 발생하는 가려움증을 유발하는 노폐물이 내쉬는 숨길에 섞여 콧구멍 밖으로 배출된다.

이 과정에서 손바닥에서 나오는 암흑물질이나 암흑에너지가 몸안 여기 저기에 생긴 아시상으로 전달되는 통로가 열려 있는 콧구멍이 아니고 손바닥에 살짝 눌려 닫혀 있는 콧구멍이라는 것이다.

예전에 아시호흡을 처음 개발하여 소개할 때에 우리의 몸 어디에 생긴 아시를 숨길의 목적지로 하고 의식을 집중해서 길게 숨을 쉰다고 했는데, 이렇게 해도 어느 정도 효과를 볼 수 있지만 좀 더 큰 효과가 필요할 때에는 한쪽 콧구멍을 살짝 닫아주는 장뜸을 하면서 아시호흡을 하는 것이 더 효과적이어서 특별히 '아시암멸호흡' 이라고 부른다.

그러나 필자처럼 평소에 안경을 쓰는 힐러에게는 얼굴을 덮는 장뜸을 사용하는 것은 여러모로 불편하다. 그래서 아시암멸호흡을 할 때 손을 이용한 장뜸을 하여 한쪽 콧구멍을 막아줄 수 없을 때가 많은데, 이럴 때는 잇몸과 아시 두 군데에 의식을 집중해서 잇몸 아시호흡을 해 주는 경우가 많으며, 다행스럽게도 이 '잇몸아시호흡' 도 '아시암멸호흡' 과 거의 엇비슷한 힐링효과가 나오는 것 같다.

잇몸아시호흡을 할 때는 잇몸을 통해 암흑물질이나 암흑에너지를 들이마시고 이것을 아시가 생긴 곳으로 보내 암합·암멸작용을 하게 한 후에 노폐물은 숨길을 따라 코를 통해 배출시킨다.

 암방수문화센터 오픈을 1주일 앞두고

'암방수문화센터' 오픈을 1주일 앞두고 필자의 졸저《비얼로 간다》〈제1편 제3부〉에 소개한 '비우기 건강교실' 오픈닝 때의 일화를 잠깐 살펴본다.

2005년 초 어느 일요일, 드디어 대망의 '비우기 건강교실' 을 서울 강남

에 있는 아이포스타(사진 참조)에서 열었다. 출발은 비우기의 고수가 여는 건강교실답게 첨부 사진에 올린 'Beugi-ful Beauty' 보다 더 멋있는 비우기 솜씨를 보인 'Beugi-ful Class' 였다.

이날은 오랜만에 겨울다운 맛을 풍기는 올들어 가장 추운 날이었다. 나는 새벽 2시에 일어나 먼저 목욕재계하고 비우기로 몸과 맘을 가다듬으며 새로운 출발을 멋있게 할 마음의 준비를 하였다.

새벽 4시, 집사람에게 서울로 친구를 만나러간다고 이야기하고 혼자서 차를 타고 거의 텅 빈 고속도로를 규정 속도를 잘 지키며 달려 5시 40분에 부곡역(지금의 의왕역)에 도착하였다. 너무 속도를 잘 지켜서인지 예정 시간보다 10분이 더 걸렸다.

역사에 들어가서 표를 사는데, 먼저 어머니에게 들러 약 30분 정도 안마를 해 드리고 강남으로 갈 예정이어서 개봉역까지 1,200원짜리 표를 끊으려고 하다가 혹시 하는 생각에 일단 1,300원짜리 삼성역까지 갈 수 있는 표를 끊었다.

나는 서둘러 개찰구를 빠져 나와 플랫폼으로 내려갔는데, 거기에는 사람은 하나도 없고 살을 에는 매서운 골바람만 쌩쌩거린다. 나는 잠시 버티다가 '아하, 이래서 다른 사람들이 바람막이가 있는 안쪽 통로에서 뭉그적거리는구나' 하는 생각이 들어서 나도 일단 그곳으로 가서 몸을 웅크리고 뭉그적거리며 기차가 오길 기다렸다.

기차는 10여 분이 지나서 도착하였고 차 안으로 들어가자 일단 추위에서 벗어는 났는데, 예정보다 벌써 20여 분이 더 지나서 지금 어머니에게로 가면 겨우 10분 정도 안마를 하는 둥 마는 둥 하고 나와야 하니 그럴 바에는 아예 지금 바로 강남으로 갔다가 일을 보고 돌아갈 때 어머니에게 들르기로 했다.

삼성역에서 내려 한전본사 앞을 지날 즈음부터 다시 칼날바람이 나의 얼굴을 에이고 한 손으로는 코를 가려 장뜸을 하고 다른 한 손으로는 이마에 장뜸을 하면서 걷자 얼굴이 깎이는 느낌은 사라진다.

봉은사 사거리에 도착할 즈음에는 양쪽 귀때기가 떨어져 나가려고 한다. 나는 이마에 대고 있던 손을 거두어들이고 일단 한쪽 귀에 귀안마를 하고 이어서 코에 대고 있던 손도 역할을 바꾸어 다른 쪽 귀에 귀안마를 해 주었다.

'역시 비우기장뜸은 만병통치여, 이렇게 매서운 강추위에 얼굴의 어디 하나 다치지 않고 10여 분 거리를 무사히 갈 수가 있으니…'

새벽 7시 10분에 아이포스타에 도착하여 일단 출입문을 열고 외부의 아이포스타 네온사인에 불이 들어오게 하여 새벽의 어스름한 길을 찾아오는 학생들이 쉽게 찾아오게 하고, 실내의 모든 등과 난방기구도 켜고, 손님들이 마실 커피믹스와 설록차도 준비하고, 음악도 분위기 있는 것을 골라서 틀고, 컴퓨터에서 오늘 강의할 내용도 출력하고, 그러다 보니 7시 30분 예비반 학생을 맞을 시간이 된다.

나는 메인 홀로 가서 준비운동을 하며 학생들이 오길 기다리는데, 예비반 학생은 모두 새벽추위에 발길이 막혀 오지 못한 모양이다.

'에이~, 어서어서 장뜸을 익혀야 이 정도 추위는 거뜬히 이겨내지…'

또다시 시간은 흘러 아침 8시 정각, 기초반 학생들이 올 시간이다. 나는

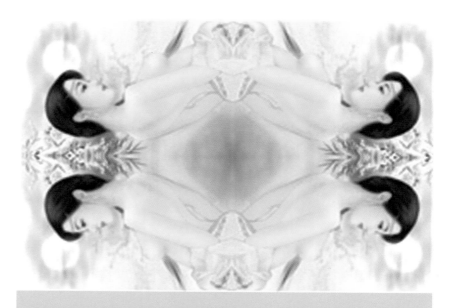

Beugi-ful Beauty 비우기를 하면 이 정도의 피부미인이 된다

음악에 맞추어 멋들어진 비우기 춤을 추면서 이곳으로 들어서는 학생들이 나의 멋들어진 모습을 맨 처음 볼 수 있도록 했다.

　'뭐니 뭐니해도 첫 만남에는 첫인상이 가장 중요한 것이여~!'

　나는 비우기 춤을 한 시간을 추었는데도, 나의 이런 멋진 춤사위를 보아줄 사람이 아직 아무도 안 온다.

　'제길~! 오늘의 추위가 이렇게도 매서웠나~? 나는 견딜 만했는데~ 끌끌….'

　아침 9시 정각, 중급반 학생들이 올 시간이다. 오늘의 중급반 주제는 '비우기 안마'이니, 나는 홀 가운데에 앉아서 '스비기'를 하면서 학생들을 기다렸다.

　그런데 '비우기 안마'의 전 구간을 마치도록 아무도 나타나지 않는다.

　'웬일이래~? 혹시~? 오늘 새벽에 뭔가 난리가 난 것이 아니야~? 내가 이곳 지하실에서 잠시 외부와 차단이 된 사이에, 뭔가 이 세상이 달리 변한 것이나 아닌지~? 오늘 이곳에 온다는 친구가 10여 명이나 되는데, 이 친구들 모두에게 뭔 일이 생긴 것이나 아닌지~? 웬일이야~! 웬일이야~! 내 참~.'

아침 10시 정각, 고급반 학생들이 올 시간이다. 그런데 벌써 초급, 중급을 거치고 고급반 코스에 들어간 친구가 하나도 없는데, 이 시간에 올 학생이 있을 리 없다.

다만 비우기교실 총무를 맡은 Y사장이 오늘 황우석 교수의 TV강의에서 하는 줄기세포 복제 이야기를 듣고 늦게 온다고 했으니 지금쯤 올 시간이다. 확인을 하러 10시 10분쯤 전화를 해 보니 거의 다 왔다고 한다. 나는 일단 지금까지 벌려 놓은 것을 모두 원위치시키고 기다리니 10시 20분에 유 총무 부부가 도착한다.

모든 문단속을 마치고 우리는 일단 초막집으로 가서 2부 순서 오프닝을 하기로 했다.

1부는 완벽한 'Beugi-ful Class' 이었다.(인용 끝)

'암방수문화센터' 오픈을 1주일 앞두고 오늘(2022.12.17 토요일) 서울로 가서 친구 손자 HJ군에게 한밤중에 암방수를 해 주고 내일 경기도 남양주시 별내동에 다음 주에 새로 오픈하는 암방수문화센터에 들를 예정이었는데, 눈보라와 한파가 예보되어 다음 주에 올라가는 것으로 일정을 바꾸었다.

거의 20년이 다 되어가는 이야기이지만 '비우기 건강교실' 오프닝을 하러 한겨울에 매섭게 몰아치는 눈보라를 뚫고 대전에서 서울 강남구 삼성동까지 가면서 겪은 고초가 다시 생생하게 생각나 옛일을 회고하며 새로 오픈하는 '암방수문화센터' 에서는 'Ambangsu-ful Class' 가 되기를 기원해 본다.

34 암방수코팅 수정해골

암방수코팅 수정해골은 암방힐링을 수련하여 내 몸안에 있는 두개골을 암방수로 코팅한 수정해골로 만들어 우리 몸안의 암흑물질이나 암흑에너지를 능률적으로 제어하는 콘트롤 룸으로 만드는 힐링수련법이다.

위 사진의 해골은 전설 속의 신비한 유물로 알려진 남미의 수정해골(Crystal Skull)인데, 사실은 100여 년 전에 누군가가 만들어 마야, 잉카, 아즈텍 등 사라진 남미문명의 유물이라고 사기를 친 것이라고 한다.

이러한 해골모형을 수정으로 만들어서 고대 유물이라고 하면 사기이지만, 암방힐링을 수련하여 내 몸안에 암방수코팅 수정해골을 만들면 어쩌면 기적 같은 힐링효과가 나타날지도 모른다.

암방수코팅 수정해골

내 몸안에 있는 두개골에는 여러 가지 원인으로 어기더미나 어기암상이 쌓여 각종 아시상이 생기고 치매나 파킨슨병 등의 원인이 되는데, 이것을 암방힐링하면 비교적 손쉽게 원상복구가 가능하고 거기에서 한 단계 더 높은 차원의 암방힐링을 하면 우리의 두개골이 우리 몸안의 암흑물질이나 암흑에너지를 제어하는 새로운 기능을 갖게 되는 암방

수코팅 수정해골로 변
신한다.

두개골은 우리의 머
리를 덮고 있는 뼈이고
해골은 우리가 죽어서
육탈이 되면 두개골이
변하여 나타나는 것이
어서 살아있는 우리의
몸안 머리 부위에 있는
뼈는 두개골이라고 말
해야 하지만, 암방힐링
에서 사용하는 두개골
은 기존의 두개골에 암

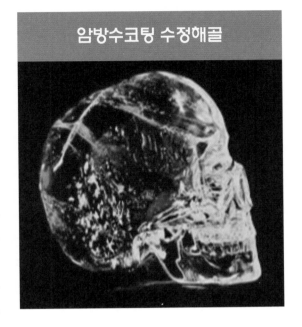

암방수코팅 수정해골

흑물질이나 암흑에너지를 제어하는 기능을 갖춘 새로운 뭔가를 추가로 만
드는 것이어서 이것을 암방수코팅 수정해골이라고 부르며, 이것은 제4차
원의 두개골 양쪽 표면에 아주 얇은 암방수수정으로 코팅된 제5차원 이상
고차원의 보이지도 않고 만질 수도 없지만 신비한 힐링효과를 내는 수정
해골이다.

평행우주론에서는 우리의 우주는 11차원의 세계이고 우리의 우주와 비
슷한 평행우주가 무한히 많이 있는데, 그중에 어떤 우주는 현재 우리가 사
는 우주 안에 우리 아주 가까이에 있다고 하며, 그러한 평행우주에 암방수
코팅 수정해골을 만들면 현실 속에서도 우리 몸안의 모든 암흑물질이나
암흑에너지를 제어 통솔하는 콘트롤 룸을 만들 수 있으며, 우리가 암방힐
링을 수련하면 누구나 스스로 암방수코팅 수정해골을 두개골 양쪽 표면에
암방수수정으로 아주 얇게 코팅하여 만들어 자기의 몸을 건강하게 유지하
고 다른 사람에게 도움을 줄 수 있다.

두개골 양쪽 표면에 암방수수정으로 아주 얇게 코팅하는 것은 우리가 평소에 암합암장힐링을 할 때에 만들어지는 독기가 제거된 노폐물의 잔류물인 암방수를 머리쪽으로 옮긴 후에 두개골 표면에 아주 얇게 펴서 조금씩 암방수코팅을 하면 아시상을 힐링하면서 동시에 암방수코팅 수정해골을 만들 수 있다.

이것은 진주조개가 내부로 들어온 작은 돌조각을 코팅하는 물질을 분비하여 진주로 만드는 것과 비슷한 원리이며 세월이 흐르면서 더 크고 좋은 진주가 만들어지듯이 암방수코팅 수정해골의 기능도 세월이 흐르면서 더 좋아져 이것을 수련하는 힐러는 오래도록 건강을 유지할 수 있을 것이다.

다만 어디가 불편하여 암방힐링을 하려면 암방수코팅 수정해골을 수련한 암방힐러를 찾아가면 되지만, 뜻있는 회원이 암방수코팅 수정해골을 수련하려면 자기 스스로 길을 찾거나 경기도 남양주시 별내동에 있는 '암방수문화센터'에 와서 수련하면 된다.

암방수삼지안

암방수삼지안은 암방수의 각종 힐링수법 중에서 가장 손쉽게 사용할 수 있는 기본 힐링법이며, 암방수의 기운을 사용하여 3개의 손가락으로 환우의 아시상을 짚어주는 힐링법이다.

다음 사진은 요즈음 유행하는 코로나19 후유증으로 고생하는 환우에게 암방수삼지안을 해 주는 모습이다.

겉보기에는 기존의 삼지안과 같고, 다른 점은 힐러가 암방수코팅 수정해골을 연마하여 코로나19 후유증으로 환우의 손과 팔목에 생긴 아시힐상에 삼지안을 하면서 암방수의 기운을 보내서 환우의 온몸 여기저기에 생긴 어기더미나 어기암상을 찾아내어 '암합, 암장, 암멸'을 하여 힐링을 한다.

암방수삼지안

필자의 경험으로는 코로나19 후유증으로 아주 다양한 눈에 보이는 병증을 일으키지만, 이것을 힐링하려면 눈에 보이지 않는 병증부터 먼저 잡아야 한다.

이것은 환우의 손과 팔의 거의 모든 뼈조직에 나타나는 미세한 변형인데, 이것에 암방수삼지안을 한동안 하여 주면 변형된 뼈조직이 원상으로 복원이 되고, 그 이후에 눈에 보이는 병증을 잡아주어야 코로나19 후유증으로부터 해방이 될 수 있다.

교통사고 후유증과 코로나19 후유증을 복합적으로 겪고 있는 환우도 비슷한 방법으로 암방수삼지안을 하면 되는데, 손등뼈와 팔목뼈 곳곳에 아주 심한 변형이 복합적으로 엉켜 있어서 한손으로는 이곳에 암방수삼지안을 하면서 다른 손으로는 환우의 경추1번 부위에 동시에 암방수삼지안을 해 주자 '암합, 암장, 암멸' 반응이 나타나며 거의 한 시간 내내 눈을 감고 잠을 잔다.

아마도 이 환우는 이와 같은 암방수삼지안을 몇 번 더 받아야 어느 정도 편안한 일상으로 되돌아갈 수 있을 것이다.

② 암방수장뜸 격지공

　암방수장뜸 격지공은 암방수의 각종 힐링수법 중에서 가장 손쉽게 사용할 수 있는 기본 힐링법 중 하나이며, 암방수의 기운을 사용하여 장뜸과 격지공으로 환우의 아시힐상과 아시상을 짚어주는 힐링법이다.

　이 기법은 어떤 사정이 있어 환우의 아시상을 직접 손으로 만질 수 없을 때 가장 손쉽게 사용할 수 있는 힐링법인데, 먼저 손이나 팔, 또는 다리 등 장뜸을 하기 편리한 부위에서 아시힐상을 잡아 장뜸이나 주먹뜸을 하고 직접 손으로 만지기 곤란한 환우의 아시상에는 격지공으로 암방수의 기운을 보내 힐링을 한다.

　환우에게 암방수장뜸 격지공을 해줄 때에 손과 팔에 생긴 아시힐상에 암방수장뜸을 하면서 다른 손으로는 환우의 아시상이 감지되는 '목, 인후, 앞가슴' 부위에 원격으로 격지공을 사용하여 암방수의 기운을 아시상이 감지되는 부위에 보내주어 코로나19 후유증을 힐링한다.

　힐러가 암방수코팅 수정해골을 초급 이상 연마한 경우, 암방수격지공을 사용할 때에 환우가 어떠한 곤란한 사정이나 상황에 있어도 원격힐링이 어느 정도는 가능하며 중급 이상의 실력자라면 웬만한 병증은 비교적 쉽게 힐링할 수 있을 것이다.

　암방수코팅 수정해골을 연마한 힐러가 사용하는 암방수 기운은 본래 암흑물질이나 암흑에너지 같은 눈에 보이지 않는 기운으로 되어 있고, 어떤 물질이나 장벽이 앞을 가로막고 있어도 거의 아무런 저항 없이 통과하여 아시상 주변에 생긴 각종 문제를 '암합, 암장, 암멸'하여 원상으로 복구할 수 있다.

　다만 암흑물질이나 암흑에너지가 본래 일반물질과 거의 상호작용을 하지 않고 겨우 양자거품을 이용하여 각종 힐링반응을 유도하므로 이것의 효능을 높이기 위하여 힐러가 암방수코팅 수정해골을 어느 정도는 수련하는 것이 필수 자격조건이 된다.

20 암방수 4중주암

암방수는 우리 몸안에 숨어 있는 암흑물질이나 암흑에너지로 만들어진 생명수의 일종으로 우리가 건강하게 활동하려면 꼭 있어야 하는 필수 요소이다.

4중주암은 우리가 차를 사용할 때에 기름이 떨어지면 수시로 주유를 하듯이 우리의 몸에서 사용하는 암흑물질이나 암흑에너지로 만든 암방수가 떨어지면 수시로 주암을 하여야 하는데, 우리의 차에는 주유구가 하나이지만 우리의 몸에는 주암구가 4개가 있어서 암방수 4중주암이라고 부른다.

우리의 우주에는 눈에 보이는 물질이 4%, 눈에 보이지 않는 암흑물질이 21%, 그리고 암흑에너지가 75%를 차지하고 있어서 우리의 몸도 항상 건강하게 유지하려면, 비록 눈에는 보이지 않지만 암흑물질과 암흑에너지가 항상 충분히 있어야 한다.

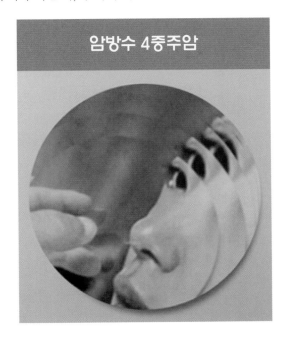

암방수 4중주암

그런데 필자를 찾아오는 환우들을 힐링하다 보면 상당히 많은 분의 몸안에서 암방수가 거의 고갈되어 가는 경우를 많이 보는데, 이럴 때는 암방수 4중주암을 해서 부족한 암방수를 채워 드리면 의외로 쉽게 건강을 회복하곤 한다.

암방수 주암구는 4개가 있는데, 그중에 암흑물질을 주입하는 주암구는 목뼈와 흉추뼈 사이, 즉 목 흉중에 있고 이 암흑물질보다 3배 이상 많은 양이 필요한 암흑에너지를 주입하는 주암구는 3개로 바로 인중과 코의 양쪽 구멍 부위에 있는데, 목 흉중에 암흑물질을 주암할 때에는 한 손으로 암방수삼지안을 하고, 인중과 코의 양쪽 구멍에 암흑에너지를 주암할 때에는 사진처럼 암방수격지공을 사용하면 편리하다.

요즈음 유행하는 코로나19 후유증으로 고생하는 환우들을 힐링하다 보면 대부분은 암방수 부족증을 보이는데, 이들에게도 암방수 4중주암을 해 주면 회복속도가 빨라져서 쉽게 건강을 되찾을 수 있을 것이다.

16 나는 암방수하는 자연인

크리스마스 전날 오후 3시경에 광릉 국립수목원 인근 고모리에 있는 어느 오리고깃집에서 늦은 점심을 먹으며 내 옆자리에 앉은 불륜의 성지에서 문화마을로 변신한 것으로 알려진 고모리의 터줏대감 CG(남, 60대 초반)의 왼손에 암방수삼지안을 해 주며 이리저리 살펴보는데, 손 전체가 강골이어서 그런지 마치 돌덩어리를 만지는 느낌이어서 별다른 아시상을 감지하지 못하다가 손바닥 안쪽 생명선이 지나는 부위에 이르자 뭔가 이상한 기운이 감지되어 암방수삼지안으로 짚어주니 10여 분이 지나면서 그곳에서 어기가 스멀스멀 몰려나온다.

그래서 그러한 암방수 검사결과를 넌지시 말해 주자, 자기는 어디 아픈 데가 전혀 없다고 하던 CG가 그제야 자기의 과거 병력을 슬슬 털어놓는다.

CG는 젊어서 권투선수로 잘 나가다가 1977년도에 패싸움이 붙었는데, 실수로 상대의 입을 왼손 주먹으로 때리다가 정권 바로 옆 검지와 중지 사이로 상대의 앞니 대여섯 개가 박히는 사고가 나고, 그 결과로 자기 주먹에도 큰 상처가 나 인근 병원에 가서 속살 7바늘, 겉피부 19바늘을 꿰맸다. 그런데 그 후 병원에 가서 추가치료를 하지 않아 상처 부위가 덧나서 손에서 어깨까지 염증과 고름이 생겼으며, 거의 1년을 고생하고 겨우 나았으나 그 후유증으로 권투선수 생활을 못 하게 되었고, 그 후로는 자연을 상대로 권투경기를 하는 자연인으로 산다고 한다.

그러다가 약 10년 전에 어느 날 갑자기 궤양성 대장염에 걸려 모 대학병원에 가자 담당의사는 대장을 전부 절제하는 대수술을 하라고 하는데, 자연인의 기질을 발휘하여 수술하지 않고 제주도로 가서 자연요법을 하면서 버텨 약 1년 후에 자연치유된 경력이 있다고 한다.

한 마디로 CG는 요즈음 유행하는 TV프로 '나는 자연인이다'에 출연하면 딱 어울릴 것 같은 그런 멋진 생을 사는 분이다.

CG가 말해 준 병력에 맞추어 다시 왼손을 이리저리 살펴보니 손등 검지와 중지 사이로 아주 가느다란 흉터 자국이 보여서 필자의 오른손으로 그 흉터 자국 위로 암방수삼지안을 추가로 해 주자, 각종 어기가 스멀거리며 20여 분간 빠져 나오고, 처음 잡아주었던 필자의 왼손도 암방수장뜸으로 바꾸어 주자 손 안쪽 생명선 부위를 짚고 있는 손가락 끝과 엄지 라인에서 요상한 기운을 내뿜는 어기가 요란스럽게 빠져 나온다.

CG는 그동안 수십 년을 자연인으로 살면서 자기의 몸안에 생긴 각종 아시상을 자가힐링을 하였으나, 몸밖으로 모두 배출하거나 소멸시키지 못하고 자기 몸 곳곳에 잔류 노폐물을 암장하여 겉으로는 강골로 살았지만 속으로는 어기암상이 여기저기에 숨어 자라고 있어서 언제 터질지 모르는 상황으로 보인다.

필자가 식사하면서 약 30분간 암방수힐링하여 일부 어기암상을 암멸하여 주었으나 몇 번은 더 하여야 숨겨진 어기암상이 말썽을 부리지 않게 소멸할 수 있을 것 같다.

특히 십 년 전에 발병한 궤양성 대장염은 그 원인이 은하 우주방사선 피폭장애로 추정이 되어 다음에 CG에게 암방수힐링을 해 줄 기회가 오면 은하 우주방사선 피폭 여부를 정밀 탐색할 예정이다.

17 계묘년 암방수 토끼의 해

뱀이나 매미는 피부가 딱딱하여 자라면서 몸집을 키우려면 수시로 허물벗기를 하여야 하지만 우리는 피부가 연하여 자라면서 허물벗기를 안 해도 몸집을 키울 수가 있고, 다 자라서 성인이 되면 대부분 세포는 휴면상태로 되어 거의 활동을 멈춘다.

그러나 우리의 몸은 평균 3년에 한 번꼴로 은하 우주방사선에 피폭이 되고 그 궤적에 원자사슬이 생기면 거기에서 양자거품이 끊임없이 나오는데, 이 양자거품이 주변의 세포 안에 있는 미토콘드리아를 활성화하여 ATP를 만들고, 이 ATP가 잠자고 있던 세포를 활성화해 각종 단백질을 추가로 만든다.

이것이 당장은 쓸모가 없는 잉여단백질이 되어서 세포 주변 적당한 곳에 쌓아두지만, 세월이 지나면서 어기암상이나 어기데미로 변질이 되고 어떤 병증을 일으키는 아시상으로 나타나 우리를 괴롭히고 결국에는 우리의 건강을 해치는 주범이 된다.

계묘년
암방수하시고
건강하세요 ~!

　이러한 과정에서 각종 노폐물이 생겨나고 일부는 대사과정을 거쳐 몸밖으로 배출이 되지만, 남아있는 잔류물은 살속에 그대로 암장되어 우리 몸의 일부로 우리와 같이 살아가다가 나중에 우리가 늙어 죽어가면서 육탈이 될 때 겨우 빠져 나간다.

　이상이 은하 우주방사선 피폭장애후유증의 전모인데 이러한 후유증을 힐링하려면 무엇을 어떻게 해야 할까.

　은하 우주방사선은 수십억 광년 떨어진 먼 은하에서 별들이 죽으면서 초신성 폭발을 할 때 만들어지는 방사선이 온 우주로 날아가다가 수십억 년 후에 우리 지구에 도착한 것인데, 지구상에 사는 우리는 어떤 방법으로도 이러한 은하 우주방사선 피폭을 막을 수가 없다.

　다만 우리가 땅 위에서 살면 평균 3년에 한 번꼴로 은하 우주방사선에 피폭이 되지만 높은 산이나 북극 항로를 지나가는 비행기를 타거나 우주비행사가 되어 우주정거장에 가면 점점 더 많은 은하 우주방사선에 노출이 된다.

은하 우주방사선이 우리의 몸을 관통하면서 그 궤적에 있는 원자들을 관통하고, 그 안에 있는 전자들을 높은 에너지 준위로 들뜨게 하거나 원자 밖으로 튕겨내는 전자소란이 일어난다. 이것이 안정화 된 후에 관통궤적에 있는 평균 약 2만 개의 원자는 들뜬 상태가 된 전자들의 집합체로 만들어지는 양전실에 꿰어서 일종의 원자사슬이 만들어진다. 이 양전실에 있는 들뜬 상태가 된 전자들은 끊임없이 양자파 또는 양자거품을 내보내고 이것이 주변 세포 안에 있는 잠자고 있던 미토콘드리아를 활성화하여 불필요한 ATP를 만든다.

따라서 은하 우주방사선 피폭장애후유증을 막으려면 우리의 몸안에 생긴 원자사슬을 찾아 소멸하면 되는데, 안타깝게도 현재의 과학 수준으로는 우리 몸안의 원자사슬을 찾을 수 있는 장비가 아직은 없는 것 같다.

그래서 암방수힐러는 우리 몸의 특수기능을 활용하여 원자사슬을 탐색하고 소멸시킨다.

암방수힐러가 사용하는 우리 몸의 특수기능은 사실은 수십억 년 전 우리가 원시생물일 때에 만들어진 것인데, 힐러 몸안의 특정세포의 미토콘드리아에 있는 내막 크리스터를 안테나로 이용하여 환우의 몸안에 있는 원자사슬의 양전실에서 끊임없이 퍼져 나오는 양자파 또는 양자거품을 수신하는 것이다.

환우의 몸안에 생긴 원자사슬의 위치가 확인되면, 다음에는 힐러의 몸안에 있는 특정 미토콘드리아의 내막 크리스터를 활성화하여 양자파나 양자거품을 다량으로 만들어 그것을 환우의 몸에 있는 원자사슬로 보낸다. 그러면 그 에너지가 원자사슬 내에 들뜬 상태가 된 전자에게 전해져 그 여기 전자가 원자사슬을 벗어나 자유전자가 되고 그 전자가 소속된 원자도 정상원자 이온으로 변하고, 그 과정에서 원자사슬이 끊어져 2개의 작은 원자사슬로 바뀐다.

이러한 원자사슬을 찾아서 토막내는 힐링을 계속하면 결국에는 환우의 몸안에 있는 모든 원자사슬을 찾아 소멸할 수가 있다.

이러한 방법으로 우리 몸안에 생긴 원자사슬을 모두 소멸하여도 은하 우주방사선 피폭장애후유증이 모두 사라지지 않는다. 이 이유는 그 이전에 원자사슬에서 나온 양자파 또는 양자거품이 주변 세포를 활성화하여 그 주변에 많은 어기암상이나 어기더미를 만들어 놓았는데, 이것들은 그대로 남아있어서 계속 말썽을 일으키기 때문이며 이것에 따른 후속조치는 다음 편에서 자세하게 다룰 예정이다.

계묘년은 오행으로는 검을흑(黑)이고 물수(水)에 해당하여 암방수하고 잘 어울리는 해인데, 이 계묘년을 맞이하여 암방수문화센터를 남양주시 별내동에 열게 되어 기대가 크며 많은 분이 참여하여 암방수의 각종 힐링법을 수련하고 건강해지는 한 해가 되기를 기원드린다.

 19 계묘년 암방수 신체복원 또는 허물벗기

은하 우주방사선 피폭장애후유증을 힐링하는 과정에서 근본원인이 되는 원자사슬을 찾아 소멸하여도 그동안 원자사슬 안에 형성된 양전실에서 끊임없이 양자파나 양자거품이 퍼져 나와 주변 세포를 활성화하고 불필요한 ATP를 만들고 이것이 잉여단백질을 만들어 세포 주변에 어기암상이나 어기더미를 만든다. 그리고 이것이 병증을 유발하는 아시상, 아시힐상, 아시장상 및 아시멸상을 온몸 여기저기에 만들어 우리 몸의 면역체계를 바꾸었는데, 이 후자도 정상으로 회복하는 암방수 신체복원 또는 허물벗기를 하여야 은하 우주방사선 피폭장애후유증을 모두 힐링했다고 말할 수 있다.

우리의 몸에는 은하 우주방사선 피폭장애후유증 이외에도 다른 수많은 원인으로 병증을 일으키는 각종 아시상이 생기고 우리 몸의 면역체계를 바꾸는데, 이러한 모든 것도 암방수 신체복원 또는 허물벗기를 하면 모두 힐링할 수 있다.

한 마디로 암방수 신체복원 또는 허물벗기를 하면 세포수준의 미세결함을 쉽게 힐링할 수 있지만, 각종 외상이나 중증 장애, 각종 독물질 또는 세균 등에 의한 병증은 양방이나 한방으로 치료하여야 한다.

필자처럼 고희를 훌쩍 넘긴 나이가 되면 어떤 중증 질환이나 장애가 없어도 온몸 곳곳에 어기암상이나 어기더미가 가득하고 각종 아시상이 불쑥거리는데, 이럴 때 한 번쯤은 큰맘을 먹고 시간을 들여 암방수 신체복원 또는 허물벗기라는 대청소를 하여야 한다.

암방수 신체복원 또는 허물벗기는 세포 수준의 미세결함을 힐링하는 것인데, 우리의 몸에는 약 80조 개의 세포가 있어서 이것을 일일이 찾아다니며 뭔가를 하기에는 사람의 인지능력으로는 불가능하여 우리 몸이 원래 가지고 있는 고유의 능력을 최대한 활용하여야 한다.

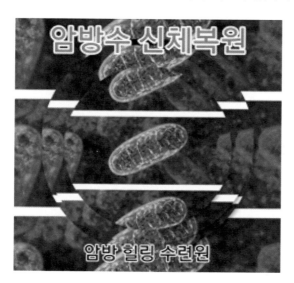

우리의 몸에는 약 80조 개의 세포가 있지만 그 각각의 세포에는 평균 약 500개의 미토콘드리아가 있고, 이 미

토콘드리아 안에는 내막 크리스터가 있는데, 여기에서도 양자파나 양자거품을 만들어 뭔가를 한다.

우리가 뭔가를 하여 미토콘드리아 안 내막 크리스터에서 사용하는 양자파나 양자거품을 이용하여 세포 안이나 주변에 쌓여있는 어기암상이나 어기더미를 청소할 수 있다면 세포 수준의 힐링을 할 수가 있고 어쩌면 암방수 신체복원 또는 허물벗기를 할 수 있을 것이다.

필자는 이러한 암방수 신체복원 또는 허물벗기를 실증하기 위한 한 가지 방법으로 먼저 이러한 모든 작업을 총괄하는 강력한 지휘체계를 필자의 몸안에 설치하기 위하여 우리의 두개골 양면을 암방수로 코팅하는 암방수 코팅 수정해골을 만들었다.

이 수정해골이 실시간으로 온몸의 미토콘드리아에서 나오는 양자파나 양자거품을 지휘하여 세포 안이나 주변에 있는 어기암상이나 어기더미를 조금씩 몸밖으로 배출시키는 일을 하게 하면 언젠가는 원하는 암방수 신체복원 또는 허물벗기가 이루어질 것이다.

작년 연말부터 상기 계획대로 필자의 몸에 암방수 신체복원 또는 허물벗기를 하고 있는데, 힐링효과인지 부작용인지 아직은 잘 모르겠지만 온몸 여기저기에 두드러기, 부스럼, 가려움증이 돋아나서 나도 모르게 긁다 보니 상처가 심해져서 어쩔 수 없이 가려움증약을 사서 먹고 연고를 바르면서 경과를 지켜보고 있다.

필자의 생각으로는 이러한 가려움증의 원인이 그동안 몸안에 숨어있던 어기암상이나 어기더미가 몸밖으로 조금씩 배출되면서 두드러기나 부스럼이 되고, 이 과정에서 피부신경을 자극하여 가려움증이 생긴 것으로 추정이 된다. 이러한 것이 어쩌면 계획한 대로 암방수 신체복원 또는 허물벗기 효과로 나타나는 것이라고 긍정적인 희망을 품어 본다.

요즈음은 가려움증이 나타나는 부위를 중심으로 암방수 아시멸상호흡을 하자 약은 먹지 않고 하루에 한두 번 연고를 바르는 것으로 가려움증이 줄어들어서 그나마 다행이다.

 # 암방수족인 암영회춘스위치 그리기

회춘은 필자처럼 나이가 든 노인네의 꿈이고, 사진에 보이는 천년 묵은 산삼을 복용하면 이루어질지 모르지만 감정가만 수억 원이 넘는다고 하니 우리 같은 서민에게는 한낱 그림의 떡이나 마찬가지이다. 그래서 이 그림의 떡을 이용하여 암방수족인 암영회춘스위치 그리기를 해 본다.

하는 요령은 먼저 왼손은 전립선 부위에, 오른손은 명치 부위에 암방수족인을 하면서 머릿속으로 사진처럼 그림의 떡을 되새기면서 암영회춘스위치 그리기를 한동안 하고 있으면 전립선, 명치, 머리 부위에서 힐링반응이 나타나는데, 이것을 수시로 하다 보면 어느 날 우리 몸의 세포에 암영회춘스위치가 켜진다.

최근 의학계에서 우리 몸의 세포에 '야마나카 전사인자' 칵테일을 투여하고 항생제로 인자를 작동시키는 방식으로 회춘스위치를 개발한다는데, 이것이 개발되어도 우리 같은 서민에게 차례가 돌아오려면 하세월을 기다려야 할 것이니 그것도 그림의 떡일 것이다.

그래도 암방수족인 암영회춘스위치 그리기는 제목은 좀 길어도 그 안에 담긴 암방수족인이나 암영회춘이나 스위치 그리기 같은 것을 배워서 누구나 공짜로 수련을 할 수 있다. 그리하여 어느 정도 나이를 먹고 특별히 할 일 없는 누구라도 남양주시 별내동에 있는 '암방수문화센터'로 찾아오시면 비교적 쉽게 암방수족인 암영회춘스위치 그리기를 배우실 수 있을 것이다.

26 암방수 파킨슨병

SK사장(남, 71세)이 암방수문화센터 첫 번째 손님으로 찾아왔다.

여주에 사는 처남이 운전하는 차를 타고 온 SK가 차에서 내려 양손에 지팡이를 집고 아장아장 걸어 집으로 들어오는데, 얼굴과 목이 많이 붓고, 양손을 제법 심하게 떨며 안방 침대에 눕는다.

나는 SK의 왼손과 왼쪽 팔꿈치를 양손으로 나누어 잡고 암방수삼지안을 해 주면서 오늘은 양쪽 손을 각각 30분씩 하고 이어서 머리힐링을 한 시간을 할 예정이라고 말했다. 그리고 막상 내 왼손으로는 SK의 왼쪽 손을 하면서 내 오른손으로는 SK의 왼쪽 팔꿈치를 힐링하다가 왼쪽 어깨와 왼쪽 겨드랑이에 암방수삼지안을 돌아가며 하는데, SK가 자기의 왼손 엄지와 검지가 감각이 없다고 한다.

그래서 나의 왼손으로 그 두 개의 손가락을 덮어 장뜸을 하자 거기에서 독한 고춧가루 냄새가 처음에는 약하게 풍기다가 점점 세게 풍겨 나오기 시작한다.

그런데 처음 생각했던 30분쯤이 훌쩍 지나는데도 여전히 고춧가루 냄새가 나와 일단 한 시간가량 계속해 주다가 잠시 쉬면서 화장실에 다녀와서 다시 SK의 왼손을 살피는데, 사진에서 보이는 왼손 검지 옆구리 부위에서 참깨만 한 어골이 나의 중지 손끝에 잡힌다.

암방수 파킨슨병

그 사이에 SK가 자기의 병력에 관하여 이야기한 것을 종합하여 생각해보니 병원에서 진단한 병명은 파킨슨병이고 수년 전에 자전거를 타다가 앞으로 크게 엎어져서 머리를 찧은 것이 병의 원인이다. 일주일 동안 입원하면서 각종 정밀검사를 하였는데 목덜미와 머리쪽의 혈관상태가 좋지 않아 뇌심부 자극술이라는 시술할 수가 없었다고 한다.

그러면 나의 추정으로 SK의 머리에 은하 우주방사선이 피폭된 것이 파킨슨병의 원인이 되었을 것으로 판단되지만 머리에 암방수 암합이나 암장을 하여 원자사슬을 제거하는 것을 다음 날로 미루고, 오늘은 왼손 검지 부위에서 발견된 어골들이나 집중해서 없애는 것으로 작전을 바꾸었다.

SK의 왼손 검지 부위에서 발견된 참깨 크기의 어골은 빙산의 일각이었고, 그것을 없애려고 암방수삼지안을 하는 중에 본체가 표면으로 드러난다.

요즈음 사용하는 10원짜리 동전만 하여 그 주변을 암방수장뜸으로 바꾸어 덮어주자 내 손바닥을 꾹꾹 쑤시는 통기가 한동안 올라온다.

그래서 나의 오른손으로 암방수 원격힐링으로 SK의 오른쪽 머리 부위를 이리저리 살펴보는데 오른쪽 콧구멍 안쪽에서 원자사슬의 흔적이 언뜻 보이다가 슬쩍 사라진다.

 45 **암방수의 파킨슨병 추적**

인터넷을 검색하면, "파킨슨병은 뇌간의 중앙에 존재하는 뇌흑질의 도파민계 신경이 파괴됨으로써 움직임에 장애가 나타나는 질환을 말한다. 도파민은 뇌의 기저핵에 작용하여 우리가 원하는 대로 몸을 정교하게 움직일 수 있도록 하는 중요한 신경 전달계 물질이다.

파킨슨병의 증상은 뇌흑질 치밀부의 도파민계 신경이 60~80% 정도 소실된 후에 명확하게 나타난다. 병리검사를 시행하면 뇌와 말초신경의 여러 부위에 발병성 알파시누클레인 단백질이 침착되어 생긴 루이소체를 확인할 수 있다"고 나온다.

이 글안에는 암방수힐러가 파킨슨병을 추적하는 데 도움이 되는 내용이 들어있다.

먼저 파킨슨병 병은 뇌흑질의 도파민계 신경이 파괴되어 도파민이 충분히 공급되지 못하면 나타나는 병증인데, 필자의 소견으로는 도파민계 신경이 파괴되는 원인 중의 하나는 "뇌와 말초신경의 여러 부위에 발병성 알파시누클레인 단백질이 침착되어 생긴 루이소체"를 확인할 수 있다.

그런데 이러한 단백질이 만들어지는 원인 중의 하나가 은하 우주방사선 피폭으로 뇌흑질 주변에 원자사슬이 생기고 여기에서 나오는 양자파나 양

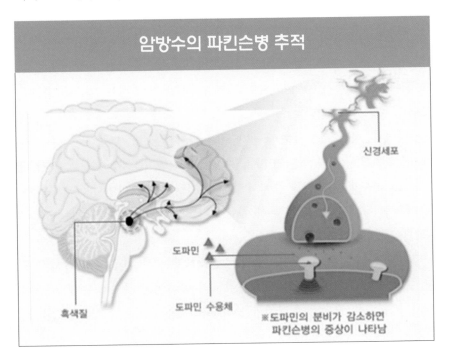

암방수의 파킨슨병 추적

도파민

신경세포

흑색질

도파민 수용체

※도파민의 분비가 감소하면
파킨슨병의 증상이 나타남

자거품이 주변세포를 활성화한 뒤 여러 단계를 거쳐 발병성 단백질을 만든다. 이것이 도파민계 신경을 파괴하여 결국에는 파킨슨병을 유발한 것으로 추정된다.

따라서 이 병의 근본원인이 되는 원자사슬을 찾아 소멸하는 것을 시작으로 뇌흑질 주변세포에 생긴 발병성 단백질을 제거하는 것이 필요하고, 나아가 손상된 도파민계 신경을 복원하여 도파민이 정상으로 분비되도록 하면 환우의 건강이 정상으로 되돌아올 것이다.

필자가 SK의 파킨슨병을 암방수로 추적하는 첫날에 느꼈던 것은 문제의 원자사슬이 SK의 오른쪽 콧구멍 안쪽에 생겼고, 그것이 뇌흑질에 가까이 있어서 주변 세포를 활성화하여 발병성 단백질을 만들었다.

그중 일부는 도파민계 신경을 상당부분 파괴하여 SK에 파킨슨병을 일으켰다.

일부는 SK의 왼손 검지 라인에 어골을 만들어 아시힐상의 역할을 하게 하여 필자가 추적 첫날 두 시간 동안 암방수 힐링을 하게 하였다.

이것이 SK의 파킨슨병 아시상인 뇌흑질 주변의 발병성 단백질을 일부 제거하는 데 도움을 주었을 것으로 추정되지만 그 결과는 다음에 경과를 보면 알 수 있을 것이다.

첫날 추적 중에 고춧가루 냄새와 구린 냄새가 나왔는데, 고춧가루 냄새는 SK의 왼쪽 엄지와 검지의 마비 증상이 풀리면서 나온 것이고, 구린 냄새는 SK의 도파민계 신경 중에서 죽은 그것들이 제거되면서 나온 것이어서 첫날의 두 시간에 걸친 추적이 SK의 건강 회복에 어느 정도는 도움이 되었을 것으로 추정된다.

필자가 전해 들은 의학 상식으로는 신경세포는 한 번 죽으면 다시 복구할 수 없어서 줄기세포를 이식하는 수술을 받아야 한다고 하는데, 이번에 필자가 SK의 파킨슨병 추적에서 암방수를 사용하면 과연 어떠한 결과가 나올지 기대가 된다.

9 암방수의 파킨슨병 제2차 추적경과

  필자가 SK의 파킨슨병을 암방수로 추적하는 첫날에 느꼈던 것은 문제의 원자사슬이 SK의 오른쪽 콧구멍 안쪽에 생긴 그것으로 판단되어 이틀 후에 시작한 2번째 추적에서는 그 원자사슬을 정확하게 찾아서 소멸하려고 SK의 머리맡에 앉아서 얼굴 주변을 이리저리 탐색하였다. 그런데 10여 분이 지나도 얼굴 주변에서 원자사슬의 종적이 어디론가 사라지고 없다.

  그러던 중에 SK가 자기의 병력에 대하여 추가로 하는 말 중에 자기는 고혈압이 있어서 평소에 고혈압약을 먹었는데, 담당의사가 아스피린을 같이 처방하여 20여 년간 아스피린을 복용하였고, 그 후유증으로 혈관이 약해져서 파킨슨병의 특징인 움직임 장애를 극복하기 위한 뇌심부 자극술을 시술하지 못하고 약물치료만 한다고 한다.

  그래서 8개월 전부터 아스피린 복용을 중단하였고, 2년 후에 다시 정밀 검사를 해서 뇌심부 자극술을 시술할 수 있는지 판정할 예정이라고 한다.

  SK의 고혈압에 따른 건강상황을 고려하여 추적 전략을 살짝 바꾸어 먼저 SK의 기본건강과 면역체계를 강화하는 암방수를 하기로 하고 첨부사진에 나오는 힐링법을 2시간가량 해 주었다.

  사진 내용을 설명하면

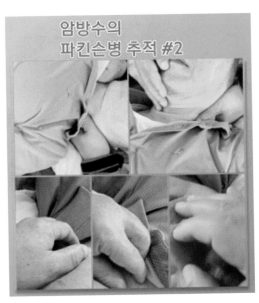

암방수의 파킨슨병 추적 #2

처음 순서인 상단 왼쪽은 예전에 사용하던 장서힐링의 일종으로 힐러의 왼손으로는 SK의 왼쪽 목에 암방수장뜸을 하고 오른손은 SK의 앞가슴 오른쪽 부위에 암방수장뜸을 거의 30분가량 하여 SK의 몸과 머리 사이의 피와 각종 기운의 흐름에서 감지되는 각종 어기를 걸러내어 기본건강 정상화를 시도하였다.

30분쯤 지나면서 먼저 오른손 쪽이 정상으로 회복이 되어 그 손만 서서히 오른쪽 얼굴 방향으로 이동하면서 얼굴과 두개골에 암방수코팅 작업을 시작하였다. 이 암방수코팅 작업은 환우의 몸에 신체복원과 허물벗기를 하여 건강과 젊음을 복원하기 위한 장기 힐링계획에 의한 것인데, 이것이 환우의 모든 병증을 힐링하는 암방수의 기본 건강법이다.

한 시간이 지나면서 왼손 부위도 정상으로 돌아와 5분간 휴식 후에 사진 하단 왼쪽 첫 그림처럼 양쪽 귀 부위를 암방수장뜸으로 감싸주고 20여 분이 지나자 귓불 아래에 볼록하게 잡히던 호르몬 주머니가 줄어들고 이 호르몬이 온몸으로 고르게 분배되면서 발등과 얼굴 여기저기에 보이던 부기가 사라진다.

이어서 왼손은 하단 가운데 그림처럼 목에서 앞가슴 쪽으로 조금씩 이동하고 오른손은 마지막 그림처럼 얼굴 위로 계속 이동하여 인중, 코, 눈, 이마를 덮는 암방수장뜸을 하여 SK의 파킨슨병 아시상인 뇌흑질 주변의 발병성 단백질을 제거하는 데 도움을 주는 암방수코팅 작업을 시도하였다.

12 암방수의 성장장애 추적

어린이 성장장애를 겪고 있는 HJ(남, 6세)군에게 약 8개월 전부터 힐링거품샤워를 2주 간격으로 2시간씩 3회를 해서 머리 부위에 은하 우주방사선을 피폭 받아 생긴 원자 사슬을 소멸시키고 그 후에 피폭후유증으로 머릿속 여기저기에 생긴 어기암상이나 어기더미를 2주 간격으로 2시간씩 거의 7개월간 해서 HJ의 성장장애를 유발한 원인을 거의 소멸하였다고 생각하였는

데, 오늘 새벽에 자는 HJ의 머리에 최근에 새로 개발한 암방수코팅 수정해골을 해 주자 5분도 안 되어 엄청나게 무시무시한 고약한 어기가 거의 40여 분간 쏟아져 나온다.

그 과정을 대충 적어보면 다음과 같다.

5분 경과 : 필자의 눈에서 눈물이 찔끔 나오고, 콧속에서 구리고 화한 냄새가 나며, 혓바닥이 따끔거린다. 이어서 손바닥이 화끈거리고 팔목이 따끔거리다 욱신욱신하고 발끝으로 쩌릿쩌릿한 기운이 빠져 나간다.

20분 경과 : 이마가 욱신, 코끝이 매캐하고 손끝이 따갑다.

이어서 혓바닥이 매캐, 눈이 따끔거리고, 양 눈썹이 꼬아지는 듯한 통기가 느껴진다. 이어서 장딴지가 움찔거리고, 콧구멍 속으로 찡한 느낌이 파고들어 오더니, 뱃속에서 더부룩한 느낌이 들어 몸을 흔들어 온몸 비우기 안마를 1분 정도 하였다. 이어서 눈물이 찔끔 나오고, 머리가 쩌릿하며, 눈물이 나오고, 손끝이 따끔거린다.

30분 경과 : 발바닥과 손끝을 송곳으로 찌르는 듯한 느낌이 들고, 콧구멍 속에 화한 느낌이 퍼진다.

35분 경과 : 손에 열기가 느껴지고, 혓바닥에 달콤한 맛이 감돌며, 손이 화끈거리고, 혀끝이 매캐하다.

40분이 지나며 머리가 어지럽고 욱신거려 1차 암방수코팅 수정해골 작업을 중단하였다. 휴식 중 샤워를 하고, 내 몸 여기저기에 생긴 뾰루지에 연고를 바른 후에 20여 분간 아시멸상호흡과 암방수코팅을 하여 내 몸에 생긴 가려움증을 암멸하였다.

이어서 2차 암방수힐링에 들어갔는데 거의 30분가량 별 느낌이 없다가 30분이 지나면서 이빨이 살짝 시큰거리고 얼굴이 마비되는 느낌이 잠깐 들다가 사라지더니 이어서 부드러운 열기가 한동안 흘러나온다.

40분이 지나 2차 암방수힐링을 종료하였다.

이상이 오늘 새벽에 HJ군의 성장장애를 암방수로 추적한 경과인데, 그전에 한 힐링거품샤워에서 미처 소멸하지 못한 성장장애를 유발한 어기암상이나 어기더미를 새로 개발한 암방수힐링으로 모두 소멸하여 주었다고 판단된다.

HJ군은 오는 3월에 한 살 위의 형이 다니는 일반 초등학교에 입학한다고 하는데, 건강한 몸과 마음으로 즐거운 학교생활을 할 수 있을 거라고 은근히 기대해 본다.

 암방수족인 비우기

암방수족인은 변형된 삼지안 또는 장뜸인데, 손바닥을 오목하게 하여 손의 모습이 마치 동물의 발굽모양처럼 생긴 족인을 만들어 이것으로 환우의 몸 여기저기에 도장을 찍는 것이다. 족인으로 환우의 목, 어깨, 손등, 발등, 얼굴, 두개골 같은 부위에 도장을 살짝 찍어서 암방수의 아시멸상 기운을 은밀하게 주거니받거니 하는 암방수힐링법이다.

이 암방수족인은 암방수코팅 작업에도 바로 쓸 수가 있는데 암방수코팅 수정해골을 만들 때도 환우의 두개골 여기저기에 다양한 모습의 족인을 찍어주면 아주 멋진 암방수코팅 수정해골로 변신을 한다. 또 원격힐링을 해야 할 때도 이것을 사용하면 효과적이다. 그래서 암방수족인을 사용하여 비우기를 할 수 있는데, 이것을 암방수족인 비우기라고 부른다.

비우기에서 사용하는 리듬호흡은 암방수 아시멸상호흡을 하면 되고, 노젓기는 암방수족인을 찍으면서 손가락과 손으로 노젓기 동작을 살짝살짝 곁들여 해 주면 아주 멋스러운 암방수족인 비우기가 된다.

이 암방수족인 비우기를 사용하여 우리의 몸안에 있는 특정조직의 세포 안에 있는 미토콘드리아에게 암방수족인 신호를 보내면 미토콘드리아의 격막에서 양자파와 양자거품이 나와 주변에 있는 어기암상이나 어기더미를 포함한 모든 노폐물을 청소하여 몸밖으로 배출시킨다.

이것이 피부 표면을 통과하면서 가려움증을 유발하는 두드러기, 부스럼 또는 뾰루지가 되지만, 우리 몸안 세포 안이나 주변에 있는 모든 노폐물을 배출할 수가 있어서 모든 병증이나 세포 노화를 힐링하는 신체복원할 수가 있다. 이것을 암방수 신체복원이라고 부른다.

6 암방수의 파킨슨병 제3차 추적경과

SK의 파킨슨병 제3차 추적은 송파구청 바로 옆 빌딩에 있는 석촌호수가 내려다보이는 SK의 오피스텔에서 하였다.

별내 우리 집에서 그곳까지 가는 데는 집 근처 버스 정류장에서 1001번 광역버스를 타고 한 번에 잠실 광역버스 교통센터에 가서 석촌호수 산책로를 따라 20분가량 걸어가면 나오는데, 그 산책로에는 월요일인데도 많은 사람이 오간다.

암방수힐링은 먼저 4인용 테이블 의자에 SK는 앉고 나는 그 뒤에 서서 SK 몸에 아시상이 생긴 뒤꼭지 위에 오른손을 대고 왼손으로는 왼쪽 어깨에 대고 어제 새로 개발한 '암방수족인 비우기'를 해 주는데, 몇 분도 지나기 전에 SK가 머리 윗부분이 아프

다고 한다. 그래서 어깨에 있던 왼손을 옮겨 만져보니 그 주변이 온통 열기가 올라오고 쩔쩔거리는 염증반응을 보이는데, 혈관이 약하다는 SK에게 계속하기에는 무리인 것 같아 자리를 간이침대로 옮겼다.

SK는 거동이 불편하여 간병 도우미를 해 주는 처남의 부축을 받으며 자리를 옮기느라 몇분간 움직이고 침대 위에서도 어려운 과정을 거쳐 자리를 잡으려고 불편한 몸을 이리저리 움직여서 그런지 내가 머리맡에 보조의자를 놓고 앉아서 SK의 머리에 다시 '암방수족인 비우기'를 해 주자 머리 부위가 모두 식어서인지 20여 분이 지나도록 아주 미약한 힐링반응만 간간이 삐져 나온다.

SK가 오른쪽 고관절이 불편하다고 하여 처남의 도움을 받으며 몸을 돌려 모로 눕자 나도 빈자리가 생긴 침대 위로 올라가 SK의 등에 나의 양쪽 무릎을 대고 왼손으로는 SK의 왼쪽 검지 라인에서 잡히는 새끼손톱 크기의 납작한 어골을 지그시 눌러주고 오른손으로는 SK의 뒤통수 주변에 원격으로 '암방수족인 비우기'를 해 주었다.

자리를 바꾼 지 5분여가 지나며 미미하지만 여기저기에서 힐링반응이 20여 분간 나오다가 왼손 검지 라인에 있는 어골에서 '꽝!' 하고 대형 번개가 일섬하고 다시 미미한 반응만 나와 나의 왼손가락 위치를 SK의 왼손 엄지 라인을 따라 어골을 탐색하면서 이동하다가 손목 바로 아래 5mm 위치에 이르자 그곳에서 열기가 나오고 간헐천처럼 폴폴 매운 냄새가 10여 분간 분출되다가 정상으로 회복된다.

전반전을 거의 한 시간 20분가량 하고 잠시 휴식 후에 후반전으로 들어갔다. 후반부에는 나의 자리를 SK의 가랑이 사이에 잡고 지난 2차 때에 양쪽 귀뿌리에서 부기 비우기를 잠시 하여 귀밑에 뭉쳐 있던 호르몬 덩어리를 풀어주었다. 부기가 거의 다 빠져 나간 SK의 왼쪽 발과 다리에 비우기 안마를 하면서 발바닥을 나의 손톱으로 꼼꼼하게 긁어 주는 암방수족인 비우기 안마를 하여 SK의 거동이 부자연스러운 것을 일부 교정하여 주었다. 20여 분이 지나며 SK가 스스로 자기의 몸을 이리저리 비틀며 스트레칭을 하면서 자기는 예전에 허리, 목, 어깨가 아파 병원에서 각종 시술을 받으면서 이런저런 주사를 많이 맞았는데, 그래서 자기의 엄지손가락 라인에서 신경이 마비된 것 같다고 하면서 자기의 왼쪽 손가락으로 오른손 엄지 라인을 이리저리 힘주어 비빈다.

이렇게 후반부의 후반 20여 분은 힐러와 환우가 합동으로 암방수족인 비우기 안마를 하여 마무리를 하고 화장실에 갔는데, 오늘 오기로 한 친구 JC가 들어오면서 인사하는 소리가 들린다.

JC는 점심을 먹었다고 하여 나와 SK, SK의 처남 등 3명만 추어탕을 먹으면서 주로 JC와 SK가 하는 이런저런 이야기를 듣고, 식사 후에도 그대로 식탁에 앉아 환담하면서 나의 왼손으로 약 일주 전에 JC의 목에 은하 우주방사선이 피폭되어 생긴 목디스크 부위에 '암방수족인 비우기'를 해 주는데, 이 부위는 2일 전에 JC를 만나 1차 암방수 힐링을 약 2시간가량 해 주어서인지 목주변은 통기가 쉽게 사라진다.

이어서 등뼈로 내려가며 탐색해 보니 쩌릿쩌릿한 통어기가 허리뼈까지 이어지고 그 아래는 정상이다. 다시 목으로 올라가 머리 꼭대기까지 더듬으면서 '암방수족인 비우기'를 해 주었는데, 그곳에서도 제법 고약한 통어기가 솔솔 풍겨 나온다.

이렇게 JC에게 '암방수족인 비우기'를 해 주는 도중에 SK가 화장실에 갔다가 오피스텔 전체 공간을 앞뒤로 오가면서 걷기운동을 하는데, 지팡이도 짚지 않고 제법 자연스럽게 스스로 움직이는 것이 보이고 10여 분이 지나자 힘이 빠졌다고 하면서 누구의 도움 없이 침대에 혼자 누워 붉게 상기된 얼굴로 휴식을 취하는 모습이 보인다.

평소에 저 정도의 상태만 계속 유지할 수 있어도 이번 설연휴 기간에 태국 파타야로 다른 친구와 부부동반 여행을 간다는 JC가 편안하고 즐겁게 지내다 올 수 있을 것이다.

㉒ 암방수 뾰루지

예전에 올린 글을 살펴보다가 아랫글이 눈에 띄는데, 요즈음 올리는 암방수 신체복원 또는 허물벗기의 원형 같아서 다시 올린다.

[얼사랑 · 3/ 뾰루지]

얼끈노젓기를 실전에 적용하는 연습을 하면서 처음부터 새로운 문제가 생겨 며칠 고심을 했는데, 그 원인이 갑자기 코에 생긴 뾰루지인 것 같다.

앞장에서 언급한 대로 얼끈노젓기는 5−차원의 노젓기여서 비우기안마에서 사용한 4+차원의 노젓기와 거의 비슷하거나 조금 나은 효과와 성능을 발휘해야 한다. 처음에는 몸과 맘이 아주 편안하게 느껴져 좋아했는데, 일주일쯤 지나자 가슴이 살짝 아프기 시작하고, 가벼운 어지럼증과 혈압이 오르는 것 같아 혈압약을 3일 정도 다시 먹으니 괜찮아진다.

나에게 2013년 초여름에 생긴 고혈압을 거의 6년이 지난 2019년 초부터 다나힐러를 시작으로 각종 힐러 시리즈를 개발하면서 몹시 어려운 과정을 거쳐 거의 완치를 시켰는데, 이번에 얼끈노젓기를 하면서 이것이 명현현상으로 다시 모습을 드러낸 것이 아닌지 의심이 되는 일이 벌어졌다. 그렇다고 고혈압 증상을 오래 두고 볼 수가 없어서 일단 예전에 먹다가 남은 고혈압약을 며칠 복용하자 다행스럽게도 증상이 수그러든다.

이러면서 다시 여유를 가지고 그동안 있었던 일들을 살펴보니, 이 일의 원인은 최근에 코에 생긴 조그만 뾰루지를 치료하기 위하여 중국에서 상비약으로 사용하는 강력 백화유를 두 번 발랐는데, 이 백화유 냄새가 폐로 들어가 예전에 고혈압의 원인이 되었던, 은하우주선 피폭이 가슴 부위를 횡으로 관통하면서 생긴 폐세포 기능약화 부위를 다시 건드려서 생긴 것으로 밝혀졌다.

예전에 있었던 은하우주선 피폭후유증으로 생긴 장애를 힐링시키는 데는 이번에 새로 개발하는 얼끈노젓기가 제격이어서, 한동안은 고혈압약을 먹으면서 얼끈노젓기를 병행하기로 한다.

고혈압 모드 : ～ '예징' ～ 'on' ～ '힐링' ～ 'off'

백화유 냄새가 폐세포 기능약화를 유발하고, 이것이 왼쪽 가슴 주변을 은근히 아프게 하는 '예징'을 몇 번 거친 후에 고혈압 모드를 'on' 상태로 바꾸어 어지럼증과 고혈압 증상을 유발하였는데, '힐링'을 위해 백화유 냄새를 차단하고, 혈압약을 먹어도 모든 나쁜 증상이 바로 사라지지는 않는다.

그래서 고혈압 모드가 'on' 상태로 되었을 때 이것을 'off' 상태로 바꿀 수 있는 스위치를 찾아보았는데, 의외로 최근에 어골이 잡혀 괴로움을 주고 있는 왼쪽 검지 라인의 관절 바로 위에 스위치가 있었다.

즉, 위의 사진처럼 왼손 검지 관절 바로 위에 생긴 어골을 다른 손가락으로 집어 주고 얼끈노젓기를 하여 주자 온몸 여기저기 고혈압 유발과 관련된 부위에서 나쁜 기운이 조금씩 빠져 나가는 힐링효과가 서서히 나오기 시작한다.

즉, 'on' 상태의 고혈압 모드에서 작동시키는 스위치를 꺼도 바로 'off' 상태로 변하지 않고, 한동안 '힐링' 상태로 각종 반응이 나오다가 어느 순간 'off' 상태로 바뀐다.

앞에서 제시한 고혈압 모드 : ~ '예징' ~ 'on' ~ '힐링' ~ 'off'는 우리의 몸과 맘에 생기는 거의 모든 문제점에서도 같이 적용된다.

그리고 대부분 문제점에서 모드 제어 스위치는 우리의 손이라고 하는 아주 작은 콘트롤 박스 안에 들어있다.(인용 끝)

위에서 언급한 '얼사랑 뾰루지'는 '암방수 뾰루지'로 바뀌고, '예징~on~힐링~off' 모드는 3년이 지나면서 '아시상'과 '아시힐상', '아시장상' 그리고 '아시멸상'으로 진화하였다. 그리고 이를 제어하는 콘트롤 박스는 암방수코팅 수정해골로 진화를 하여 우리의 몸은 암방수 신체복원 또는 허물벗기를 할 수 있도록 진화하였다.

수십억 년 전에 이 지구상에 처음 나타난 원시 생명체들이 현재의 고등 생명체로 진화하는 과정에서 가장 위대한 진화는 어떤 원시 생명체가 다른 원시 생명체인 미토콘드리아를 잡아먹었다. 그런데 이 미토콘드리아가 그 안에서 소화가 되지 않고 살아서 번식하면서 두 생명체가 공생관계가 된 후에 이 생명체는 미토콘드리아에서 생명활동에 필요한 생체에너지인 ATP를 무한정 공급받아 마음 놓고 신체를 불리고 생식활동을 포함한 새로운 기능을 할 수 있도록 진화하여 오늘날의 우리가 된 것이다.

그런데 우리의 선조가 에덴동산에서 무화과를 따 먹고 뇌의 크기가 커져서 각종 지능이 발달하고 현대 문명을 일으키는 큰 업적을 이룩하였지만 안타깝게도 우리의 몸은 다시 에덴동산으로 돌아가 생명나무의 열매를 따 먹을 수가 없어서 오래도록 건강을 유지할 수가 없다.

그런데 만약 우리가 우리 몸안에 수경 개나 사는 미토콘드리아와의 공생관계를 조금 개선하여 우리가 나이 들면서 몸안 여기저기에 쌓여 있는 어기암상이나 어기더미를 미토콘드리아가 여가를 활용하여 조금씩 몸밖으로 배출시키는 일을 추가로 해 주면 우리는 손쉽게 암방수 신체복원 또는 허물벗기를 할 수 있도록 새롭게 진화하여 오래도록 건강을 유지할 수 있을 것이다.

이러한 진화는 유전자 가위를 사용하여 우리의 유전자를 조작하는 것이 아니고 우리의 몸안에 공생하고 있는 수경 개의 미토콘드리아들과 공생관계를 개선하는 훈련을 하는 것이어서 필자와 같이 고희를 훌쩍 넘긴 늙은 이도 경기도 남양주시 별내동에 있는 '암방수문화센터'를 찾아와 암방수를 몇 가지 수련하면 새롭게 진화된 노년 인생을 즐겁게 누릴 수 있을 것이다.

31 암방수의 파킨슨병 제4차 추적

'암방수의 파킨슨병 제4차 추적'도 SK의 잠실 오피스텔에서 있었다.

전날 많이 힘들었다는 SK의 말에 바로 간이침대에 눕게 하고 나의 왼손으로는 SK의 앞가슴에 중약지를 안으로 구부린 암방수족인으로, 오른손은 오른쪽 귀밑에 검중약지를 안으로 구부린 암방수족인으로 짚어주자 5분도 안 되어 손가락 등쪽으로 찌르르한 느낌이 오고 조금 후에 SK도 자기의 왼팔 쪽으로 찌르르한 전기가 흘러 내려간다고 한다.

이것은 SK의 몸안에 가득 찬 여분의 활성산소와 세포막 사이에 있는 수분이 빠져 나가면서 만들어 내는 신호인데 이것이 어제 SK를 힘들게 한 원흉들이다.

이 활성산소와 세포막 사이에 있는 수분은 아시멸상의 어기중 하나인데, 이것이 몸에서 빠져 나가며 SK의 얼굴과 발에서 붉은색의 상기와 살짝 부풀어 오른 부기가 서서히 빠져 나가자 SK는 눈을 감고 잠을 자면서 가쁜 숨을 30여 분간이나 연이어 몰아 내쉰다.

제4차 1단계는
약 40분가량으로
마치고 잠깐 쉬며
화장실에 다녀온
후에 허리가 아프
다는 SK에게 침대
에서 모로 눕게 하
고 SK의 허리와
꼬리뼈에 암방수
족인을 하면서 물
어보니 SK는 약 1

년 전에 허리뼈협착증 시술을 하여 뼈사이에 침착된 석회석을 긁어내고 2
~3번 사이에 나사 하나를 삽입하였다는데, 6개월쯤 지나서부터 다시 간
간이 통증이 재발하고 오른쪽 고관절도 아프다고 한다.

제4차 2단계는 약 30분간 하고 쉬면서 배달 도시락으로 점심을 먹은 후
에 제4차 3단계는 오른쪽 다리와 허벅지에 암방수족인 비우기안마를 하였
다. 20여 분이 지나며 나의 왼손으로는 SK의 발등 엄지 라인에서 잡히는
어골을 눌러주고 오른손으로는 가랑이와 허벅지 사이를 잡고 암방수족인
노젓기를 하는데, SK의 가랑이에서 반탄력이 나와 내 손을 계속 퉁겨낸다.
이 반탄력은 SK의 파킨슨병증을 유발하는 신경신호 때문에 나타나는 것이
어서 위의 사진처럼 지금 나의 왼손으로 암방수족인을 하는 SK의 오른발
발등 엄지 라인에 불룩하게 튀어나온 어골이 바로 SK의 파킨슨병을 힐링
하는 아시힐상의 어골로 판단이 되어 약 1시간에 걸쳐 일부를 소멸시키고
제4차 추적을 마무리하였다.

SK의 파킨슨병을 암방수로 추적하면서 첫날인 제1차 추적에서는 SK의
왼손 검지 라인에서 아시힐상의 어골이 발견되었고, 제4차 3단계 추적에

서는 오른발 엄지 라인에서 아시힐상의 어골이 발견되었는데, 이러한 어골이 모두 잡히면 SK의 파킨슨병증도 사라질 것이다.

 암방수의 어기10형과 아시5상

우리의 몸에 가장 큰 해를 끼치는 원흉중의 하나는 은하 우주방사선 피폭장애인데, 이것은 우리 몸안의 피폭궤적에 있는 원자들이 양전실이라는 여기 전자로 된 실에 꿰어져 원자사슬을 만든다. 여기 전자들이 양전실 안을 오가면서 양자파나 양자거품을 만들어 주변에 있는 세포로 보내면 그 세포가 활성화되어 그 안에 있는 미토콘드리아가 ATP를 만들고, 그것을 세포 내의 소세포들이 사용하여 단백질을 포함한 각종 물질을 만든다.

이것들 일부는 사용되지만 나머지는 당장 사용하여야 하는 필요물질이 아니어서 사용되지 못하고 세포 내의 어느 구석진 곳에 쌓아두게 되고, 이것이 시간이 지나면서 변질이 되고 어기암상이나 어기더미로 바뀌어 그 조직에 나쁜 영향을 미치는 어기10형, 즉, 어골, 어수, 어근, 어육, 어경, 어장, 어모, 어피, 어혈, 어취가 된다. 이것이 그 조직에 각종 병증을 일으키게 되면 우리는 그것을 어기10형 또는 줄여서 어기라고 부른다.

환우의 몸에 생긴 어기10형을 암방수힐러가 힐링을 하면, 이들 어기10형은 몇 가지의 과정을 거쳐 힐링이 된다. 이 힐링 과정을 크게 나누면 '아시힐상, 아시장상, 아시풍상, 아시탈상, 아시멸상'의 5가지 아시상, 즉 아시5상으로 나눌 수 있다.

이 어기10형과 아시5상은 환우가 겪는 병증에 따라 모두 다르고, 병증의 종류도 매우 많아 경험이 많은 힐러도 어떤 병증에는 어떤 어기10형이 어

디에 생기고 어떤 과
정을 거처 어떤 아시5
상이 만들어져서 그것
에 어떻게 암방수족인
을 하면 어떤 과정을
거처 힐링되는지 미리
알 수가 없다. 그래서
힐러가 직접 힐링을
하면서 환우의 현재
상황에 가장 효과적인

암방수를 찾아 추적해야 하며, 이러한 경험을 기록한 것을 바로 '암방수의
추적' 이라고 부르고, 새로 암방수를 배우고자 하는 수련생들의 필독 지침
서가 된다.

　필자가 남양주시 별내동 '암방수문화센터' 와 이동이 불편한 환우의 집
에 찾아가서 환우들에게 암방수힐링을 하면서 경험하는 것을 '암방수의
추적' 이라는 제목으로 기록하여 이것과 연관된 모든 글을 수시로 소개하
는 다음 카페, 네이버 블로그나 네이버 카페에 올릴 예정이니 참조하기 바
란다.

13　암방수의 파킨슨병 제5차 추적

　'암방수의 파킨슨병 제5차 추적' 도 SK의 잠실 오피스텔에서 있었다.
　제5차는 본래 SK가 태국 파타야로 여행을 다녀온 이후에 하기로 하였는
데, 지난 제4차 추적 이후로 온몸이 아주 힘들어 4일이 지나도록 운신을 제

암방수의 추적 ~파킨슨병제5차

대로 못한다는 전화를 받고 어제 아침에 기차를 타고 서울로 갔다. 겨우 점심시간에 SK의 잠실 오피스텔에 도착하여 일단 불고기 도시락으로 점심을 먹고 SK가 운신을 제대로 못하는 원인을 추적하였다.

예전 사람들이 누구에게 기치료를 해 주면 기몸살을 앓고 고생하는 환우가 가끔 생긴다고 하였는데, 어쩌면 SK가 지금 며칠이 지나도록 운신을 제대로 못하는 것도 그러한 기몸살의 일종인 듯하다.

SK의 말로는 별내 '암방수문화센터'에서 받은 제1차와 2차 때에는 하고 나서 온몸이 가벼웠는데, 잠실에서 받은 제3차와 4차 때에는 받고 나서 온몸이 너무 힘들었다고 한다. 뭔가 원인이 있을 것이지만 지금은 전혀 알 수가 없다.

제5차 1단계는 방금 앉아 식사한 테이블에 그대로 앉은 자세로 먼저 암방수족인장서힐링을 하였으며, 이것은 암방수의 기본 힐링법의 하나로 환우의 몸상태를 진단하는 촉진법이다. 예전 향토명의 중에 한 분이신 고 장병두 명의의 수진법을 응용한 것으로 환우의 어깨, 앞가슴, 등, 목을 더듬어 거기에서 나오는 나쁜 기운인 어기를 모두 소멸시키는 것이다.

조금 부연 설명을 하면, 고 장병두 명의는 어떤 환우가 오든 일절 문진을 하지 않고 오로지 자기만 하는 독특한 촉진법, 즉 수진으로 등을 만지고 거기서 나오는 냄새로 진단하고 거기에 맞추어 자기만의 처방으로 약을 지어 주어 각종 난치병이나 불치병으로 고생하는 환우들을 수천 명이나 낫게 하였다는데, 안타깝게도 제대로 인정을 받지 못하고 2012년 7월 의료법 위반 사건이 대법원에서 유죄로 확정되어 그 후 환자를 받지 못하고 집에만 있다가 2019년 8월 15일에 향년 104세로 서거하셨다.

고 장병두 명의처럼 환우의 등을 수진하고 거기서 나오는 냄새로 병을 진단하고 처방하는 치료법은 필자의 사견이지만 같은 방법을 따라 할 수 있는 누군가가 나오기 어려울 것으로 판단되어, 필자는 그분의 수진법만을 확대 계승한 장서힐링을 수년 전에 개발하여 사용중이다. 이번에 새로 개발한 암방수에서도 '암방수족인장서힐링' 이라는 이름으로 암방수 기본 힐링법의 하나로 사용중이다.

어쨌든 이렇게 유명한 '암방수족인장서힐링' 으로 SK의 기몸살의 원인을 추적하는 데 시작한 지 5분도 안 되어 SK가 머리가 아프다고 하여 급히 그 부위를 더듬어 보니 두개골 오른쪽 상단부에서 뜨거운 열기가 치솟아서 양손 암방수족인장뜸으로 열기를 잡고 침대로 자리를 옮겨 제5차 2단계 추적으로 들어갔다.

제2단계에서는 SK 몸속의 잔여 열기를 식히기 위하여 사진처럼 SK의 양쪽 발가락을 엄지에서 소지까지 차례로 암방수족인찝기를 30분가량 해 주자 온몸의 열기가 사라진다.

잠시 쉰 후에 제3단계는 SK가 아프다고 하는 허리와 답답하다고 하는 앞가슴에 암방수족인 비우기를 30분가량 해 주고, 이어서 제4단계로 SK를 침대에 모로 눕게 하고 허리, 어깨, 엉덩이, 허벅지, 다리에 암방수족인 비우기안마를 돌아가면서 해 주는데, 첨부사진의 가운데 사진처럼 엉덩이의 꼬리뼈 부근에 이르자 아주 지독한 독기가 몇 분간 쏟아져 나오고 SK의 온몸 여기저기에 경직된 부분이 풀어지며 정상으로 회복이 된다.

아마도 SK의 꼬리뼈와 엉덩이 주변에 몰려있던 독기가 SK가 그동안 며칠 기몸살을 하면서 온몸을 힘들게 했던 주범이었을 것으로 판단이 되고, 어쩌면 이 독기를 암멸시킨 것으로 SK의 기몸살도 종료되어 이번 설연휴 기간에 태국 파타야로 가는 여행을 잘 다녀올 수 있을 것으로 기대한다.

P.S.

1- 이 글을 쓰면서 고 장병두 명의에 관해 인터넷 검색을 하면서 새로운 것을 깨달았는데, 그분이 환우의 등을 수진하고 거기서 나오는 냄새로 진단을 한 이유가 우리 몸으로 오가는 모든 신경다발이 등뼈 속에 있어서 등에 손을 대고 수진을 하면 이 신경다발을 지나는 신경신호에 환우의 현재 상태를 나타내는 실시간 정보가 들어있고, 이것을 장병두 옹이 수진으로 해킹을 해서 환우의 상태를 정확하게 알 수 있었다는 것이다.

2- 필자는 환우의 각종 아시상을 일일이 찾아다니며 암방수족인을 하여 환우의 각종 아시상에서 나오는 신호를 해킹하고 주변 미토콘드리아에 적절한 신호를 보내 환우의 현상태를 호전시키는 힐링을 하게 함으로써, 장 옹처럼 특별한 한약 처방을 하지 않아도 된다.

 35 암방수족인암영 그리기

암방수족인암영 그리기는 우리의 몸안에 암방수족인을 하면서 마음 가는 대로 떠오르는 암영을 이리저리 그리는 것인데, 이 암영을 따라 몸안의 미토콘드리아로부터 양자파나 양자거품이 퍼져 나와 몸안의 어기암상이나 어기더미를 조금씩 암멸하고 나아가 신체복원 또는 허물벗기를 한다.

이 암방수족인암영 그리기는 암방수에서 하는 명상의 일종이어서 암방수족인과 명상을 모두 수련한 분은 누구나 아주 쉽게 암방수족인암영 그리기를 할 수가 있을 것이다.

그래서 신체복원 또는 허물벗기를 하는 방법이 전에 소개한 암방수코팅 수정해골을 만드는 방법과 이번에 새로 개발하는 암방수족인암영 그리기로 두 가지가 되는데, 암방수를 수련하는 분의 취향에 따라 편리한 것을 선택하여 수련하면 된다.

필자가 오늘 새벽에 일어나 암방수족인암영 그리기를 하는데, 몇 분에 한 번씩 온몸 여기저기에서 산발적으로 비교적 부드럽고 약한 번개가 친다.

이것은 필자가 예전에 힐링거품웰빙 맞춤샤워를 하여 완전히 소멸시켰다고 믿고 있던 원자사슬들이 아직도 작은 토막으로 되어 온몸 여기저기에 산재해 있다가 이번에 암방수족인암영 그리기를 하는 도중에 다시 더 작은 토막으로 끊어지며 나타나는 작은 번개들인 것으로 판단되고, 이것이 필자의 건강에 좀 더 좋은 힐링효과가 되어 나타나기를 기대해 본다.

필자가 요즈음 올리는 글에 삽입하는 사진 그림은 '콜라주 메이커' 와

'갤러리' 라는 앱의 편집기능을 사용하여 만드는데, 어떤 사진이든 이 편집작업을 수차례 반복하면 그 사진이 현재의 차원에서 좀 더 고차원의 세계로 들어간 것 같은 느낌이 나는 사진으로 바뀌어서 마치 우리의 몸안에 암방수족인암영 그리기를 하여 신체복원 또는 허물벗기를 한 번 한 것 같은 힐링효과가 나타나는 것을 상징하는 듯한 멋진 사진이 된다.

현실세계에 사는 우리는 여러 가지 원인으로 힘들고 괴로울 수 있는데, 그래도 시간을 내어 암방수족인암영 그리기를 하다 보면, 각종 암영이 우리 안에 있는 힘들고 괴로운 상황을 살짝 가리고 덮어서 부드러운 꿈의 세계로 이끌어 간다.

그러다 보면 우리와 함께 힘들어하던 미토콘드리아들도 지치고 힘든 상황에서 벗어나 다시 힘을 내어 일하고 ATP를 많이 만들어 소세포와 세포들이 다시 원상으로 복구되어 마치 우리 몸의 세포에 '야마나카 전사인자' 칵테일을 투여하고 항생제로 인자를 작동시키는 방식으로 회춘스위치를 작동시킨 것과 유사한 힐링효과가 나타난다.

이것이 반복되면 우리의 몸은 서서히 신체복원 또는 허물벗기라는 것을 하게 된다.

 암방수의 특이중풍 추적

암방수의 특이중풍 추적은 거의 같은 시기에 두 번의 은하 우주방사선이 머리 부위에 피폭되어 생긴 중풍이며, 일반중풍 증상과 조금 다른 증상이 나타나 특이중풍이라고 부른다.

오늘은 대전지역에 사는 고등학교 동창들이 연구단지 모식당에서 만나는 날이다.

나와 JC(남, 73세)가 먼저와 다른 친구가 오기를 기다리며 막간을 이용하여 JC의 오른손 손목의 고골, 저골, 콩알골을 나의 왼손으로 감싸쥐고 20여 분간 골수교환을 해 주며 나의 오른손으로는 JC의 목 아래 가슴 부위에서 시작하여 머리 주변까지 원격으로 암방수족인 비우기를 해 주었다.

그런데 최근에 자기의 누나가 코로나19로 속절없이 돌아가신 이야기를 하며 감정이 격앙되어서인지 힐링효과가 별로 나오지를 않아서 중단하고 모임이 끝난 후에 우리 집으로 가서 다시 하기로 했다.

모임이 끝난 후에 우리 집으로 와서 안방 침대에 JC의 머리를 내 무릎 위에 눕히고 나의 양손으로 JC의 양쪽 귀밑을 살펴보니 양쪽이 모두 볼록하게 솟아 그곳에 호르몬이 단단하게 뭉쳐 있는데, 암방수족인장뜸을 해 주자 5분이 지나면서 조금씩 풀어지더니 특이하게도 열기가 나온다.

그리고 10여 분이 지나며 양쪽 귀밑에서 간간이 약한 번개가 치고 통기도 나오고, 특히 오른쪽 귀밑에서는 매운내가 나오는 것이 JC의 왼쪽 다리가 특이한 중풍 후유장애로 약하게 마비증상이 생겨 행동이 거북한 것과 연관이 있는 것 같다.

20분이 지나며 한 손은 목덜미에 다른 손은 등, 앞가슴과 어깨에 번갈아 가며 암방수족인을 10여 분간 해 주고, 이어서 양손으로 얼굴을 전체적으로 돌아가며 암방수족인코팅 수정해골을 해서 JC의 면역력을 높이고 혈액순환을 좋게 하는 암방수족인 힐링을 해 주고 제1차 추적을 마무리하였다.

이때에도 오른쪽 얼굴을 할 때 약한 번개가 몇 번 치고 매운내가 잠시 진동한다.

JC는 약 10년 전에 특이중풍이 생겨 왼쪽 거동이 약간 불편하고 혈액순환이 잘 안 되며, 특히 발이 시려 양말을 늘 신고 있어서 발톱무좀이 심하다.

둘째 날에는 같이 우리 집 근처의 식당에서 점심을 먹고 집에 와서 거실에 매트리스를 깔고 그 위에 눕게 하고 전날과 비슷한 방법으로 하였다. 나의 왼손은 JC의 목에 대고 오른손으로 JC의 앞가슴, 어깨, 등 부위를 살펴보니 만져지는 뼛속에서 은근하게 독기가 감지되어 나의 손가락을 안으로 구부려 손가락 등으로 오른쪽 귀밑에 암방수족인 비우기를 해 주자 아직도 제법 볼록하게 뭉쳐 있던 호르몬이 아주 서서히 풀어지며 JC가 드르릉하고 코를 골면서 잠을 잔다.

오늘은 오른쪽 귀밑에서 미약한 번개가 두어 번 치고 어제보다는 약하고 부드럽지만 냉기, 독기, 통기, 매운내가 섞여서 20여 분간 나오고 오른쪽 귀밑의 볼록한 것은 거의 풀어진다.

이어서 얼굴을 돌아가며 암방수족인 비우기를 해 주고 손의 자세를 바꾸어 왼쪽 귀밑에 볼록하게 솟아있는 호르몬 뭉친 것을 풀어주고 얼굴에 암방수족인코팅 수정해골을 20여 분간 해 주고 제2차 추적을 마무리하였다.

JC의 특이중풍을 추적한 결과를 종합해 보면 JC는 약 10년 전에 양쪽 귀 부근을 횡으로 관통하는 은하 우주방사선에 피폭되어 생긴 원자사슬에서 나오는 양자파와 양자거품이 주변세포를 활성화하여 잉여단백질이 만들어지고 이것이 병증을 유발하는 발병 단백질로 변질이 되어 귀밑으로 흐르는 호르몬 통로를 막아서 호르몬이 온몸으로 제대로 분배되지 못하면서 온몸의 신진대사가 나빠졌다.

그 후로 한 달쯤 지나 출장을 다녀오는 중에 휴게소에서 화장실에 가는데, 갑자기 걷지를 못해 그 자리에서 5분여를 서 있다가 겨우 움직였다고 한다.

이때에도 오른쪽 뒤통수를 관통하는 은하 우주방사선에 피폭되어 뇌혈관 막힘이 일어나 그 후로 왼쪽 다리에 거동이 불편한 중풍 증상이 나타나고 양쪽 발에도 피가 잘 돌지 않아 발가락이 시린 증상이 생겼다.

그래서 늘 옷을 두껍게 입고 양말을 늘 신다 보니 발가락에 심한 무좀이 생기는 등 다른 중풍 환우와는 병증이 좀 다른 듯하여 특이중풍이라고 부른다.

3번째 추적도 전반전은 2번째 추적과 비슷하다. JC가 말하는 병력을 참조하여 먼저 MRI검사 결과 손상이 확인된 오른쪽 뒤통수 부위를 양손으로 감싸고 정밀 탐색을 하는데, 15분이 지나며 겨우 미미한 어기와 독기가 감지된다.

번개는 첫 번째와 두 번째 추적에서 나온 것을 끝으로 더 이상 나오지 않는 것이 아마도 뒤통수에서 얼굴로 관통이 되어 중풍을 일으키는 원인이 되는 은하 우주방사선 피폭이 공교롭게도 한 달 전에 피폭되어 양쪽 귀를 이어주는 궤적에 생긴 원자사슬을 십자방향으로 스치고 지나가면서 이 순간에 생긴 여기전자들이 상당부분 이전에 생긴 원자사슬을 따라 양쪽 귀로 빠져 나가서 새로운 관통궤적에 생긴 새로운 원자사슬에는 비교적 적은 양의 여기전자만 남게 되고, 이로 인한 중풍증상도 운이 좋게도 비교적 경증으로 나오는 아주 특이한 중풍이 된 것 같다.

이러한 행운은 JC가 휴게소에서 두 번째 은하 우주방사선에 피폭되는 순간 이것이 중풍을 일으키는 뇌신경을 건드려 순간적으로 걷지를 못하게 되었으나 이 과정에서 생긴 여기전자가 한 달 전 피폭으로 생긴 원자사슬을 따라 몇 분만에 양쪽 귀로 빠져 나가는 바람에 다시 걸음을 걸을 수 있었다.

그 후에 생긴 중풍도 비교적 경증으로 나타나 한의원에서 일 년정도 침을 맞고 그 후에 병원에 가서 검사를 받았지만 특별한 치료를 받지는 않고 처방해 주는 약만 먹고 있으며, 조금 불편하지만 지금까지 그러저럭 잘 지내는 특이한 케이스의 중풍 환우가 된 것이다.

다만 양쪽 귀부위를 관통한 첫 번째 은하 우주방사선 궤적에 생긴 원자사슬이 호르몬이 내려오는 통로를 막아 신진대사와 혈액순환에 장애를 일으켜서 특이중풍의 특이한 증상을 보이는 것으로 판단된다.

3번째 추적 후반부는 가볍지만 중풍기가 있는 좌반신에서 중풍증상을 유발하는 어골, 어경, 어취 등을 소멸하는 암방수족인 비우기를 해 주었다. 사진에서처럼 주로 왼쪽 손목과 발목에서 잡히는 비교적 약하고 부드러운 중풍증상을 30분가량 소멸하여 주었으며, 이 정도로도 JC의 건강에 어느 정도는 도움이 되었을 것으로 짐작이 된다.

암방수의 해 계묘년 설을 맞이하여 JC를 포함한 특이중풍으로 고생하는 모든 분들이 건강한 몸으로 새해를 맞이하기를 기원한다.

29 암방수족인 암흑허공

암방수족인 암흑허공은 암방수족인과 암흑물질이나 암흑에너지를 이용하여 텅 빈 기공인 허공으로 환우를 힐링하는 새로운 개념의 건강기공법이다.

사진은 중국 무협드라마 '천룡팔부'에서 정춘추의 독공에 중독된 무림인들을 해독하기 위하여 허죽이 대사형인 소성하로부터 피에서 독을 뽑아 내는 방법을 배우고 무림인들의 등에서 독을 빼내는 장면이다.

여기에서 허죽은 소요파 장문 무애자로부터 물려받은 무애자의 70년 내공을 사용하여 등을 한 번 내려치는 것으로 핏속의 독을 해독한다.

하지만 그런 내공이 없는 필자는 최근에 개발하여 수련중인 암방수족인 암흑허공이라는 텅빈 내공을 사용하는 힐링법을 개발할 예정이다.

천룡팔부는 김용의 수많은 작품 중에서 필자가 가장 좋아하는 것이다. 여기에는 교봉, 단예, 허죽, 왕어언, 목완청, 아주, 아자 등 수많은 인물이 등장하여 흥미진진한 이야기를 이끌어 가는데, 필자는 그중에서 허죽의 이야기를 이용하여 각종 힐링법을 개발한다.

허죽은 소림사의 제자이지만 그저 평범하여 특출난 면은 없지만 성정이 바르고 의지가 굳건하고 순박하여 큰스님이 될 재목인데, 소요파의 큰 제자 소성하가 주최하는 바둑대회에 소림사의 다른 스님들과 함께 참여한다.

이 바둑대회는 무애자가 30년 전에 만든 진롱기국을 푸는 것으로 참가한 다른 사람들이 못 풀고, 그것을 풀려는 사람은 그 진롱 안에 설치된 기진의 영향을 받아 미쳐가는 것을 보고 있던 허죽이 자기가 아무렇게 한 수를 두어 진세를 엉망진창으로 만들면 미쳐가는 사람들이 그 진세에서 벗어날지도 모른다는 생각으로 한 수를 둔다.

그것은 살아 있는 자기 돌에 자충수를 두어 스스로 죽게 하는 것이어서 바둑의 초보자라도 절대 두지 않는 수인데, 의외로 그것은 먼저 자기를 죽여서 적을 공격하는 괴상한 방법으로 그 진롱기국을 푸는 열쇠가 되어 마침 그 바둑을 풀면서 미치기 일보 직전에 있던 사대 악인의 수장인 단연경을 구해 준다.

위기에서 겨우 벗어난 바둑의 고수인 단연경이 전음입밀의 수법으로 알려주는 훈수를 따라 나머지 수순을 거쳐 그 진롱기국을 무애자가 만든 지

암방수족인 암흑허공

피에서 독을 뽑아내는 방법
당장 가르쳐주겠소

30년 만에 드디어 풀게 되며, 그 상으로 무애자를 만나 그의 70년 내공을 물려받고 소요파의 다음 장문이 된다.

누군가에게 암방수족인을 해 주다 보면 환우의 병증에 따라 서로 다른 어기10형과 아시5상이 나타나고 이것들을 우리의 몸속에 펼쳐진 진룡기국을 풀듯이 하나하나 풀어주다 보면 필연적으로 환우의 몸과 핏속에 미처 소멸하지 못한 독기가 쌓여 잘못하면 환우가 기몸살을 하여 생고생을 하는 원인이 된다. 이것을 제대로 풀어주기 위해서는 암방수족인 암흑허공을 해 주면 비교적 수월하게 해결이 된다.

이 암방수족인 암흑허공도 허죽이 진룡기국을 푼 그것처럼 환우를 돕겠다는 '허죽 같은 마음' 이 먼저 우러나야 풀어나가는 길을 찾을 수 있다. 그런 '허죽 같은 마음' 으로 과감하게 첫수를 두고 그 다음부터는 어딘가에서 들려오는 전음입밀을 차분히 따라가기만 하면 모두 해결이 된다.

암방수족인 암흑허공을 배우려고 하는 사람도 전반부인 암방수족인은 한 번 보면 누구나 비슷하게 따라 할 수 있다.

그 다음에 나오는 암흑허공은 '허죽 같은 마음' 이 우러나야 터득할 수 있다.

1 암방수영 또는 암방수

우리의 몸에는 여러 개의 강이 흐르고 있다. 현재 주류를 이루고 있는 양대 강은 명방계열의 한방수의 강과 양방수의 강이다.

한방수의 강은 동양에서 생겨난 각종 한방치료를 이어온 주류이고, 양방수의 강은 서양에서 수백 년 전에 유래한 치료법인데, 현대적인 모든 기술이 망라되어 어쩌면 가까운 미래에 유일한 주류로 자리 잡을 것이다.

이러한 양대 강물의 흐름을 자세히 들여다보면, 도도히 흐르는 강물 표면 아래에 언뜻언뜻 드러나는 물그림자가 보이는데, 이것이 암방수영이라는 것으로 한방수의 강과 양방수의 강 이면에 숨어서 흐르는 암방수의 강에서 나오는 물그림자, 즉 '암방수영' 또는 줄여서 '암방수' 이다.

한방과 양방이 아무리 발전해도 그 이면에 숨어 있는 문제를 전부 해결할 수가 없는데, 그런 이면에 숨겨진 문제를 탐색하여 힐링하는 기술이 바로 암방이다.

이러한 암방에서 가장 중요한 기술은 바로 한방과 양방의 이면에 숨어서 각종 문제를 일으키는 근본원인의 정체를 탐색하는 것이다.

한방과 양방의 이면에 숨어 있는 문제중에서 가장 큰 것은 현재 각종 난치병이나 불치병의 주요 원인이 되는 은하 우주방사선 피폭장애로 한방이나 양방에서는 병의 원인으로 간주하지 않아 거의 검진이나 치료법이 개발되지 못하고 있는 현실이다.

하지만 암방에서는 은하 우주방사선이 피폭된 궤적에 생기는 원자사슬을 탐색하고 소멸시키는 기술과 그 후유증으로 생기는 각종 어기더미나 어기암상을 찾아내어 암합이나 암장을 하고, 마지막으로 암멸하는 힐링기술을 개발하여 사용중이다.

다만 이러한 암방수영 또는 암방수는 개발 초기단계이고, 현재 극소수만

이 힐링기술을 알고 있어서 앞으로 이것을 널리 보급하기 위하여 '암방수' 라는 이름으로 서울 인근지역인 경기도 남양주시 별내동을 거점으로 '암방힐링수련원'을 오픈할 예정이니 뜻 있는 분의 많은 응원과 참여를 부탁드린다.

21 암방수의 강은 어디로…?

우리 몸의 표면으로는 명방계열의 한방수의 강과 양방수의 강이 도도히 흐르고, 그 이면 깊숙한 곳으로는 암방계열의 암방수의 강이 은밀하게 흐르고 있다.

그래서 한방과 양방의 양대 강에서는 주로 외부로 드러나는 병중에 대하여 외부로 드러나는 방법으로 치료를 한다. 그런데 암방에서는 외부로는 작은 손놀림만 가끔 보이고 실제로는 그 손을 통하여 전달되는 암흑물질이나 암흑에너지 같은 보이지 않는 힘, 즉 암흑무기로 병중의 이면에 숨은 원인을 찾아 힐링한다.

예를 들면, 우리 주변에서 난치병이나 불치병으로 고생하는 환우들을 많이 보는데, 이분들의 병중의 근본원인 중에서 상당부분은 은하 우주방사선이 피폭되고 그 피폭궤적에 원자사슬이 생기면 거기에서 나오는 양자거품이 주변의 세포 안에 있는 미토콘드리아를 활성화하여 새로운 생체에너지인 ATP를 만들고 세포 안에 있는 각종 소세포에 ATP가 공급되면 그 세포가 평소에 만들던 각종 단백질을 추가로 더 많이 만든다.

이것들이 잉여단백질이 되어 바로 사용되지 못하고 세포 안이나 주변에 쌓이고 쌓여 결국에는 각종 어기더미나 어기암상으로 변하고, 이것이 그 신체 부위의 본연 기능을 저하하고 병중을 유발하는 원인인 아시상이 되며, 나아가서는 각종 난치병이나 불치병의 근본원인이 된다.

이러한 병증을 치료하려면 한방이나 양방에서 하는 대증치료만으로는 부족하여 잘못 치료하는 경우가 흔히 있으며, 그런 와중에 또 다른 후유증을 유발하고 병증이 이리저리 꼬여서 결국에는 난치병이나 불치병으로 전락한다.

이럴 때 암흑나라 비장의 무기인 암방수를

받아 보면 그 병증을 일으키는 근본원인이 되는 은하 우주방사선 피폭장애후유증을 모두 힐링할 수가 있어서 병증의 고통에서 비교적 쉽게 벗어날 수 있다.

은하 우주방사선은 수십억 광년 떨어진 먼 은하에서 별들이 죽으면서 만들어지는 초신성 폭발 과정에서 온 우주로 날아가는 고에너지 방사선이 지구에 도착하여 평균 약 3년에 한 번꼴로 우리의 몸을 관통한다.

그런데 이것은 주로 양성자를 포함한 아주 가벼운 원자의 핵으로 되어 있어서 공기중에서는 거품상자, 안개상자 또는 신티레이션 계측기를 사용하면 검출할 수 있는 물질이지만 우리 몸안에 피폭이 되어 그 궤적에 만들어지는 원자사슬은 아직 검출할 수 있는 장비가 개발되지 않아서 병원에서 의사들이 사용할 수가 없다. 그래서 은하 우주방사선 피폭을 어떤 병의 원인으로 지목하지 못하고 병원에서는 그냥 원인불명으로 처리한다.

즉, 은하 우주방사선 피폭장애는 어떤 유령이 못된 장난을 친 것으로 인식이 된다. 아이러니하게도 각종 민간요법을 미신으로 취급하고 무시하는 의사들이 비록 아주 작기는 하지만 우리의 몸을 구성하는 원자와 같은 성분의 원자핵이 멀고 먼 우주 어딘가에서 몰래(?) 왔다는 이유로 그냥 유령으로 취급하는 역미신의 잘못을 저지르고도 전혀 그런 사실을 모른다.

필자의 경험으로는 어떤 난치병이나 불치병으로 고생하는 환우에게 암방수를 해 주다 보면 대부분은 그 환우의 몸 어딘가에서 은하 우주방사선 피폭궤적에 생긴 원자사슬을 찾을 수 있다.

이때 이것을 탐색하고 소멸시키는 아시힐상만 해 주어도 환우의 상태가 쉽게 호전되고, 병증이 오래된 환우의 경우에는 추가로 원자사슬 주변에 생긴 어기더미나 어기암상을 처리하는 아시장상이나 아시멸상을 한동안 해 주면 상태가 매우 좋아진다.

특이한 경우이지만 암방수를 열심히 해 주어도 그 효과가 바로 나타나지 않는 상자가 있다. 최근에 발달장애가 있는 어린 환우 HJ군(남, 5세)을 힐링하면서 그 아이의 머리에 생긴 원자사슬을 소멸시키고 그 주변에 생긴 어기더미나 어기암상을 약 8개월에 걸쳐 거의 다 처리하였는데, 전문병원에서는 아직도 발달장애가 있다는 진단결과가 나온다.

이것은 비록 발달장애를 유발한 근본원인을 암방수로 해결해도 그 아이가 지난 수년간 제대로 발달하지 못한 과거의 이력까지 모두 돌려놓지 못하므로 애석하게도 그 아이는 한동안은 발달장애아의 굴레를 벗어나지 못할 것 같다.

그래도 필자가 앞으로도 한동안은 그 아이를 암방수로 보살펴 줄 예정이므로 오히려 전화위복의 기적이 나타나기를 은근히 기대해 보며 그 아이의 암방수힐링 경과를 수시로 암방수 뉴스룸에 소개할 예정이다.

8 암방수의 생사부와 은하 우주방사선 추적

　김용의 무협소설 '천룡팔부'에서 가장 특이한 이야기 중의 하나는 생사 부라는 특이한 암기에 관한 것인데, 이것은 우리의 생사에 지대한 영향을 미치는 은하 우주방사선 피폭과 매우 유사하여 필자는 생사부 이야기에 특별히 큰 관심을 기울이며 '천룡팔부 2021'이라는 중국 드라마를 본다.

　생사부는 천산동모가 36동 72도의 우두머리들을 노예처럼 부리기 위해 생사부라는 암기를 몸에 박아 거기에서 나오는 독기로 온몸에 가려움증이 나타나게 하는데, 이것이 한 번 발작을 하면 죽음보다도 더 고통스러워 생 사부라는 이름으로 불린다. 이때 천산동모가 주는 해약을 먹으면 바로 고통이 사라지고 일 년이 지나야 다시 발작한다.

　그래서 이들 36동 72도의 우두머리들은 천산동모가 시키는 일을 수족처럼 하고 그 상으로 일 년에 한 번 천산동모의 시녀들이 주는 해약을 받아먹고 시키는 일을 기꺼이 수행한다.

　천산동모는 무애자보다 먼저 소요파의 제자가 되어 5살 때부터 팔황육합 유아독존공이라는 무공을 수련하는 중에 사매이자 연적인 이추수의 계략으로 주화입마가 되어 더 자라지 않는 어린아이의 몸으로 살아가서 동모라는 이름으로 불린다.

　그리고 팔황육합 유아독존공을 수련하면서 30년에 한 번씩 반노환동을 하는데, 마침 천산동모가 95세가 되어 세 번째 반노환동을 하는 시기에 맞추어 이추수가 쳐들어와 천산동모를 죽이려고 하자 허죽의 도움을 받아 서하국의 빙고로 피신을 한다. 거기에서 천산동모가 허죽에게 천산육양장을 배워서 자기가 이추수와 싸울 때 자기를 도와 이추수를 죽이라고 하자 허죽은 자기는 불가의 제자여서 살생을 할 수 없다고 완강하게 거부한다.

　그런 허죽의 몸에 9개의 생사부를 심어 사진처럼 고통으로 생사의 순간

을 겪게 하고 그것을 해소하는 방법을 가르쳐 주면서 자연스럽게 천산육양장을 배우게 한다.

천산동모의 비밀 암기인 생사부는 얇고 둥근 얼음조각이다.

이 생사부를 없애려면 어떻게 쓰는지부터 알아야 한다. 어떻게 쓰는지를 알려면 먼저 어떻게 만드는지를 알아야 한다.

먼저 손바닥에 물을 올려서 손바닥의 내공을 거꾸로 돌려 음의 기운으로 손바닥의 진기를 차갑게 하면 물은 얼음이 된다. 이 과정에서 손바닥의 내공을 올바로 돌리며 나오는 양에 기운을 적절히 가미하면 그 얼음에 가려움증을 유발하는 독기가 쌓이는 비밀암기인 생사부가 된다.

이것을 만들어 내공으로 쏘아서 적의 몸 어떤 곳에 심으면 겉으로는 아무런 흔적도 발견할 수 없다. 몸에 들어간 생사부라는 얼음조각이 어느 순간 발작하여 음의 기운과 양의 기운을 받으면서 한독과 열독을 내뿜으면 그 사람은 온몸이 가렵고 살이 뒤집히는 생의 순간과 사의 순간을 오가게 되는데, 오직 천산동모가 주는 해약을 먹어야 그 고통이 사라지고 일 년이 지나면 다시 발작한다.

이러한 고통을 주는 생사부를 빼내려면 먼저 천산육양장을 수련하여 환우의 몸속에 숨겨진 생사부의 얼음조각이 녹아서 물로 변한 것에 다시 만들 때와 같은 방법으로 음과 양의 기운을 내공에 실어보내서 원래의 생사부로 만들고 만들어지는 그 얼음조각을 빼내면 생사부의 열독과 한독이 한꺼번에 뽑힌다.

생사부는 종류와 심는 방법이 사람마다 다르고 생사부마다 음양의 기운이 다르며, 양의 기운으로 생사부 한 장을 없애면 음의 기운으로 심은 생사부가 곧 날뛰기 시작한다. 그러한 것들을 하나하나 차례로 찾아 없애야 하는데, 허죽의 경우에는 자기 몸에 박힌 9개의 생사부를 천산동모의 도움을 받아 하나하나 찾아 없애면서 무애자가 전수해 준 70년 내공을 적절하게 운용하는 방법을 수련하게 되어 저절로 쉽게 천산육양장을 익힐 수 있게 된다.

천산동모의 생사부라는 암기는 아주 완벽히 신기하고 무시무시한 위력을 가지고 있는데, 다행스럽게도 그러한 생사부가 어쩌면 절전되어 지금 세상에서는 그러한 암기를 사용하는 사람이 없는 것 같다.

그런데 세상일은 묘해서 이 세상에 사는 우리는 생사부모가 더 기이하고 묘한 위력을 가진 암기인 은하 우주방사선에 누구나 평균 3년에 한 번꼴로 피폭을 받고 그 후유증으로 생과 사의 갈림길을 넘나든다. 그런데 그러한 사실을 아는 사람이 거의 없고 누가 어디가 어떻게 아픈 것은 그냥 그 사람의 운명이라고 여기면서 하루하루를 살아가고 있다.

은하 우주방사선은 수십억 광년 떨어진 먼 우주에 있는 어떤 은하에서 어떤 별이 죽으면서 초신성 폭발을 하고 그때 온 우주로 방출되는 아주 작은 원자의 핵이 온 우주를 가로질러 수십억 년 후에 우리의 지구에 도달하고 그중 어떤 것이 평균 3년에 한 번꼴로 우리 몸을 관통한다. 그리고 이것은 현재 지구상에 사는 70억 명 모두를 다른 방법으로 피폭을 하고 서로 다른 경로를 거쳐 그 사람의 생사를 좌지우지한다.

따라서 천산동모의 생사부는 몇몇 사람의 생사를 좌우하지만 천산육양장을 배우게 되면 해결할 수 있다. 그러나 그냥 우주에서 날아오는 은하 우주방사선은 지구상에 사는 70억 명이 모두 고르게 3년에 한 번꼴로 피폭이 된다. 그리고 그로 인해 큰 고통을 받는 운 나쁜 사람도 많이 있는데, 그것을 해결하는 '천~ 만~ 억~ 조~ 경~ 산' 육양장을 이 세상 누군가는 알고 있을지도 모른다.

필자는 지난 20여 년간 새로운 힐링법을 개발하면서 수년 전부터 은하 우주방사선 피폭후유증에 효과가 있는 힐링법을 몇 개 만들고, 최근에는 남양주시 별내동에서 '암방수문화센터'를 열고 찾아오는 은하 우주방사선 피폭후유증 장애로 고생하는 환우에게 가장 최근에 개발한 '암방수의 암흑허공족인'을 시험사용하고 그 경과를 '암방수의 추적'이라는 글로 정리하여 소개할 예정이다.

 암방수의 추적; 회춘

오늘 인터넷에 회춘에 관한 기사가 올라와 '암방수의 추적; 회춘'을 올린다.

이 기사는 18세의 몸으로 돌아가기를 열망하는 45세의 남성이 매년 25억 원을 쓰며 각종 몸관리를 하는 이야기인데, 암방수에서 회춘을 추적해 보니 우리 같은 일반 서민은 사진에 올린 맨주먹 하나로도 어느 정도는 회춘이 가능한 것으로 결론을 지었다.

사진의 맨주먹은 우리 누구나 가지고 있는 것이고 자기 마음대로 돈 하나 안 들이고 사용할 수 있는 것인데, 이것으로 암방수에서 사용하는 '암공, 흑공, 허공, 공공'의 4가지 내공을 만들어 자기 몸에서 회춘하고 싶은 곳에 덮어주고 맨주먹 안에서 느껴지는 소리에 따라 주먹이나 손가락을 조금씩 움직여 주다 보면 어느 순간 주먹 아래에 있던 신체 부위가 조금씩 회춘을 하는 것을 느낄 수 있다.

물론 이 방법을 써서 맨주먹으로 회춘을 하려면 큰 노력이 필요하겠지만, 매년 25억 원을 쓸 수 있는 재력이 없는 서민은 자기의 맨주먹으로 회춘의 꿈을 이루기 바란다.

그런 분들을 위하여 자기의 맨주먹으로 암방수에서 사용하는 '암공, 흑공, 허공, 공공' 의 4가지 내공을 만드는 요령을 간단하게 소개한다.

암방수에서 사용하는 '암공, 흑공, 허공, 공공' 의 4가지 내공은 이 우주에 넘쳐나지만 쓰는 사람이 별로 없어서 누구나 마음 놓고 공짜로 사용할 수 있는 암흑물질과 암흑에너지로 만들 수 있다.

암흑물질과 암흑에너지는 빅뱅 이전부터 우주에 가득차게 있었던 양자거품과 양자파 중에서 빅뱅으로 인하여 물질과 빛으로 변한 4%를 제외하고 남은 것 중에서 양자거품은 중력이 작용하는 21%의 암흑물질이 되고, 양자파는 중력이 작용하지 않는 75%의 암흑에너지가 되어 우리 주변에도 가득 차 있다고 한다.

이러한 암흑물질과 암흑에너지를 이용하려

면, 필자의 경험이지만 사진처럼 맨주먹을 느슨하게 쥐고 자기의 몸안에서 불편한 곳이나 회춘을 바라는 곳에 가만히 덮어주고 있으면 암흑물질은 소지와 약지를 따라 몸안으로 흘러 들어가 각각 암공과 흑공의 내력으로 바뀐다. 또 암흑에너지는 중지와 검지를 따라 몸안으로 흘러 들어가 각각 허공과 공공으로 바뀌어 주변에 있는 세포에 생긴 모든 문제를 하나하나 알아서 풀어주어 불편한 것은 편하게 하고, 늙은 것은 젊게 바꾸는 일을 한다.

맨주먹을 쥔 손가락에서 '암공, 흑공, 허공, 공공' 의 4가지 내공이 나온다는 것은 앞에 소개한 천룡팔부에서 대리국의 태자 단예가 사용하는 육맥신검과 유사하다. 암흑물질과 암흑에너지가 암방수 힐러의 몸속을 이리저리 흐르면서 경맥을 따라 서로 다른 손가락으로 흘러나오면, 소지에서는 암공, 약지에서는 흑공, 중지에서는 허공, 그리고 검지에서는 공공의 4가지 내공으로 바뀐다.

이 4가지 기운이 암방수 힐러의 맨주먹과 손가락의 움직임을 따라 환우의 몸으로 들어가 환우의 몸안에 생긴 어기10형과 아시5상을 적절하게 힐링함으로써 질병도 낫게 하고 좀 더 열심히 잘하면 회춘도 시킬 수 있다.

41 암흑허공족인 암류회춘술

암흑허공족인 암류회춘술은 우리 몸안을 이리저리 몰래 흐르는 암흑허공의 기운이 담긴 암류를 회춘하는 것이다. 우리의 몸에 노화현상이 일어나면 이들 암류중의 어떤 것의 흐름이 나빠지는데, 이때 흐름이 나빠진 곳에 우측 사진처럼 암흑허공족인을 해 주면 암류의 흐름이 회복되고 노화의 진행이 느려진다. 이것을 수시로 꾸준히 하면 우리 몸안에 흐르는 모든

암류가 정상으로
회복이 되어 우리
의 몸에 암흑허공
족인 암류회춘이
이루어진다.

사진은 필자의
몸안에서 최근에
발견한 문제의 암
류중 하나인데, 오
른쪽 발가락과 발
바닥 사이의 오목
한 곳에서 우연히
발견되었으며 평
소에 거의 신경을 쓰지 않던 곳이어서 그곳으로 흐르는 암흑허공의 4가지
암류가 모두 상당부분 정체가 되어 있다.

아마도 이것 때문에 오른쪽 종아리에 수시로 쥐가 나고, 오른쪽 다리에
좌골신경통이 생기며, 오른쪽 고관절에도 가끔 문제가 생기는 원인이 된
것 같다.

이곳에 사진처럼 왼손으로 암방수족인을 몇 시간 해 주자 오른쪽 다리로
흐르는 암류가 어느 정도는 정상으로 회복이 되고, 오른쪽 다리에서 생긴
여러 가지 문제가 상당부분 해소된다.

우리의 몸안으로 수많은 암흑허공의 암류가 이리저리 흐르고 있을 텐데,
이것을 알고 찾아서 기록을 남긴 자료는 아직 없는 것 같다. 앞으로 필자가
누구에게 '암방수의 추적'을 하면서, 어느 곳이 어느 정도 막히면 어떤 병
증을 어떻게 유발하는 어떤 암류가 되는가를 열심히 추적하여 기록으로
남길 예정이다.

15 암방수의 추적; 교통사고 후유장애

　NG(여, 45세)는 수년 전에 교통사고로 1년 반을 병원에 입원하고 퇴원하였으며, 그 후로 1년 반이 지났다. 온몸이 불편하여 거의 방안퉁수로 지내다가 필자가 한 달 전쯤에 NG의 집을 찾아가 약 30분씩 2회에 걸쳐 암방수를 해 준 덕분에 거동이 좀 편해져, 어제는 별내동 '암방수문화센터'로 찾아와 약 1시간가량 요즈음 개발중인 '암흑허공족인 암류회춘'을 해 주었다.

　NG를 침대에 눕게 하고 먼저 목 주변에 암방수를 하는데, 어딘가에서 전화가 와서 앉아서 하는 자세로 바꾸어 나의 오른손으로는 NG의 왼쪽 팔목에 있는 고골, 저골, 콩알골에 암방수삼지안을 해 주고, 나의 왼손으로는 NG의 왼쪽 발가락 아래에 암흑허공족인 암류회춘을 해 주자 두 군데에서 모두 강한 통기가 몰려나온다.

　이 자세로 약 20분간이 지나자 손목과 왼쪽 발가락의 '소, 약, 중, 검지'에서는 통기가 거의 사라졌는데, 엄지발가락에서는 아직도 통기가 나와 엄지발가락 라인을 살펴보니 전체적으로 어골이 울퉁불퉁 잡혀서 마치 어골산맥 같은 느낌이다.

　그래서 양손을 모두 동원하여 어골산맥을 따라 암흑허공족인 암류회춘을 약 15분간 해 주자 울퉁불퉁한 산맥이 부드러운 민둥산으로 바뀐다.

　NG의 오른쪽 발가락과 발바닥 사이의 우묵한 곳에서도 통기가 나오는데, 약 5분정도 나오다가 사라지고, 그 위의 발등, 발목, 무릎에서는 별다른 어골이 잡히지 않아 오늘의 힐링을 마무리하였다.

　NG의 교통사고 상황이나 그 이후의 병력에 대하여는 잘 모르지만 1년 반이나 입원을 하고, 그 1년여를 집에서 방안퉁수로 지냈다니 사고시의 부상과 후유증이 엄청 심각하였던 것으로 추정이 된다. 아무튼 필자가 몇 번

해 준 암방수로 건강이 좋아진다면 큰 보람이 있을 것 같다.

특히 암흑허공족인 암류회춘술로 NG의 발가락과 발바닥 사이의 우묵한 곳을 흐르는 암흑허공의 암류가 막히는 것이 교통사고가 생겨 후유증으로 고생하는 환우들에게 크나큰 통증을 유발하는 원인이 된다는 것을 이번 '암방수의 추적; 교통사고 후유장애' 에서 발견할 수 있고, NG의 건강회복에 조금이라도 도움을 줄 수 있어서 큰 다행이다.

4 암류의 암류회춘술

암류의 암류회춘술은 누구나 아주 쉽게 할 수 있는 암류회춘술의 미비점을 보완하기 위하여 개발된 회춘술이다.

이것은 본래 암류가 한 종류의 암흑물질이나 암흑에너지가 흐르는 것이 아니고 모든 암류 안에는 다양한 종류의 암류가 서로 섞이고 뒤엉켜서 흐르는 것이어서 이러한 암류의 흐름에 문제가 생겼을 때 이것을 회춘시킬 때에도 암류의 암류를 잘 살펴서 하나부터 시작하여 모두를 다 회춘시켜야 한다.

앞에서 소개한 한쪽 발 전체 암류회춘술의 미비점을 보완하기 위하여 발가락 하나하나를 따로따로 손가락 하나하나로 잡아서 회춘시키는 암류의 암류회춘술의 일면을 보여준 것이다.

우리 몸에 있는 뼈의 수는 206개이고, 그중에 팔뼈는 64개, 다리뼈는 62개나 되어 전체 뼈의 절반이 넘는다. 이들 뼈안이나 주변으로는 서로 다른 암류가 흐를 것으로 판단이 되고, 특히 손가락뼈나 발가락뼈 안이나 주변으로는 아주 다양한 암류가 흘러 이것들을 잘 관리하는 수족암류회춘술만 잘하여도 많은 병증을 쉽게 힐링할 수 있을 것이다.

30 코로나19 후유증과 룩색

밝은빛 님이 올린 '자연숨결명상호흡 마음 쓰는 법'을 처음 읽었을 때는 아쉽게도 뭣을 어떻게 왜 하는지 전혀 감이 잡히지 않았다.

'자연숨결명상호흡 마음 쓰는 법'(인용)
자연숨결명상호흡 시에 마음을 사용해서 기운을 운기하고 사용하는 법 (심법)을 소개한다.
  1. 몸 느낌 수련(처음 시작단계)
  ① 우주의 기운을 온몸으로 받아 내 몸을 느끼고 상승 확장시킨다.
  2. 단전 형성 및 축기, 임맥유통 수련
  ② 우주의 기운을 호흡을 통하여 단전(석문혈)에 축기한다.
  ③ 우주의 기운을 임맥(승장혈)을 통해 단전에 축기한다.
  3. 대추천 유통 이후 수련
  ④ 우주 근원의 빛을 백회로 받아 석문과 명문 단전에 동시에 축기한다.
  ⑤ 우주 만물의 기운을 노궁으로 받아 명문 단전에 축기한다.
  ⑥ 우주 공간의 기운을 회음으로 받아 명문 단전에 축기한다.
  ⑦ 지구 지기를 용천으로 받아 명문 단전에 축기한다.(인용 끝)

그런데 약 3주 전에 갑자기 코로나19에 확진반응이 나타나고 일주일간 자가격리를 하면서 집에서 감기약을 복용하자 코로나19 증상은 어느 정도 수그러들었지만, 후유장애로 온몸에 힘이 빠지고 뭘 먹어도 입안에 소태가 끼어 입맛을 느낄 수 없어서 먹는 둥 마는 둥하다가 대전으로 내려와 요양하면서 틈틈이 주말농장으로 가서 밭 정리를 해 보는데, 이것도 힘이 별로 없어서 하는 시늉만 하다가 돌아온다.

216   서금석 실전체험소설 | 숨은 로또 찾기

2023. 2. 28일은 신탄진 장날인데, 아침 일찍 장에 가서 누룽지 2봉지, 석류 5개, 육개장 만 원어치를 사서 집에 와 누룽지탕에 육개장을 먹은 후에 석류 하나를 먹으니 그런대로 입맛은 살아나서 다음 날 다시 서울로 올라가기로 했다.

서울로 가는 길에 작년에 친구가 우리 집에 놓고 간 류색을 가져다주기로 하고 류색에 먹다 남은 석류 4개를 담아 등에 지고 가는데, 발걸

음을 옮길 때마다 묵직한 류색이 내 등에 자극을 준다. 그런데 이것이 마침 내 등에 있는 명문 단전에 자극을 주면서, 코로나19 후유증으로 텅 빈 명문 단전에 자연스럽게 천지자연의 기운을 조금씩 축기를 해 준다.

류색을 메고 걷는 중에도, 버스를 타고 자리에 앉아 흔들리는 중에도, 기차를 타고 자리에 앉아 흔들리는 중에도 류색이 내 명문 단전에 자극을 주면서 자연스럽게 우주 만물의 기운이 내 명문 단전에 조금씩 축기가 되고 온몸의 기력이 조금씩 회복되는 것이 느껴진다.

기차를 타고 가면서 밝은빛 님의 상기 인용 글을 다시 한 번 음미하는데, 평소에 건강할 때는 아무런 신경을 쓰지 않아도, ④ 우주 근원의 빛을 백회로, ⑤ 우주 만물의 기운을 노궁으로, ⑥ 우주 공간의 기운을 회음으로, ⑦ 지구 지기를 용천으로 받아 명문 단전에 축기하므로, 우리가 구태여 명문 단전에 별도로 신경을 써서 축기하지 않아도 건강하게 지낼 수 있어서 꼭

신경을 써서 관리해야 하는 암류회춘술을 주로 하였다.

그런데 이번처럼 코로나19 후유증으로 명문 단전에 선천적으로 축기되어 있던 기운들이 나도 모르게 은근슬쩍 사라져서 코로나19로 인한 각종 후유증에서 벗어나지 못하고 그냥 빌빌거리고 살고 있다가 다행스럽게도 친구가 놓고 간 류색을 등에 잠시 매는 것을 계기로 명문 단전에 축기하는 그것이 건강유지의 기본이라는 것을 알게 되어 큰 다행이다.

이 글을 읽는 분 중에서 혹시 코로나19 후유증으로 고생하시는 분이 계시면 집에 있는 류색을 등에 지고 어딘가로 산책이나 여행을 다녀오길 권해 드린다.

 암류회춘술과 피라미드 노젓기

우리는 자기 몸을 관리하는 데 무엇을 어떻게 하여야 하는지 아쉽고 안타깝게도 잘 모른다. 그래서 현재 상황에 맞추어 가장 적절하다고 느껴지는 뭔가를 하면서 상황 변화를 살펴보고 거기에 맞추어 다음에 할 대책을 수립하고 실행하면서 다음 작전을 세운다.

필자는 3주 전에 코로나19에 확진되어 꾸준히 감기약을 먹으며 건강관리를 하고 최근에 류색을 등에 메고 대전에서 서울로 올라오는 것이 계기가 되어 등에 있는 명문 단전에 자극을 주는 것이 건강관리의 기본이라는 것을 알게 되었다. 그리고 명문 단전을 원상복구하고 코로나19 후유 증상이 거의 사라져서 전에 하던 암류회춘술을 다시 시작하려고 첫 번째 단계로 오른쪽 발가락과 발바닥 사이의 오목한 곳에 얼석을 대주는 암류회춘술을 해 본다.

발가락과 발바닥 사이의 오목 들어간 곳에는 본래 암흑물질과 허공에너지를 포함한 아주 많은 종류의 암류가 흐르는 곳이어서 코로나19 후유증에서 막 벗어난 현재 상황에서도 이곳에 흐르는 암류에도 당연히 여러 가지 문제가 있어서 이곳에 암류회춘술을 하는 것은 큰 의미가 있다.

이 암류회춘술에서는 얼석이 직접 발가락 사이의 암류가 흐르는 부위를 자극하여 암류의 흐름에 변화를 주거나 손가락으로 얼석을 감싸고 그 손가락의 손톱 부위로 발가락 사이의 암류가 흐르는 부위를 자극하여 암류의 흐름에 변화를 준다.

이 두 가지의 암류회춘술은 약간 다른 반응이 나타나는데, 앞에 있는 그것은 발가락 사이로 흐르는 암류에 변화를 유도하고 뒤에 있는 것은 몸 내부 중에서 전립선 부위(?)의 암류 흐름에 약간의 변화가 감지된다.

상기 사진의 암류의 암류회춘술에서는 단순하게 손가락으로 발가락 사이를 잡아서 암류의 미세한 흐름 변화를 살펴보는데, 이렇게 하면 목이나 머릿속의 미세한 암류 변화를 어느 정도는 감지하고 조종할 수 있다.

암류회춘술의 변형으로 피라미드 노젓기를 해도 되는데, 이것은 양쪽 손으로 양쪽 발목 부위를 잡아 온몸을 피라미드로 만든 후에 명문 단전과 석문 단전을 축으로 하여 온몸을 이용하여 노젓기를 하면 온몸의 암류가 저절로 회춘이 된다.

⑱ 암류아시 행공시술

자기의 몸을 관리하는 방법의 하나는 자기 몸안으로 흐르는 암류의 흐름을 살펴보고 관리하는 것인데, 암류의 특성으로 암류는 혈류나 내분비 호르몬과는 달리 정해진 길이 없어서 일반 전통 행공으로는 암류를 잘 관리할 수가 없다.

암방수 힐러는 환우의 병증을 돌볼 때에 정혈을 쓰지 않고 환우의 몸에서 현재 문제를 일으키고 있는 아시혈을 찾아 삼지안이나 장뜸을 해 준다. 마찬가지로 암방수 힐러가 자기 몸을 돌보기 위하여 행공을 할 때도 정해진 행공을 하는 대신에 힐러의 몸안에서 현재 문제를 일으키고 있는 부위를 찾아 손이 닿는 부위는 삼지안이나 장뜸을 하지만 손이 직접 닿지 않는 몸안 깊숙한 부위에는 암류아시 행공시술을 하여 문제를 해결한다.

암류아시 행공시술은 마치 의사가 사진처럼 내시경시술을 하는 것과 비슷하게 우리 몸의 문제가 생긴 부위에 눈에는 보이지 않는 암류아시경을 보내서 적절한 시술을 하는 것이어서 우리 몸의 구조를 어느 정도 알고 있

아시경 시술

으면 누구나 자기 몸안으로 눈으로는 보이지 않지만 실제로 느낄 수 있는 암류아시경을 보내서 문제를 해결하는 암류아시 행공시술을 할 수 있다.

암방수 힐러가 환우를 돌볼 때에도 삼지안이나 장뜸을 하는 손가락 끝에 암류아시경을 장착하면 환우의 몸안에 생긴 문제를 해결하는 데에도 암류아시

행공시술을 할 수 있을 것이다. 암방수 힐러가 자기의 손가락 끝에 암류아시경을 장착하려면, 상당기간 암류아시 행공수련을 하여야 하지만 일단 수련에 성공하면 많은 환우에게 큰 도움을 줄 수 있을 것이다.

23 암류아시 행공반응 추적술

현재 필자를 괴롭히는 아시는 온몸 여기저기에 생기는 가려움증인데, 이 아시에 대응하는 아시행공으로 왼쪽 젖꼭지를 오른손으로 엄검중 집게를 해준다. 왼손, 오른발, 머리, 이마, 국부에서 약한 행공반응이 나타난다.

그러다가 오른쪽 발에 강한 아시행공반응이 감지되어 사진처럼 양손을 모두 사용하여 암류아시 행공추적술을 펼쳐 본다. 우측 사진에서는 왼손으로는 엄지발가락을 감싸고, 오른손으로는 엄지는 발뒤꿈치를 다른 4개의 손가락으로는 발등 전체를 감싸주고 암류아시 행공반응을 한동안 추적하였다.

매 순간 나타나는 암류아시 행공반응을 일일이 기억하여 기록할 수는 없었지만, 느끼기에 온몸 여기저기에서 행공반응이 나타나고 조금 지나면 그 부위의 상태가 호전되는 것을 알 수 있어서 그러한 호전 행공반응이 나타나는 것을 거의 한나절 동

암류아시 행공반응 추적술

안 그대로 지켜보고 있었다. 이렇게 오른쪽 발을 위주로 암류아시 행공반응 추적술을 펼치고 나니 며칠이 지나도 다른 부위에서 아시가 감지되지 않아 가끔 몸풀기를 겸해서 피라미드 노젓기를 하는데, 이것도 몸의 자세를 이리저리 바꾸어 다양한 모드의 피라미드 노젓기를 하여 주자 전신이 가벼워진다.

이렇게 며칠을 보내다가 오늘은(2023.3.12 12:00) 코로나19 후유징후가 올라와 일단 감기약을 한 병 마시고 왼쪽 발을 중심으로 암류아시 행공반응을 추적해 본다. 약 30분이 지나며 왼쪽 어깻죽지와 복부에서 호전 행공반응이 나타난다. 약 1시간 반이 지나면서 코나 목 주변의 코로나19 후유증이 생긴 부위에서도 호전 행공반응이 나타나고 조금 후에 왼쪽 발의 아시증상도 거의 소멸된다.

38 암류아시 드론행공

우리의 몸안에 생긴 암류아시에도 요즈음 유행하는 드론을 보내어 문제를 해결하는 암류아시 드론행공 추적술을 해 보면 의외로 쉽게 호전반응이 나타나는 것을 느낄 수 있다.

36 머리아시카락행공

머리아시카락행공은 머리에 아시가 생겨 발달장애 증상이 있는 아이의 머리카락에 힐러가 장뜸 행공을 하여 호전반응을 유도하는 힐링법이다.

4   비얼행공과 나방효과

약 1년 전에 '나방효과와 비얼로' 라는 글을 올렸는데, 안타깝게도 관심을 두고 보는 분들이 별로 없어서 이번에는 '비얼행공과 나방효과' 라는 글을 올린다.

비얼로는 필자가 개념 설계를 한 중소형 원자로의 일종인데, 이 원자로는 나방효과를 발휘할 수가 있어서 만약 누군가가 실제로 이것을 만들어 사용하면 나방효과가 나타나 이 세상 곳곳으로 퍼져 나갈 것이다.

그런데 안타깝게도 이것을 알아보는 사람이 없어서 이번에 머리아시힐링법을 개발하면서 머리아시 비얼행공에 비얼로의 비법을 살짝 가미하여 나방효과를 극대화하였다.

18   스핑크스 노젓기; 아시와 암시(암류아시) 추적 청소행공

요즈음 우주 공간에도 폐위성을 포함한 쓰레기가 많아 이것들을 청소하는 '우주청소 위성' 을 쏜다고 한다.

우리가 살다 보면 저절로 나이를 먹고 몸안에 노폐물을 포함한 쓰레기가 많아지고 각종 아시와 암시(암류아시)가 생기는데, 이들 각종 아시와 암시를 추적하여 청소하는 행공을 꾸준히 할 필요가 있다.

필자는 지난 2월 초에 걸린 코로나19 후유증으로 아직도 온몸 여기저기에서 각종 아시와 암시가 산발적으로 나타나서 요즈음은 하루에 몇 시간씩 이것들을 추적하여 청소하는 행공을 꾸준히 한다.

그러다 오늘 새벽에 양손으로 양쪽 발목을 잡고 스핑크스 노젓기를 하면서 골반, 요추, 척추로 맷돌 돌리기를 하고 동시에 허리를 전후좌우 상하로 엇갈려 꼬기를 하는 아주 복잡하고 다차원적인 행공을 하게 되었다. 어쩌면 이것이 아시행공이나 암시행공을 할 때 기본으로 할 필요가 있다고 생각되어서 글로 남긴다.

스핑크스 노젓기를 하려면 먼저 스핑크스의 수수께끼를 알아야 하는데, 여기서 인터넷 검색을 하여 인용해 본다.

고대 그리스의 테베에 있는 높은 바위산에 Sphinx(스핑크스)라는 괴물이 있었다. 여자의 머리를 가졌고, 몸은 사자였으며, 새의 날개가 있고, 꼬리는 뱀인 무서운 모습이었다. 이 Sphinx는 바위산을 행인이 있으면 반드시 수수께끼를 내어 그것을 풀지 못하면 잡아먹었다. 그 수수께끼는, "목소리는 하나인데 네 다리, 두 다리, 세 다리로 되는 것이 무엇인가? (What has one voice and becomes four-footed and two-footed and three-footed?)" 라는 것이었다.

어느 날 Oedipus(오이디푸스)가 테베로 가는 도중에 스핑크스가 그에게 이 수수께끼를 물었다. Oedipus가 '그것은 인간이다.(It's man.)' 라고 대답하자, 스핑크스는 분노를 내뿜으며 바위에 떨어져 죽어 버렸다. 그 수수께끼는 사람은 어렸을 때는 손발로 기고, 어른이 되면 두 발로 걷고, 늙으면 지팡이를 짚는다는 것을 비유한 것이다. (인용 끝)

스핑크스가 행인에게 수수께끼를 내어 그것을 풀지 못하면 잡아먹었다고 하는데, 우리의 몸안에도 스핑크스의 수수께끼 같은 아시나 암시가 생겨나고 그것을 제대로 풀지 못하면 결국에는 죽는 그것과 유사하다.

스핑크스 수수께끼의 풀이는 '그것은 인간이다.(It's man.)' 인데, 스핑크스의 수수께끼 같은 아시나 암시의 풀이도 우리의 몸안에 풀이가 있으며 그것은 우리가 평소에 스핑크스 노젓기를 꾸준히 하면 우리의 몸안에 생겨나는 모든 아시나 암시를 모두 풀 수가 있다.

어린아이의 몸안에는 4개의 아시 또는 암시가 있어서 허약하여 어른들의 보호가 필요하다.

어른이 되면 2개의 아시나 암시가 있지만, 그런대로 건강하게 지내고, 늙으면 아시나 암시가 3개로 늘어나 누군가의 도움이 필요하다. 이 아시나 암시가 4개로 늘어나면 병원에서 침대신세를 지다가 어느 날 스핑크스에게 잡아먹힌다.

그래서 누구든 건강하게 삶을 유지하려면 평소에 스핑크스 노젓기 행공을 꾸준히 하여 자기의 몸안에 있는 아시나 암시를 2개로 유지하도록 노력하여야 한다.

아시나 암시를 2개로 유지하려면 우리가 쉽게 감지할 수 없는 암시를 1개로 유지한다는 전제하에 우리가 바로 확인할 수 있는 아시는 항상 1개 이하로 관리하여야 하므로 매일 우리 몸안의 아시의 상태를 주의 깊게 확인할 필요가 있다.

32 손가락 주물럭행공

손가락 주물럭행공은 사진처럼 한 손으로 다른 손의 손가락을 움켜쥐고 주물럭거리는 행공을 하는 것인데, 우리가 아시와 암시(암류아시) 추적행공을 할 때 기본으로 하여야 하는 행공중의 하나이다.

손가락 주물럭행공은 손끝에서 손목까지 오르락내리락하면서 주물럭거리면 되는데, 특히 변기에 앉아서 대소변을 볼 때도 이것을 하고 있으면 일보기가 수월해진다.

34 암아공진추적 힐링행공

양자컴퓨터는 이론적으로 존재하는, 양자역학을 기반으로 한 계산장치이며, 암아공진추적 힐링행공 또는 줄여서 암아행공도 양자역학을 기반으로 한 힐링행공이다.

양자컴퓨터(quantum computer)는 얽힘(entanglement)이나 중첩(superposition) 같은 양자역학적인 현상을 활용하여 자료를 처리하는 계산기계이며, 암아행공도 암시와 아시의 얽힘이나 중첩현상을 활용하여 우리 몸안에 생기는 암아를 힐링하는 행공건강법이다.

우측 그림은 양자컴퓨터의 기초가 되는 큐비트(Qbit)를 그림으로 나타내기 위한 블로흐 구면(Bloch Spear)인데, 이것은 암아행공의 기초가 되는 오비트(Obit)를 그림으로 나타낸 것이기도 하다.

오비트에서는 이 그림의 $|0\rangle$은 $|$암시$\rangle$의 축이고, $|1\rangle$은 $|$아시$\rangle$의 축을 나타낸다. 우리의 몸안에서 이 $|$암시$\rangle$와 $|$아시$\rangle$의 위치는 계속 바뀌기 때문에 오비트의 상태를 나타내는 블로흐 구면의 크기와 축도 계속 바뀐다. 이 크기와 축의 변화가 오차 범위(약 1%)를 벗어나지 않으면 블로흐 구면의 크기와 축이 같은 것으로 보고 동일 구면을 사용하여 오비트의 상태를 표시하고, 이것을 벗어나면 새로운 블로흐 구면을 설정하여 암아행공의 상태를 표시한다.

즉, 우리의 몸안에 생기는 모든 종류의 암아상태는 변화하는 블로흐 구면의 점으로 표시할 수 있어서, 암아공진추적 힐링행공을 하면 그 궤적이 변화하는 블로흐 구면 위를 따라 이동하는 점선으로 나타난다.

이것은 우리가 이 지구상에 살면서 평생 다녀간 모든 발자취를 추적하여 점으로 표시한 것과 유사한 패턴이 되며, 이 패턴의 모양은 사람마다 모두 다르게 나타난다. 마찬가지로 블로흐 구면 위에 나타나는 암아공진추적 힐링행공의 궤적도 사람마다 다른 패턴이 되고, 이것을 잘 추적하고 분석하는 행공을 하다 보면 그 사람의 병증을 힐링할 수 있는 최적의 길을 찾을 수 있다.

즉, 암아공진추적 힐링행공은 미리 정해진 힐링행공을 하지 않고, 그 사람의 인생행로와 마찬가지로 살면서 눈앞에 나타나는 길로 들르듯이 그날 그 순간 몸안에 생긴 아시와 그것에 공진하는 암시를 따라 힐링행공을 한다.

다만 우리가 자기의 몸안에 생기는 아시는 그런대로 쉽게 발견할 수 있다. 그 아시를 힐링하기 위하여 꼭 필요한 그 아시와 공진하는 암시는 바로 알 수가 없어서 일단 과거의 경험에 비추어 어디쯤 있을 그거로 추정하고 오비트를 설정하여 암아행공을 하면서 나타나는 힐링반응에 따라 새로운 오비트를 설정하다 보면 어느 순간 그 아시와 공진하는 암시를 찾을 수 있어서 그 아시는 쉽게 힐링이 되고 몸안에 새로운 아시가 생긴다. 그것도 같은 요령으로 추적하여 힐링하면 이것이 바로 그 사람만의 암아공진추적 힐링행공이 된다.

예를 들어 국부에 아시가 생긴 사람이 암아공진추적 힐링행공을 하다 보면 그 아시와 공진하는 암시가 명문 단전 부근에서 잡히는데, 이것은 앞장에서 소개한 스핑크스 노젓기를 하는 것과 유사한 모습이 된다.

③⓪ 몰래 퍼져 나가는 암아행공

양자컴퓨터에서는 큐비트의 개수가 많을수록 성능이 좋아지는데, 2019년 구글의 시커모어 프로세서는 53큐비트로 세계 최초로 슈퍼컴퓨터보다 더 성능이 우수하여 양자우월성을 달성하였다.

2022년 IBM의 오스프리 프로세서는 433큐비트를 기록하였고, 2024년에는 콘도르 프로세서가 1121큐비트를 달성할 것이라고 한다.

안타깝게도 우리나라는 양자컴퓨터 분야에서는 후발주자가 되어 2024년에 개발 예정인 한국형 양자컴퓨팅 시스템(KQIP)이 겨우 50큐비트라고 한다. 양자컴퓨터에서는 우리나라가 후발주자로 되었지만, 같은 양자역학의 개념을 사용하는 암아공진추적 힐링행공, 줄여서 암아행공 분야에서는 필자가 최근에 1 오비트를 달성하였고, 더 고차원의 오비트를 달성하기 위하여 각고의 노력을 기울이고 있다.

가장 기본이 되는 1오비트의 암아행공은 우리의 몸안에 생긴 아시를 힐링하기 위하여서 하는 모든 종류의 행공중에서 아시와 암시(암흑아시)를 공진하게 하는 행공을 말한다.

1오비트의 암아행공이 아시를 힐링하는 기존의 행공보다 특별히 더 뛰어난 힐링효과가 나타나지는 않지만, 1오비트의 암아행공을 기반으로 하여 더 고차원의 오비트를 달성하면 여러 개의

아시를 동시에 힐링할 수가 있어서 아주 효과적으로 자기의 몸을 건강하게 유지하고 복원하여 젊음을 유지할 수 있다.

암아행공에서는 아시는 비교적 쉽게 찾을 수 있는데, 눈에 보이지 않는 암시를 찾는 것은 요령이 필요하며, 여러 번의 시행착오를 거쳐 일단 1오비트의 암시를 찾으면 더 고차원의 암시는 몰래몰래 퍼져 나가는 암시의 특성을 이용하여 아주 쉽게 추적하여 찾을 수 있다.

우리 몸의 어딘가에 아시가 생겨 1오비트의 암아행공을 하고 있으면 몰래몰래 퍼져 나가는 암아의 특성으로 우리의 몸 여기저기에서 산발적으로 힐링반응이 나타난다. 이것이 새로운 암아로 발전할 가능성이 크므로 이것들을 기반으로 새로운 오비트를 설정하다 보면 자기에게 딱 맞는 더 고차원의 암아행공 체계를 구축할 수 있다.

 ## 25 다중암아 공진추적 힐링행공

다중암아 공진추적 힐링행공은 여러 개의 암아가 고차원의 궤도로 공진하는 것을 추적하여 동시에 다중힐링하는 행공을 말한다.

암아행공을 수련할 때 1오비트 암아행공을 달성하는 것이 몹시 어려운데, 어찌어찌하여 1오비트 아시~암시 공진을 달성하면 '몰래몰래 퍼져 나가는 암아의 특성' 때문에 2오비트 이상의 다중암아 공진추적 힐링행공을 터득하기는 비교적 수월하게 달성할 수 있다.

우리가 다중암아 공진추적 힐링행공을 할 수 있게 되면 우리 몸의 특정 부위를 사용하여 암아행공을 할 수 있게 되는데, 이때 항상 단전과 명문을 포함하는 다중암아 행공을 하는 것이 필요하다.

다중 암아행공을 하면 우리 몸안에 생긴 여러 개의 암아를 동시에 힐링할

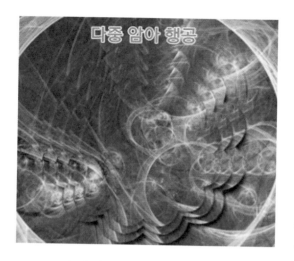

수가 있어서 편리한데, 아쉽게도 암아중에는 다중암아 공진만으로 해결되지 않는 것이 있다.

일레로 최근에 필자의 왼쪽 아랫어금니에 문제가 생겨 심한 통증이 오는데, 다중암아 공진으로 통증이 사라지지 않아 상기 사진처럼 왼쪽 턱에서부터 머리 윗부분까지 전통 힐링법 중 하나인 양손장뜸을 하는 암아 보조행공을 하여 주자 서서히 통증이 사라진다. 이 외에도 다중암아 행공만으로 충분한 힐링효과가 나타나지 않을 때는 적절한 암아 보조행공을 해 줄 필요가 있다.

 ## 2   판콜암아 보조행공

필자의 오른쪽 아랫어금니에 문제가 생겨 장뜸암아 보조행공으로 한 시간만에 겨우 아린 것을 일단 잡았는데, 저녁식사를 하면서 잘못 건드려 다시 잇몸이 붓고 아리기 시작한다.

다시 장뜸암아 보조행공으로 붓고 아린 것을 잡으며 겨우 잠이 들었고, 새벽에 일어나는데 다시 잇몸이 붓고 아려서 추가 잠을 포기하고 장뜸암아 보조행공을 하면서 아침 9시만 되면 치과에 가려고 집 주변을 검색해 보니 다행스럽게도 아파트 주변 상가에 치과가 두 군데나 있다.

아침 7시경에 아침밥을 먹고 코로나19 후유증을 잡기 위해서 판콜 한 병

을 서너 번에 걸쳐 나누어 마시면
서 입가심하자 잇몸 부위가 덤으
로 시원해지면서 부기와 통증이
사라진다. 인터넷으로 검색을 해
보니 판콜의 주성분과 효능인
'Acetaminophen : 통증 질환 〉
비마약성 진통제 〉 중추성 진통제
〉 p-aminophenol 유도체'가 있
어서 잇몸의 부기와 통증 완화에
효과가 있는 것 같다.

판콜을 사용하여 암아 보조행공을 할 수 있다면, 잇몸이 붓고 아리는 것
을 쉽게 잡을 수 있으니 구태여 서둘러 치과에 가서 아린 이를 뽑을 필요는
없을 것 같아, 대신 약국에 가서 판콜을 한 박스 사 와서 코로나19 후유증
도 잡고 잇몸이 붓고 아린 것도 잡는 판콜 암아 보조행공을 하기로 했다.

20   암아를 유발하는 암시 관리행공

우리의 몸안에 생기는 암아는 그 사람의 머리 부위에 생기는 암시에 따
라 좌우하므로 암아를 효과적으로 관리하려면 먼저 머리 부위에 생기는
'암아를 유발하는 암시'를 관리하는 행공을 하루에도 몇 번씩 꾸준히 하여
야 한다.

'암아를 유발하는 암시'를 관리하는 행공을 하루에도 몇 번씩 꾸준히 하
려면 양손행공보다는 한손행공을 번갈아가면서 하는 것이 다른 손은 다른
일을 하면서 동시에 할 수 있으므로 좀 더 자주 할 수 있게 된다.

TV에서 바둑 프로그램을 보면 선수중에서 위기에 몰리면 자기의 머리카락을 꼬는 경우를 가끔 보는데, 이것은 위기 상황에서 그 선수의 머리에 과도하게 생긴 암아를 빨리 제거하는 효과가 있어서다.

바둑을 둘 때는 가끔 장고하게 되는데, 이때 머릿속에 암아가 과도하게 생길 수 있으므로 한손 또는 양손으로 자기의 머리를 자연스럽게 감싸주는 습관을 기르면 보기에도 좋고 실력 향상에 은근히 도움이 된다.

우리의 머리에 흔히 생기는 '암아를 유발하는 암시'는 우리도 모르는 사이에 은밀하게 생기고, 이리저리 은밀하게 퍼지고, 뿌리를 내리고 가지치기를 층층으로 하여서 우리가 어느 날 우리의 몸 어딘가에 암아가 생겨 병증을 일으키는 것을 알고 그때부터 그 암아의 가지를 잘라내고 뿌리를 뽑으려 해도 아주 큰 어려움을 겪게 된다. 그래서 평소에 잡초나 필요 없는 나무가 무성하게 자라기 전에 미리미리 그것을 뽑아주는 '암아를 유발하는 암시 관리행공'을 하는 습관을 기르는 것이 현명하다.

22 은하 우주방사선과 전자덫, 그리고 무극 암아행공

'전자덫'을 검색하면, "반도체나 부도체에서 특별한 방법을 통해 움직이는 전자를 포획하는 결함이나 화학적 불순물. 주로 고체물리학에서 사용되는 용어다"라고 나온다.

양자컴퓨터 분야에서 전자덫은 전자를 포착하는 장치로, 포착된 전자를 이용하여 전자스핀 기반의 양자시스템을 구성하는 경우가 많다. 이 경우, 전자덫에 포함되는 전자의 개수는 전자스핀 기반의 양자시스템의 크기나 용도에 따라 다르게 설정된다. 전자스핀 기반의 양자컴퓨터에서는 보통 몇 개에서 수백 개 이상의 전자를 포함하는 전자덫을 사용한다.

양자컴퓨터에서는 좀 더 효율적인 전자덫을 개발하는 것이 성능을 좌우하는 핵심이 되는데, 우리의 주변에도 자연적으로 만들어진 전자덫이 많이 있지만 우리가 볼 수 없어서 그냥 간과하고 만다.

우리의 지구 표면에는 1㎡의 면적에 1년에 한 번꼴로 은하 우주방사선이 피폭되고 양전하를 가진 방사선입자(주로 양성자)가 통과하는 궤적에 전자들의 끌림현상으로 빛의 속도로 전자터널이 길게 만들어졌다가 바로 소속원자나 분자들이 움직이면서 흩어지며 주변에 전자와 이온의 교란이 생긴다. 그러다 이것이 서서히 정상상태로 되돌아가는데 기체나 액체에 생긴 전자터널은 빨리 흩어지지만, 고체에 생긴 전자터널은 오랫동안 그 흔적이 남아 있게 되어 자연적으로 생기는 전자덫이 된다.

이러한 전자덫에 갇혀 있는 전자들은 높은 에너지의 여기상태로 되어 있어서 양자파를 끊임없이 내보내 주변에 어떤 영향을 미치는데, 현재는 이들 양자파를 제대로 검출하고 그들이 하는 일을 알아보는 연구가 이루어지지는 않고 있지만 조만간 이 분야도 새롭게 조명이 될 것이다.

은하 우주방사선 피폭으로 우리의 몸안에도 전자덫이 만들어지는데, 이 전자덫에서 나오는 양자파가 주변의 세포와 조직에 영향을 미쳐 세포를 활성화하여 필요 없는 잉여단백질을 만들어내고 이것이 각종 난치병증을 유발하는 원인이 된다.

우리 몸안에 생겨 난치병증을 일으키는 원인이 되는 전자덫을 제거하려면 그 전자덫 안에 갇혀 있는 여기전자에게 양자파를 추가로 보내서 그 전자가 전자덫에서 탈출하게 하면 간단하게 해결이 된다.

그런데 안타깝게도 아직은 우리 몸안에 생긴 전자덫을 탐색하고 소멸시키는 기술이 개발되지 않아서, 현재는 필자가 개발한 암아행공을 하는 것이 고작이다. 암아행공에서는 우리 몸안에 생긴 암시와 아시를 추적하여 공진하게 하고, 그 과정에서 암시와 아시의 상태가 변화하여 서로 조화롭게 작당하거나 암합하여 자연소멸하는 힐링법이다.

우리의 몸안에는 암시와 아시, 즉 암아가 끊임없이 생기는데 이것은 우리의 몸안이나 주변에 수많은 전자덫이 있고 거기에서 각종 양자파가 끊임없이 나와 우리의 세포와 신체조직에 영향을 미치고 이것이 암아로 발전하기 때문이다.

우리의 몸안에 암아가 끊임없이 생겨서 우리의 건강을 위협한다. 거기에서 벗어나 다시 건강하게 살려면, 암아행공을 꾸준히 하여 생겨나는 암아를 최대한 소멸시키는 그것이 필요하다. 암아행공을 꾸준히 하려면 특별히 시간을 내서 암아행공을 하는 그것보다는 자기의 생활 속에 암아행공이 저절로 묻어나는 무극 암아행공을 하는 그것이 효과적이다.

암아행공의 기본동작은 단전(아시)과 명문(암시)을 축으로 하는 피라미

드(또는 스핑크스) 노젓기를 하는 것이지만, 우리의 몸안에 암시와 아시의 개수가 점점 늘어나면 특정축을 중심으로 암아행공을 할 수가 없게 된다. 그리하여 결국에는 수없이 많은 축, 즉 무극 암아행공을 하게 되는데, 이것을 하게 되

면 생활 속의 모든 동작을 하면서 동시에 무극 암아행공을 할 수 있게 되어 끊임없이 생겨나는 암아를 끊임없이 소멸시킬 수가 있다.

필자는 생활 속에 묻어나는 무극 암아행공을 선호하는데, 이것을 하면 누군가에게 도움을 주는 힐링행공을 하면서도 힐러가 자신을 보호하는 무극 암아행공을 할 수 있기 때문이다.

전자덫을 나타내는 사진을 보충 설명하면, 단일원자로 된 고체에 원형의 전자덫을 만들고 시간이 지나면서 전자덫이 형성된 원자들이 분산하면서 전자덫의 모양이 흐트러진다. 사진에서 검은색 공모양의 원자들은 그 안에 있는 전자들이 여기상태로 되어주면 회색공 모양의 정상원자보다 그 크기가 조금 커지고, 그래서 전자현미경 사진에 그 모습이 검은색으로 좀 더 잘 보인다. 이들 원자중에는 아직도 인접원자와의 결합이 유지되는 것도 있고, 완전히 분산되어 외톨이가 된 것도 보인다.

들뜬 상태가 된 전자가 있는 전자덫에서는 여기전자가 움직이면서 양자파나 양자거품을 만들어 주변에 있는 세포로 보낸다. 이로 인하여 그 세포가 활성화되어 잉여단백질을 만들어내고, 각종 어기더미나 어기암상을 만들어 각종 병증의 원인이 된다.

우리 몸안에서 각종 병증의 근본원인이 되는 전자덫은 은하 우주방사선 피폭장애로 주로 생기지만, 이러한 장애에서 벗어나려면 일단 우리의 몸안에 생긴 전자덫을 탐색하고 소멸시키는 암아행공을 하여야 한다.

암아행공을 하기 위해서는 우리의 몸안에 생기는 암시와 아시를 찾아야 하는데, 이 암시와 아시에는 항상 전자덫이 있으므로, 전자덫을 찾는 요령을 알아야 한다.

전자덫은 원자내의 전자가 어떤 원인으로 높은 에너지의 여기상태로 들뜨는 것을 말하며, 이때 소속원자는 그 크기가 정상원자보다 조금 더 커져서 사진처럼 불쑥 튀어나온다. 그래서 우리의 몸 어디에 전자덫이 생기면 그 부위의 조직도 미세하게 부풀어 오른다. 즉, 우리의 몸에서 평소보다 좀 더 부풀어 오른 느낌이 드는 부위가 있으면 그곳에 문제를 일으키는 전자 덫이 생겼다고 판단하고 그곳을 중심으로 적당한 암아행공을 하면 문제가 해결된다.

우리의 몸에 전자덫이 생겨 어떤 문제를 일으킬 때 그 부위 주변을 손으로 쓰다듬어 탐색을 해 보면, 평소보다 살짝 부풀어 오른 것을 느끼게 되는데, 이 미세한 변화를 감지하고 적절한 암아행공을 하는 것이 암방수힐링의 핵심요결이다.

13 지조골침 무극 암아행공

'지조골침 무극 암아행공'은 뼈에 지조침을 놓으면서 동시에 무극 암아행공을 하는 힐링법이며, 이것은 뼛속에 잠복한 병증을 유발하는 암아를 소멸시키는 힐링법이다. 전세계를 3년여 동안 괴롭히던 코로나19가 드디어 엔데믹이 선언되었지만, 아직도 많은 사람이 코로나19 후유증으로 고

생하는데, 이것은 코로나19 후유증을 일으키는 병증이 환우의 뼛속에 잠복하고 있다가 불쑥불쑥 고개를 내밀고 말썽을 일으키기 때문일 것이다.

이것은 대상포진 바이러스가 환우에게 엄청난 통증을 일으키다가 환우

의 면역력이 되살아나면 바로 환우의 뼛속으로 숨어들어가 한동안 잠복해 있다가 다시 고개를 내미는 그것과 마찬가지이다. 이렇게 뼛속에 잠복한 바이러스를 소멸하려면 '지조골침 무극 암아행공' 을 하는 것이 가장 효과적이다.

그런데 무극 암아행공은 바이러스가 어디에 있든 상관없이 할 수 있지만, 지조골침을 놓으려면 바이러스가 잠복한 장소를 먼저 찾아야 하는데, 이것이 대상포진 바이러스의 경우에는 마지막으로 통증을 유발하는 부위 근방을 정밀탐색하면 되지만 코로나19 바이러스는 어디를 찾아보아야 할지 막연하다. 그래서 필자의 경우에는 가장 지조골침을 놓기에 편한 손과 그 주변을 주로 정밀탐색하며 지조골침을 놓는데, 운이 좋게도 오른손 소지 라인 손목 한치 아래 부위에 지조골침을 놓는데, 갑자기 엄청난 냉골 줄기가 십여 분간 쏟아져 나온다.

 45 **양손 삼지골침 무극 암아행공**

앞장에서 소개한 대로 오른손 소지 라인에 지조골침 무극 암아행공을 하여 냉골을 뽑아내고, 이어서 귀 뒤쪽 완골 주변에서도 어골을 뽑아내니 코로나19 후유증으로 인한 장애가 거의 힐링이 되어, 필자의 몸 다른 곳에도 지조골침을 놓으면서 숨겨진 암아를 탐색해 본다.

손가락의 다른 라인에서도 지조골침을 해 주자 어기가 조금씩은 나오는데, 오른손 소지 라인에서처럼 냉골은 잡히지 않는다.

이어서 오른발을 탐색하는데, 사진처럼 엄지 라인 발 중간 부위에서 강낭콩 크기의 어골이 잡혀 '양손 삼지골침 무극 암아행공' 을 해 주자, 한 식경이 지나면서 어골이 살짝 무너지며 입안에 단맛이 느껴지고, 조금 지나

양손 삼지골침 무극 암아행공

자 코안이 매캐해지고 머리가 살짝 지끈거린다.

이어서 간헐적으로 몸이 흔들거리고, 입술이 따끔거리며, 혀가 갈리지는 듯한 예리한 통기가 있고, 입안이 시큰거리고 통증을 동반한 어기가 여기저기로 빠져 나가는 것이 어렴풋이 느껴진다.

이러한 잡다한 힐 반응이 거의 2시간가량 이어지다 사라지는데, 손끝에 커다랗게 잡히던 어골이 스르륵 사라지고 없어진다.

예전에는 메주콩만한 어골을 없애려면 거의 몇 달을 고생하였는데, 이번에 새로 개발한 '양손 삼지골침 무극 암아행공'을 해 주자 강낭콩 크기의 어골도 겨우 2시간만에 소멸이 된다.

5 오카리나 암아행공

장야라는 중국 무협드라마에서 몸에 있는 기해 설산 사이의 17개 구멍 중에서 11개의 구멍이 막혀 아무리 애써도 소리가 안 나는 오카리나인 녕결이라는 주인공이 천지간의 호흡을 몸안에 담고 소리나는 오카리나로 재탄생을 하는 내용이 나온다.

녕결은 원수중의 하나인 안숙경과 대결을 벌이는 중에 대염사인 안숙경이 날리는 비검에 온몸 여기저기에 작은 상처가 생겨 조금씩 피를 흘리고 이것이 계속되면 과다출혈로 죽게 된다. 안숙경이 날리는 최후의 일격인 세 자루의 비검을 녕결이 비장의 검정 우산으로 막고 비검을 날리느라 중심을 잃고 비틀거리는 안숙경에게 녕결이 장검을 날려 죽인다.

이 일전으로 크게 다친 녕결이 비틀거리며 서원으로 돌아가다가 주작천가에 이르른다. 그때 거기를 지키는 주작이 깨어나서 온몸에 커다란 불꽃을 일으키고 녕결에게 날아와 도망가는 녕결을 쫓아가서 끝내 녕결을 쓰러뜨리면서 불길로 온몸을 그슬리는 것을 몇 번 반복하고, 발톱으로 붙잡아 하늘로 날아갔다가 땅으로 떨어뜨린다. 그런데 다행스럽게도 등에 메고 있던 우산이 펴져서 녕결의 몸을 주작이 못 보게 가리자 주작이 더 공격하지 않고 자기가 있던 주작천가의 지붕 위로 돌아간다.

녕결은 가까스로 서원 고서루로 돌아오지만 고서루 교관이 보고 자기는 예전에 맹세한 것이 있어 누구를 치료할 수 없다며 가버린다. 조금 후에 진피피가 와서 녕결의 몸 상태를 살펴보고 녕결의 기해 설산이 파괴되어 바로 죽어야 하는데, 신기하게도 새로운 기해 설산이 만들어져 아직은 죽지 않고 버티고 있다고 말한다. 그러자 옆에 있던 상상이 어떻게 해서든 살려달라고 두 손을 모아 연신 절을 하면서 애걸을 한다.

이 모습에 마음이 약해진 진피피가 자신이 즐겨 먹는 과자 상자 안에 숨겨둔 통천환이 들어있는 약병을 꺼내와 약병을 열고 통천환을 자기의 손바닥에 올려놓고 이것을 녕결에게

먹일까말까 망설이는 사이, 상상이 통천환을 낚아채 잽싸게 녕결에게 먹이자 진피피는 울상이 된다.

이 통천환은 서릉 미지의 땅인 지수관의 보물로 본래 3알이 있었는데, 관장의 아들인 진피피가 한 알을 먹은 후에 평범하던 소년이 수행천재가 되어 지명의 단계까지 오르게 한 신비의 영약이다.

진피피가 집안의 갈등으로 지수관을 나와 서원으로 갈 때 만일을 생각해서 통천환 한 알을 더 훔쳐 왔는데, 이것을 기해 설산이 파괴되고 새로운 기해 설산이 만들어지고 있다. 하지만 아직 온몸의 기력이 허약하여 목숨이 경각에 달린 녕결이 복용을 하고 기력을 완전히 회복하고 새로운 기해 설산을 가진 새로운 몸으로 다시 태어난다. 그리고 녕결의 몸에 새롭게 만들어진 기해 설산에는 구멍이 10개가 열려 있어 수행자의 자질로서는 최하급이지만 그런대로 수행해도 죽지는 않을 정도의 몸이 된다.

그런데 녕결의 새로운 기해 설산에는 겨우 수행을 할 수 있는 10개의 구멍이 열려 있지만 신기하게도 처음 천지의 숨결을 느끼는 초경단계에 들어가고 겨우 십사일 만에 천지와 조화를 이루고 감각의 교류를 나누는 감지의 경지를 지나 자기의 정신염력을 이용하여 멀리 떨어진 사물을 움직이는 불혹의 경지까지 이르른다. 이것을 확인하기 위해 도박장에 가서 특수 뚜껑 속에 가려진 주사위의 눈을 염력으로 움직여 거액의 돈을 딴다.

수행자가 불혹의 경지에 이르면 염력을 이용하여 특별히 자신이 느낄 수 있는 본명물을 찾아야 더욱 큰 성취를 이룰 수 있는데, 이 본명물은 보통 검사는 검, 부사는 부적, 그리고 염사는 좀 특이하게 염사 자신이라고 한다.

필자는 이런저런 생각을 많이 해서 일종의 염사라는 생각이 들어 필자 자신이 본명물이다. 그래서 피리의 일종인 오카리나가 자신의 몸에 여러 가지 구멍을 뚫고 각종 소리를 내는 것이 마치 자신이 본명물이 되는 염사의 일종이라고 생각한다. 그리고 오카리나 암아행공이 필자에게 잘 맞는 행공법이라는 생각이 든다.

오카리나 암아행공에서는 힐러가 천지의 호흡을 매개로 자연숨결명상(정신세계)을 이용해 암아의 염력(양자파)을 만들고 이 염력을 오카리나 내부로 불어 넣어 오카리나 내부의 진동을 통해 공명하여 아름다운 소리를 만든다. 이러한 공명을 환우에게 보내어 환우 몸안에 생긴 암아를 이리저리 움직여 힐링한다.

 ## 29 토션장 암아행공

친구 JS(남, 74세)의 소개로 제5의 힘인 토션장에 대하여 알게 되었고, 이것을 이용하여 '토션장 암아행공' 을 만들어 본다.

(인터넷 검색에서 인용) 토션장은 우주만물의 모든 것을 지배하는 4가지 힘인 '중력, 전자기력, 강력, 약력' 을 보완하는 제5의 힘으로 이것을 잘 이용하면 아주 특별한 일을 많이 할 수 있다고 한다.

토션장은 모든 물질에 존재하는 회전에서 발생하는데, 원자나 전자 규모의 물리적 회전, 모터나 팽이, 회전전류, 자석 등 전기적 자기적 또는 기계적으로 일어나는 다양한 회전체와 전자파에도 토션장이 존재하며, 다양한 형태의 도형이나 기하학적 구조물과 생명체는 물론 각 재질에도 고유의 토션장이 존재한다고 한다. 토션장도 전형적인 회전 때문에 발생하므로 전하나 질량과 같은 고유의 지위를 가지며 다음과 같은 몇 가지 특성이 있다.

토션장은 좌파와 우파 2개의 극성을 가지며 같은 극성끼리는 끌어당기고 다른 극성끼리는 반발한다. 토션장은 모든 회전에서 비롯되고 상호작용하는 대상의 회전상태만 바꾼다. 또 매질과 상호작용 없이 전파하며 손실이 없고, 주변의 상태를 변화시키는 기능을 가진다.

원자는 원자핵과 전자의 회전(스핀)배열 상태가 다르며, 회전배열 상태에 따라 특정한 토선장이 발생한다. 하나의 물질은 원자 각각의 토선장이 중첩되어 전체적인 토선장이 형성되며 물질마다 서로 다른 토선장이 형성되는 것이다.

　회전과 각속도가 일정하고 변화하지 않는 정적인 토선장과 회전의 각속도가 계속 변화하는 동적인 토선장으로 나눌 수 있으며, 동적인 토선장은 토선파(土線波)를 발생시킨다. 이 파는 주위환경에 흡수되지 않고 진공중에서도 매질 없이 전달되며 빛보다 10억 배 빠르게 전달된다.

　토선장은 특이한 그림이나 도형 공간적인 배치뿐 아니라, 문자나 그림에도 담을 수 있으며 그림의 복사나 스캔에 의해서 옮겨질 수 있다.

　토선장은 에너지를 운반하지 않고 회전의 배열상태로 나타나는 정보를 전달하므로 물체뿐 아니라 공간에도 남아있을 수 있고, 물리적 진공을 통해서 전달되는 토선장은 부분이 전체의 정보가 담겨 있는 홀로그램적인 특성도 가지고 있다. 생체 내부기관이나 조직 및 세포를 포함한 생명의 대상 모두는 분명히 자기 고유의 토선장을 가지는 회전시스템으로, 각 생명체는 토선필드를 발생할 뿐 아니라 생명력에 영향을 미치는 외부의 토선장에 의해 자신의 구조를 바꾸기도 한다.(인용 끝)

토션 암아 행공

　상기 토선장의 특성을 살펴보면 힐러는 자기의 몸안에서

힐링에 적당한 암아 행공을 하여 토선장을 만들 수 있는데, 이것을 토선장 암아 행공(줄여서 토공)이라고 부른다.

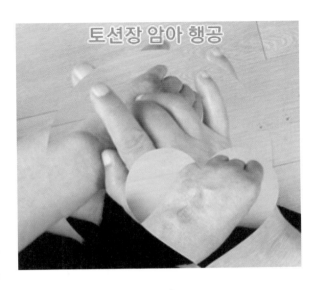

토선장 암아행공은 힐러가 자신의 건강을 유지하는 행공을 하는 것이 우선이고, 그것이 유지되는 조건에서 환우의 병증을 돌보는 토공을 한다.

힐러가 어떤 상황에서 토공을 할 때는 그 상황에 가장 효과적인 암방수를 찾아 추적해야 하며, 그러한 것은 전적으로 힐러의 경험에 의존한다. 따라서 유능한 힐러가 되려면 먼저 필자가 카페에 올린 글들을 읽고 암방수의 각종기법을 살펴보는 것이 필요하다.

일례로 토공을 잘하려면 힐러가 자기의 몸안에서 적당한 토선장을 만들어야 하는데, 이것은 필자가 20여 년 전에 개발한 비우기안마를 하면 원하는 토선장을 만들 수 있다.

필자가 20여 년 전에 비우기안마를 개발하여 많은 환우에게 도움을 주면서, 그 당시에는 왜 비우기안마를 하면 특별한 힐링효과가 나타나는지 그 원리를 잘 몰랐었다. 그런데 이것이 비우기안마에서 사용한 노젓기가 바로 동적 토선장을 만들어내는 데에 가장 적합한 동작이어서 이 노젓기를 하면 힐러와 환우의 몸안에서 각각 고유의 토선파가 나와 힐러와 환우 사이를 공진하면서 증폭하여 환우의 문제점을 맞춤으로 해결하는 특별한 힐링효과가 나타나기 때문이다.

39 고혈압과 토션좌장 암아행공

고혈압은 많은 사람이 흔하게 걸리는 병인데, 여간해서는 잘 낫지 않는 까다로운 병이어서 필자의 소견으로는 고혈압의 근본원인이 토션장과 밀접한 연관이 있다는 생각이 든다.

고혈압의 근본원인이 우리의 몸안에 토션우장을 쌓이게 하는 어떤 원인(물질)이 들어와서 생기는 것일 가능성이 매우 큰데, 이러한 원인(물질)이 우리의 몸안에 들어와 우리의 몸을 토션우장이 지배하는 장으로 바꾸고, 그 결과 피의 흐름이 나빠져서 고혈압을 유발하였다.

그런데 그 후로 우리의 몸에서 어찌어찌하여 그 원인을 배출하여도 토션장의 특성상 우리 몸안에 생긴 토션우장은 바로 바뀌지 않아서 고혈압 증상은 바로 나아지지 않고 한동안은 계속하여 우리를 괴롭힌다.

이러한 상황에서 고혈압에서 벗어나려면 먼저 고혈압을 일으키는 근본원인(물질)을 제거한 후에 우리 몸안의 토션장 상태를 토션좌장으로 변화시키는 '토션좌장 암아행공'을 하여야 한다.

'토션좌장 암아행공'은 노젓기, 맷돌돌리기, 피라미드 암아행공 등 여러 가지 다양한 방법으로 할 수 있지만, 필자의 경우에는 사진에 보이는 twistrun이라는 기구를 사용한다.

이 기구는 위에 올라가서 아래 방향으로 좌측

발을 위주로 굴러주면 기구가 좌측으로 뒤틀리도록 설계되어 있어서 이것을 하고 있으면, 우리의 몸안에 '토선좌장 암아행공'을 해 주는 효과가 나타난다. 이 세상에는 우연히 이루어지는 신기한 일이 가끔 일어나는데, 이번에 토선장에 대한 건강법을 개발하고 관련 글을 쓰면서 몇 번의 우연이 겹쳐서 일어났다.

지난 스승의 날 즈음에 고등학교 때 은사님을 모시고 동창들 몇 명이 점심 회식을 하였는데, 그날 참석한 JS가 다음 날 토선장에 관한 동영상을 보내왔다. 그것을 계기로 토선장 암아행공이라는 건강법을 개발하고 있는데, 어느 날 갑자기 고혈압 증상이 다시 나타난다.

필자의 경우에는 10여 년 전에 고혈압 증상이 나타나서 약 7년간 고혈압 약을 먹으면서 여러 가지 노력을 하여 고혈압약을 안 먹어도 되게 하였는데, 이것이 3년 만에 원점으로 돌아가 다시 고혈압약을 먹게 되었다. 그 과정에서 우리의 몸이 토선우장이 지배하는 상태가 되면 고혈압 증상이 나타난다는 것을 알게 되었다.

그래서 우리의 몸상태를 다시 토선좌장이 지배하는 것으로 바꾸기 위하여 '토선좌장 암아행공'을 개발하는데, 우연히 우리 아파트 재활용품 수거장에 가 보니 누가 버린 twistrun이 보여 집으로 가져와 깨끗하게 씻고 사진처럼 사용해 보니 '토선좌장 암아행공'이 저절로 된다.

이 twistrun은 토선좌장과 토선우장이 모두 나오게 되어 있는데, 좌측 발을 위주로 몸을 굴러주면 토선좌장이 나오고, 우측 발을 위주로 몸을 굴러주면 토선우장이 나오므로 자기의 목적에 맞게 발을 굴러주어야 한다.

twistrun의 설명서에는 올바른 사용법으로 몸을 좌우로 골고루 비틀어주라고 한다. 이러면 몸의 운동은 고르게 되지만 토선좌장과 토선우장이 모두 고르게 나와 우리 몸의 토선장 상태가 변하지 않아서 고혈압의 개선효과는 나오지 않는다. 따라서 고혈압 증상이 있는 분은 twistrun을 사용할 때에 토선좌장이 많이 나오도록 왼발을 위주로 굴러주는 방법이 효과적이다.

토션장 암아행공 힐링사례

서대문에 사는 매제 GS(남, 68세)가 몇 달 전에 전립선 수술을 받았는데, 그 후유증으로 오줌소태가 생겨 어려움을 겪는다고 하여 오랜만에 암방수 힐링을 해 주러 찾아갔다.

그런데 그 집에 들어가자 미국 SA 산타크르주에서 산다는 여조카 YH(여, 62세)가 있어서 인사를 나누는데, 삼촌 내외에게서 나에 관하여 이야기를 많이 들었다고 하면서 반가워한다. 그래서 GS를 힐링하기 전에 멀리서 온 손님인 YH를 먼저 힐링하기로 하고 식탁의자에 나란히 앉으면서 어디가 불편한지 물어보니 위장이 나쁘고, 이번에 귀국하여 며칠 전에 안과에 가서 검진하였는데, 녹내장 기미가 있으나 아직은 수술을 할 단계는 아니라고 하며, 묵은 지병으로 자궁에 바이러스가 감염되어 있다고 한다.

이런 이야기를 나누면서 먼저 YH의 왼쪽 손 엄지 라인에서 위장에 생긴 아시를 힐링하는 암시를 찾아 요즈음 개발중인 토션장 암아행공을 해 주면서, 이 토션장 암아행공에 대하여 간략하게 설명하고 YH가 첫 번째 손님이라고 하자, '제가 마루타네요~?' 라고 하면서 좋아한다.

환우가 나의 암방수힐링에 대하여 호의적인 반응을 보여서인지 YH의 왼손 엄지 라인에서 강한 힐링반응이 나온다. YH도 자기의 몸안으로 어떤 기운이 들어오는 것이 느껴진다고 해서 나의 치료를 받는 환우중에 힐링반응을 느끼는 사람이 약 10%정도 된다고 하자, YH가 아주 좋아하여서인지 약 20여 분만에 YH의 왼손 엄지 라인에서 아주 복잡한 힐링반응이 나타나고, 서서히 정상으로 회복이 된다.

이어서 자리를 바꾸어 YH의 오른손 검지 라인에서 녹내장 아시를 힐링하는 암시를 찾아 사진처럼 토션장 암아행공을 하는데, 집게손가락 부위를 짚어주는 나의 오른손과 손목 부위를 짚어주는 나의 왼손 모두에서 어기와 냉기를 포함한 힐링반응이 20여 분간 강하게 나오다 정상으로 회복이 된다.

이어서 다시 자리를 바꾸어 YH의 왼손 소지 라인에서 자궁의 아시를 힐링하는 암시를 찾아 토선장 암아행공을 하는데, 여기에서는 나쁜 기운은 조금 나오고 바로 따뜻한 기운이 나와서 약 10여 분간 한 후에 1차 치료를 마치고 점심을 먹으러 근처 중국식당으로 갔다.

식당으로 가는 도중에 GS가 수술후에 후유증으로 입맛을 느끼지 못한다고 하여, 식당에서 내 오른쪽에 앉게 하고 주문한 식사가 나오는 동안 막간을 이용하여 GS의 왼쪽 손목과 팔에 토선장 암아행공을 해 주자 예상대로 손목과 팔 뼛속에서 코로나19 바이러스가 냉기를 품어내며 스멀스멀 빠져나온다. 즉, GS가 수술 후에 입맛이 사라진 것은 수술후유증이 아니고, 수술 후에 건강상태가 악화한 틈을 타고 GS의 팔목과 팔뼈 속에 잠복해 있던 코로나19 바이러스들이 슬며시 준동하면서 입맛을 느끼지 못하게 한 것이었다. 식사 후에 다시 집으로 돌아와 거실 소파에 앉아 TV를 보면서 GS의 오른손 소지 라인에서 전립선 수술 후유 아시를 힐링하는 암시를 찾아 약 30여 분간 토선장 암아행공을 해 주는데, 가끔 번개를 치는 요란한 힐링반응이 나온다.

잠시 쉰 후에 YH에 2차 힐링을 약 30여 분간 해 주는데, GS가 화장실에 갔다가 오면서 오줌 누는 것이 수월해졌다고 좋아한다.

GS의 경우에는 힐링효과를 어느 정도는 바로 확인할 수 있는데, 아쉽게도 YH는 시간이 지나봐야 그

토선장 암아행공: 녹내장 초기

효과를 인지할 수 있을 것이다.

2일 후에 다시 서대문에 가서 추가힐링을 하기로 하고 별내동 집으로 돌아왔는데 오랜만에 힘을 써서인지 온몸의 삭신이 욱신거린다.

 ## 15 토션장 암아행공 마루타 시술 2차

2일 후에 다시 서대문 여동생 집에 가서 YH에 토션장 암아행공 마루타 2차 시술을 하였다. 이번에도 식탁에 앉아 먼저 YH의 위장에 생긴 아시를 힐링하기 위하여 YH의 왼손 엄지 라인을 살펴보니, 손목 바로 아래와 위에서 암시가 오랜 시간을 두고 자라서 만들어지는 어골이 손바닥 쪽에서는 호두알 크기이고 손목 위쪽에서는 콩알 크기의 어골이 잡힌다.

지난 1차 때에는 YH의 왼손 엄지 라인에서 암시가 잡히고 표면에 있는 살과 피부에서 나쁜 어기, 독기, 냉기가 약 20분간 나왔는데, 이것이 걷히고 나니 2차 시술에서는 그 안에 숨어 있는 어골이 잡힌 것이다.

필자가 그동안 환우들을 힐링하면서 콩알 크기의 어골은 많이 잡아보았

엄지라인에 호두알 크기의 어골

지만 대부분 메주콩 정도이고, 가장 커다란 것이 완두콩 크기였는데, 이번에 호두알 크기의 어골이 잡혀 YH에 언제부터 위장에 문제가 생겼냐고 물어보니 약 40년 전인 젊어서 위염이 생겼는데, 이것이 40여

년의 세월이 지나면서 '~만성위염 ~역류성 식도염 ~위궤양 ~미란성 위염 ~위축성 위염 ~장화상피'로 발전하였으나 아직 위암으로까지는 진행이 되지 않았다고 한다. 왼쪽 엄지 라인 손목 아래 부위에서 호두알 크기의 어골이 잡히는데, 약 10여 분이 지나면서 퍽 터지는 느낌이 오고 스컹크가 냄새를 풍기는 것처럼 독한 기운이 퍼져 나오고, 손끝에 가려움증이 생기고, 입술 끝에서 단맛이 나오고 15분이 지나면서 어골이 줄어드는 느낌이 오다가 20여 분만에 완전 소멸이 된다.

YH의 묵은 위장병이 40여 년의 세월이 지나면서 형성된 왼쪽 엄지 라인 손목 바로 아래 손바닥에 형성된 호두알 크기의 어골을 토선장 암아행공으로 2차에 걸쳐 힐링하여 완전소멸을 한 것이 신기하다고 이야기해 주니, YH도 평소에 왼손 엄지 라인 손목 아랫부분이 아파서 자기의 오른손으로 주물러주곤 하였는데, 지금 다시 해 보니 아픈 것이 전혀 없고 편안하다고 좋아한다.

그리고 토선장 암아행공 1차 시술을 받은 후부터 아침에 일어나는데, 눈 주변이 편해지고 본래 비염이 있어 코가 막히는 것도 뚫려 있다고 말한다. 그래서 YH의 양손을 다시 한번 살펴보니 좁쌀 크기의 어골들만 어렴풋이 느껴져서 일단 이것으로 토선장 암아행공 마루타 시술을 마치기로 했다.

6 토선장 암아돌봄

노년의 삶이 축복이 되려면 노인 스스로 '토선장 암아돌봄'을 하면 된다. 누가 '토선장 암아돌봄'을 꾸준히 받고 싶으면 필자를 찾아와 일단 몇 번을 무료로 받으면서 어떻게 하는지 대충 배운 후에 자기 자신에게 스스로 '토선장 암아돌봄'을 해 주면 된다.

물론 처음에는 제대로 된 돌봄이 안 되겠지만, 그러면 다시 필자를 찾아와 몇 번 더 무료로 돌봄을 받다 보면 어느 순간부터는 자기 자신의 '토션장 암아돌봄' 실력도 꽤 쓸만하다는 것을 알게 되고, 누군가가 찾아와 '토션장 암아돌봄'을 해달라고 부탁을 할 것이다.

토션장 암아돌봄은 이름이 생소하여 어렵게 느껴지지만, 한 번 해 보면 누구나 쉽게 배울 수 있으며 이것을 꾸준히 하면 누구나 자기 자신을 스스로 돌볼 수 있어서 노년의 삶을 축복받으며 영위할 수가 있다.

'토션장 암아돌봄'에 대한 설명은 본 카페에 이전에 올린 글들을 읽어보시면 되고, 혹시 배우고 싶은 분은 남양주시 별내동에 있는 필자의 집으로 찾아오시면 누구나 무료로 배우실 수가 있다.

토션장 암아도우미 따라하기

노년의 삶이 축복이 되려면 노인 스스로 '토션장 암아도우미 따라하기'를 하면 된다.

WHO의 2019년 자료에 따르면 같은 해 한국의 '기대수명/ 건강수명은 83.7/ 73.1세'였다. 즉 한국인의 평균은 생애 마지막 10.6년을 건강문제로 행동의 제약을 받아 누군가의 돌봄을 받으며 살아야 한다는 의미다.

이렇게 10여 년이라는 짧지 않은 세월을 누군가의 돌봄을 받으며 노년의 여생을 보내야 한다면, 어떠한 노년의 삶을 사는 그것이 바람직하겠는가.

우리나라는 아직 노인복지 분야에서는 후진국 수준이어서, 편안한 노년을 보내기 위해서는 자기 스스로 뭔가를 해야 한다.

젊어서 돈을 많이 벌고 노후자금을 넉넉하게 준비하는 것이나 자식을 잘 키워 효도하게 하는 그것이 좋을 수도 있는데, 이것도 나라의 노인복지 수준이 낮으면 별로 큰 도움이 되지 않는다.

요즈음 AI로봇을 만들어 거동이 불편한 환우들을 돌보는 기술을 개발하고 있는데, 아직은 실용화가 되려면 시간이 더 필요한 것 같다.

'토선장 암아도우미'는 우리의 몸안에 몰래 숨어 사는 자기, 즉 암아(暗我)를 발굴하고, 그 암아에게 토선장을 사용하여 우리의 몸을 돌보게 하는 것이다. 암아는 우리의 마음이 만들어 내는 또 다른 자기이기 때문에 우리가 치매에 걸리든가 또는 마음이 망가져서 암아를 찾을 수 없는 상황이 되지 않는다면, 누구나 자기의 마음 속에서 숨어 있는 암아를 찾을 수 있다.

그리고 그 암아는 몸보다 늙는 속도가 아주 느려서 몸은 노년이 되어도 마음과 암아만은 청춘이고, 그래서 우리의 몸 여기저기에 이런저런 문제가 생겨도 자기의 마음 그리고 암아는 아주아주 건강한 사람이 많다.

이러한 암아에게 제5의 힘인 토선장의 사용법을 배우게 하고 훈련하면, 이 토선장 암아가 우리의 몸안에 생기는 각종 문제, 즉 아시를 모두 힐링하여 우리가 나이를 먹어도 별문제 없이 축복받은 노년의 삶을 영위하게 할 것이다. 토선장은 힘없는 노인들이 사용하기에 아주 편리한 특징이 몇 가지 있다.

1) 토선장은 빛의 10억 배의 속도로 전파가 되고, 주변의 물체와 반응을 하지 않아 멀리 전파되면서도 그 마음이 변하지 않는다. 따라서 암아도우미가 노인에게 토선장을 몇 번 해 주면, 그 노인이 쉽게 따라서 할 수 있게 되고 그것을 보고 다른 노인들도 토선장을 배우려고 하여 아주 빠르게 토

토선장 암아 도우미 따라 하기

선장이 멀리멀리 전파된다.

2) 이 세상의 모든 것은 고유의 토선장이 있어서 우리가 나이를 아무리 많이 먹어도 나름의 토선장은 그런대로 유지한다. 그리고 모든 토선장은 빛의 10억 배의 속도로 토선파를 내보내어 다른 토선장과 상호 교류를 하여 상부상조를 하는데, 우리가 노인이 되어도 우리의 토선장이 다른 토선장과 적절하게 교류를 하면서 친구 관계를 잘 유지하면 필요한 도움을 주고 받을 수 있다.

3) 우리의 암아도우미가 토선장 배우기를 잘하면, 다른 토선장과 상호 교류와 상부상조를 잘해서 좀 더 건강하고 능력 있는 토선장 암아도우미로 거듭날 수가 있다.

4) 그러나 연세가 있으신 어르신들이 토선장이나 암아를 주제로 공부하는 그것은 어려움이 있어서, '토선장 암아도우미 따라하기' 를 하는 그것이 편리한데, 이것은 암아도우미가 어떤 노인에게 '토선장 암아도우미' 를 해 주는 것을 옆에서 눈여겨보고 비슷하게 따라 해 주면 된다.

 토선장 암아도우미의 암도우미

앞장에서 토선장 암아도우미가 노인들의 여생을 축복으로 이끄는 것을 소개했는데, 이번 장에서는 토선장 암아도우미가 암환우의 여생을 축복으로 이끄는 신기한 이야기를 해 보겠다. 오늘 인터넷에 올라온 기사 중에 한

국계 미국인 마샤 헤이기스 하버드 의대 교수가 삼성호암상을 수상한 내용을 읽어보며, 그동안 필자가 암환우들을 힐링하면서 가끔 신기한 힐링 효과가 나타났던 이유를 알 수 있을 것 같아서 이 글을 올린다.

토선장 암아도우미가 환우에게 토선장 암아행공을 해 주면 환우의 몸속에 있는 특정세포 안의 미토콘드리아가 활성화되어 주면 세포 안에 있는 노폐물과 암모니아를 제거하고 면역세포를 만들어서 암세포를 소멸하는 일을 하게 하는 것 같다. 기사의 내용에 의하면 헤이기스 교수는 미토콘드리아는 세포에 에너지를 공급하는데, 동시에 암세포의 먹이가 되기도 한다는 걸 찾아냈다고 한다. 또 미토콘드리아는 암모니아 같은 노폐물도 만들어 내는데, 암세포는 이 노폐물을 활용해 더 많은 아미노산을 만들고 이를 바탕으로 성장한다는 걸 밝혀냈다고 한다.

그리고 이런 성과는 암치료의 새 가능성을 여는 열쇠가 됐다고 한다.

헤이기스 교수는 "T세포 같은 면역세포가 암과 맞서 싸운다"라며 "미토콘드리아는 암세포뿐 아니라 암과 맞서 싸우는 면역세포에도 중요한 역할을 하고 미토콘드리아의 유전자 변형으로 암세포를 공격하는 면역세포를 만들 수 있다"라고 하는데, 이 부분의 설명은 잘 모르겠다.

암세포가 암모니아를 재활용하는 걸 막을 수 있다면, 암을 치료할 수 있다는 뜻이라고 하는데, 이것도 잘 모르겠다.

연구가 수월했던 것만은 아니었다고 한다. 그는 "암모니아 측정방법이 마땅치 않아 가로막혔다. 새로운 돌파구가 필요했다"라며, "답을 찾은 건 고전문헌 속 이론이었는데, 옛 방식을 응용해

토선장 암아 도우미의 암 도우미

창의적인 방식을 만들어 문제를 해결했다"라고 한다. 즉, 암환우의 몸속에 있는 암모니아의 변화가 암세포힐링의 핵심인 것 같다. 다시 말해 미토콘드리아가 노폐물로 배출하는 암모니아를 암세포가 재활용하기 전에 어떤 방법으로 몸밖으로 배출시키면 암세포의 성장을 막을 수 있다는 것인데, 이것은 토션장 암아도우미의 암도우미가 아주 쉽게 할 수 있는 분야이다.

암도우미가 암환우에게 가끔 토션장 암아행공을 해 주면 환우의 몸속에 있는 모든 노폐물이 몸밖으로 배출이 되므로, 미토콘드리아가 배출하는 암모니아도 함께 배출되어 암세포는 성장할 수가 없어서 자연 소멸이 된다. 어쩌면 이 과정에서 어떤 미토콘드리아가 어떤 방법으로 유전자 변형이 되어 면역세포가 된다면 암세포의 소멸은 더욱 빨라지겠지만, 아쉽게도 필자는 아직 이 부분에 대해서는 잘 모르겠다.

결론은 토션장 암아도우미는 노인도우미도 잘하지만, 암환우도우미도 아주 완벽히 잘 할 수 있다는 것이다.

 37 토션장 암아노폐물 배출행공

토션장 암아도우미가 여러 분야에서 잘 활용이 되려면 도우미 자신의 건강을 챙기는 것이 중요한데, 그중에서도 도우미의 몸에 생기는 노폐물들을 적절하게 배출하여야 하며, 이것을 잘하려면 도우미가 '토션장 암아노폐물 배출행공'을 터득하여야 한다.

우측 그림은 외국의 원자력발전소에서 사용하는 쿨링 타워인데, 원자로에서 나오는 뜨거운 냉각수로 발전기 터빈을 돌리고 남은 증기를 쿨링 타워에서 냉각시켜서 차가워진 냉각수를 다시 원자로로 돌려보내 핵연료에서 나오는 열을 회수한다.

우리나라에서는 바닷가에 원자력발전소를 만들고 발전기 터빈을 돌리고 남은 증기를 인접 바닷물을 끌어와서 냉각시키고 차가워진 냉각수를 다시 원자로로 보내

지만, 내륙에 원자력발전소를 지어야 하는 곳에서는 커다란 쿨링 타워를 사용한다.

도우미가 토선장 암아행공으로 환우를 도우려면 아무래도 미토콘드리아가 평소보다 더 많은 생체에너지를 만들어야 하고, 그래서 암모니아를 포함한 노폐물이 더 많이 배출되는데, 이것을 암세포가 사용하기 전에 몸 밖으로 완전히 배출하려면 사진처럼 커다란 쿨링 타워를 우리의 몸에 장착하면 도움이 될 것이다. 병원에서는 어떤 원인으로 숨을 잘 못 쉬는 환우에게 인공호흡기를 사용하는데, 도우미는 이러한 것을 사용할 수가 없어서 자기의 코를 사진처럼 커다란 쿨링 타워로 만드는 '토선장 암아노폐물 배출행공'을 수련하여야 한다.

'토선장 암아노폐물 배출행공'은 원자력발전소에서 사용하는 쿨링 타워처럼 몸집이 클수록 효율이 높아지지만, 우리의 몸에서 쿨링 타워의 역할을 하는 코는 인위적으로 크게 만들 수는 없어서, 우리의 마음을 잘 사용하여 우리의 몸안에 토선장 암아로 만든 또 다른 코가 있다. 이것은 우리가 마음먹는

만큼 크고 효율이 높다고 느끼면서 '토션장 암아노폐물 배출행공'을 하면 원하는 효과를 얻을 수 있다.

　'토션장 암아노폐물 배출행공'을 열심히 수련하는 것은 어쩌면 '토션장 암아행공'을 수련하여 성공하고, 실력 있는 도우미가 되는 것과 같은 의미여서 평소에 '토션장 암아노폐물 배출행공'을 꾸준히 수련하여 깊고 높은 경지에 도달하는 것이 가장 중요하다.

토션장 암아 양손 원격제어/행공

　'토션장 암아노폐물 배출행공'을 수련하는데, 첫날부터 설사를 약하게 하고 피부의 가려움증도 살짝 있다. 아마도 몸속의 노폐물이 코로 배출이 다 되지 않고 일부는 장과 피부를 통해서 배출되는 것 같다. 예전에 아팠던 부위에 명현현상으로 약한 통증이 감지되는데, 만져보면 그 주변에 통증을 동반한 아시가 잡혀 며칠 신경을 쓰게 하다가 수그러든다.

　명현현상이 온몸 여기저기에서 산발적으로 나타나니 이것도 은근 걱정이다. 특히 이빨 아픈 것, 고혈압으로 인한 머리가 어지럽고 욱신거린다. 가끔 왼쪽 가슴 부위가 아픈 것, 무릎과 허리, 그리고 골반 관절이 아픈 것 등 여러 가지가 한 번에 연이어 아프니 '토션장 암아노폐물 배출행공'을 너무 열심히 할 수가 없어서 좀 쉬엄쉬엄하니 명현현상도 좀 쉬엄쉬엄 나타난다.

예전에 아팠던 것이 명현현상으로 다시 나타나는 것은 아팠던 당시에 미봉책을 사용하여 문제해결을 하였기 때문인데, 이번에는 '토선장 암아 양손 원격제어'라는 새로운 방법을 써서 명현현상으로 다시 나타나는 암아를 힐링해 준다.

이것은 사진처럼 양손의 방향을 서로 반대로 하여 한 손은 환부를 향하고 다른 손은 반대방향을 향하게 하여 반대방향 우주공간에서 오는 토선장을 양손에 있는 미토콘드리아가 끌어들여 환부로 보내 우주공간의 토선장이 환부의 암아를 직접 힐링하는 원격제어법이다.

특히 힐러가 '토선장 암아노폐물 배출행공'을 하면서 두 번째 그림처럼 양손으로 가슴 부위에 '토선장 암아 양손 원격행공'을 해 주면 각종 명현현상을 최소화할 수 있다.

젊어서처럼 웬만해서는 우리 몸에 생기는 암아를 신경 쓰지 않고 살아도 끄떡없는데, 나이를 먹으니 별별 행공을 다 해 보아도 여전히 노독으로 인한 새로운 암아가 튀어나와 은근 신경을 거스른다.

이번에 새로 개발한 '토선장 암아노폐물 배출행공'과 '토선장 암아 양손 원격제어' 또는 '원격행공'으로 몸안에 생긴 노독으로 인한 암아를 그런대로 소멸하였으면 좋겠다.

12

《숨은 로또 찾기》를 읽고 로또에 당첨되어 자기의 지병을 힐링하려면, 일단 자기의 병중에 잘 맞는다고 생각하는 암방수 비법을 6개 선정하여 그 안에 들어있는 숨은 비법에 따라 열심히 수련하면서 자기 몸의 변화를 지켜보면 되는데, 만약 6개 중에서 6개가 모두 맞으면 1등에 당첨되어 자기의 지병이 바로 힐링되는 행운을 누릴 수 있을 것이다.

물론 3개 미만으로 맞추면 등외가 되어 선정한 6개의 암방수 비법을 열심히 따라 해도 힐링효과가 별로 나오지 않는데, 그래도 암방수 비법에 대한 이해가 점점 좋아져서 자기의 병중에 맞는 비법을 맞출 확률이 점점 높아질 것이다.

그리고 표지 그림으로 올린 레오나르도 다 빈치의 '살바토르 문디(세상의 구세주)'를 자세히 들여다보면, "세 개만 찾아라! 그러면 구원을 받으리라!"고 오른손으로 암시를 보낸다.

자기에게 맞는 세 개의 암방수 비법을 찾아 열심히 수련하다 보면 언젠가는 왼손 수정구슬 위에 있는 세 개의 작은 점을 발견하고, 결국에는 6개의 암방수 비법을 찾는 《숨은 로또 찾기》를 하게 된다.

6개의 암방수 비법을 찾는 《숨은 로또 찾기》를 하면서 매주 한 번은 찾은 로또 번호로 재미 삼아 로또를 사면 한 주를 더 희망차게 보낼 수 있고, 그러면 힐링효과도 그만큼 더 좋아질 것이다.

이 에필로그를 쓰는 중에 《숨은 로또 찾기》를 사용하여 축하할 일이 생긴다.

큰 여동생한테서 전화가 걸려와 받아 보니, 의식이 없어 중환자실에 입원하여 한 달여나 생사불명이던 큰 매제 HG(남, 70)가 의식이 돌아와 일반 병실로 옮겼다고 하여 잠깐 통화하고 축하를 해 주었는데, 어쩌면 내가 '토선장 암아행공'을 개발하면서 가끔 원격힐링을 해 준 것이 도움이 되었을지도 모른다는 생각이 들어 관련 글의 제목에 붙여 놓은 로또 번호로 축하 행운 로또를 몇 장 샀다.

HG는 한 달여 전에 집에서 잠을 자다가 갑자기 호흡 장애가 와서 큰 병원에 입원했는데, 입원 초기에 심정지가 몇 번 와서 CPR을 받고 회생하였으나 의식이 돌아오지 않아 중환자실에서 인공호흡기에 의존하고 있었다. 그런데 한 달여나 의식이 없다가 불현듯 의식이 돌아오고, 대화할 정도로 회복이 되어 일반 병실로 옮겼다는 소식이 마치 동화 속의 기적처럼 들린다.

면회가 안 된다는 말에 내가 할 수 있는 것은 '토선장 암아행공'을 개발하고, 그동안 쓴 글들을 모아 《숨은 로또 찾기》라는 책을 내려고 편집 작업에 몰두하면서 가끔 HG에게 원격힐링을 해 주는 것이 전부였는데, 어쩌면 그 정도로도 HG의 건강회복에 도움이 되었을지도 모른다는 생각이 은근슬쩍 들어 또다시 행운의 《숨은 로또 찾기》로 축하를 해 본다.

2023년 7월

서금석 살바토르 올림

숨은 로또 찾기

·

지은이 / 서금석
발행인 / 김영란
발행처 / 한누리미디어
디자인 / 지선숙

08303, 서울시 구로구 구로중앙로18길 40, 2층(구로동)
전화 / (02)379-4514, 379-4519
Fax / (02)379-4516
E-mail/hannury2003@hanmail.net

·

신고번호 / 제 25100-2016-000025호
신고연월일 / 2016. 4. 11
등록일 / 1993. 11. 4

·

초판발행일 / 2023년 7월 25일

·

ⓒ 2023 서금석 Printed in KOREA

값 **20,000원**

※잘못된 책은 바꿔드립니다.
※저자와의 협약으로 인지는 생략합니다.

ISBN 978-89-7969-875-6   03810